新装版　大江健三郎同時代論集2

ヒロシマの光

新装版

大江健三郎同時代論集 2

ヒロシマの光

岩波書店

目次

I

IV

ヒロシマの光

I

ヒロシマ・ノート

後世の人々の誰が理解できましょう？
われわれが光明を知った後、再びこのよう
な暗闇におちいらねばならなかったことを

セバスチヤン・カステリヨン
『何を疑い、何を信ずべきか』

プロローグ　広島へ……

このような本を、個人的な話から書きはじめるのは、妥当でないかもしれない。しかし、ここにおさめた広島をめぐるエッセイのすべては、僕自身にとっても、また、終始一緒にこの仕事をした編集者の安江良介君にとっても、おのおののきわめて個人的な内部の奥底にかかわっているものである。したがって僕は、一九六三年夏の広島に、われわれがはじめて一緒に旅行したときの、ふたりの個人的な事情について書きとめておきたいのである。僕については、自分の最初の息子が瀕死の状態でガラス箱のなかに横たわったまま恢復のみこみはまったくたたない始末であったし、安江君は、かれの最初の娘を亡くしたところだった。そして、われわれの共通の友人は、かれの日常の課題であった核兵器による世界最終戦争のイメージにおしつぶされたあげく、パリで縊死《いし》してしまっていた。われわれはおたがいに、すっかりうちのめされていたのである。しかし、ともかくわれわれは真夏の広島にむかって出発した。あのようにも疲労困憊し憂鬱に黙りこみがちな旅だちというものを、かつて僕は体験したことがなかった。

　広島に到着して数日間の、第九回原水爆禁止世界大会の日々、それがまた、われわれを、ますます疲労困憊させ、われわれの憂鬱を深刻にするものだった。それは、一章に描写するとおり、じつににがい困難の感覚にみちみちた大会であった。はじめのうちは大会が実際にひらかれるかどうか疑わしかったし、いったん

大会がひらかれると、それはすでに分裂した大会にすぎなかった。われわれは、暗く索漠たる気分で、汗と埃りにまみれ、嘆息したり黙りこんでしまったりしながら、大会に動員されたいかにも真面目な人々の大群の周辺をむなしく駈けまわっているだけだった。

しかし一週間後、広島を発つとき、われわれはおたがいに、自分自身がおちこんでいる憂鬱の穴ぼこから確実な恢復にむかってよじのぼるべき手がかりを、自分の手がしっかりつかんでいることに気がついていたのである。そしてそれは、ごく直截に、われわれが、真に広島的な人間たる特質をそなえた人々に出会ったことにのみ由来していたのであった。

僕は広島の、まさに広島の人間らしい人々の生き方と思想とに深い印象をうけていた。僕は直接かれらに勇気づけられたし、逆に、いま僕自身が、ガラス箱のなかの自分の息子との相関においておちこみつつある一種の神経症の種子、頽廃の根を、深奥からえぐりだされる痛みの感覚をもあじわっていた。そして僕は、広島とこれらの真に広島的なる人々をヤスリとして、自分自身の内部の硬度を点検してみたいとねがいはじめていたのである。僕は戦後の民主主義時代に中等教育をうけ、大学ではフランス現代文学を中心に語学と文学の勉強をし、そして仕事をはじめたばかりの小説家としては、日本およびアメリカの戦後文学の影のもとに活動している、そういう短い内部の歴史をもつ人間であった。僕は、そうした自分が所持しているはずの自分自身の感覚とモラルと思想とを、すべて単一に広島のヤスリにかけ、広島のレンズをとおして再検討することを望んだのであった。

それ以後、僕はくりかえし広島に旅行し、そして安江君の属する『世界』編集部が、僕のエッセイを掲載した。ここにおさめた一連のエッセイがそれらのすべ

てである。僕は広島への次つぎの旅ごとに新しく、真に広島的なる人々にめぐり会った。それは僕にもっともめざましい感銘をもたらした。しかし僕はまた、じつにたびたび広島のこうした人々の死の通知に接しなければならなかったのである。僕のエッセイが雑誌にのりはじめると、とくに広島から数多くの切実な手紙がよせられた。それらの手紙のうち、典型的なものの一節を、ここにかかげたい。この手紙の書き手、松坂義孝氏は、五章に引用する広島の不屈の医師たちの記録のうち、負傷しながらもなお医大生の子息の背におわれて救護活動におもむき、着実な仕事をされた松坂義正氏の子息である。すなわち傷ついた医師を背おって被爆直後の広島市街を救護所にむかった医大生が、この義孝氏である。現在、かつての医大生は皮膚科の医師として広島で開業している。

《……広島の人間は、死に直面するまで沈黙したがるのです。自分の生と死とを自分のものにしたい。原水爆反対とか、そういった政治闘争のための参考資料に、自分の悲惨をさらしたくない感情、被爆者であるために、すべてが物乞いをしているとはみられたくない感情があります。もちろん救援資金をうるために被爆者の悲惨を訴えることは原水爆反対の目的の訴えよりもっと切実であり、もっともっとしなければならないでしょうが、一応健康を恢復し、普通の生活をしている被爆者が、それを沈黙して、元気な被爆者の税金なり、年賀葉書の利益金なりが還元されるという方法を願っている、そういう連帯の仕方をこのましく思っているのも事実です。物乞い、カンパにどれだけ実効がありましょうか。

……沈黙することの不可をほとんどあらゆる思想家、文学者が口にして、被爆者に口をわることをすすめました。わたくしはわたくしたちの沈黙の感情をくめな

いこれらのひとびとを憎悪していました。わたくしたちは八月六日を迎えることはできません。ただしずかに死者と一緒に八月六日をおくることのみできます。ことごとしく八月六日のために、その日の来るのを迎える準備に奔走できません。そういう被爆者が沈黙し、ことばすくなに、資料としてのこす、それを八月六日、一日かぎりの広島での思想家には理解できぬのは当然です。》

　これは広島について沈黙する唯一の権利をもつ人々について書いた僕のエッセイに対する共感の言葉として書かれた手紙ではあるが、僕はそれにはげまされながらも、同時に広島の外部の人間である自分の文章全体に、もっとも鋭い批判のムチが加えられたことにも気づかざるをえない。

　松坂氏は、広島の同人誌『歯車』最近号に、深田獅子雄という名において、次のように書いているが、それは僕への手紙における氏の考え方、感じ方をもっと直截にあきらかにするものであって、僕は、そこにもまた、広島の外の人間への広島内部からの正当な批判の声を見出す。これは、いわば広島の若い知識人の正当防衛の声である。僕は自分の文章が、次の文章とあわせ読まれることを望んでいる。

《大江氏のいう、広島の被爆した医師は、――被爆者の後遺症に直面して絶望的にならざるを得ぬ医師は、また、みずからの運命を直視してそうならざるを得ず、したがって、しばしば、原爆症はなくなったとかいった楽天的な報告をおこないそのあとで、にがい訂正をくりかえしたはずであった。しかし、わたくしは、爆心地より一キロ半にありながら、いささかの後症状はあったが、現在、まず健康であり、父母も、おなじく被爆した当時の女学校二年生の妻、また昭和三十年代に生まれた三人の子供も、すべて健康であるところか

ら、できるだけ、後遺症の発現のないことで楽天的であろうとした。そのためであろうか、原爆の文学とよばれるものが、ほとんど、恢復不能な悲惨なひとたちの物語であり、後遺症の症状、心理の描写であるより他に、ありようがないのかを以前から訝っていた。たとえば、被爆して、ひととおりの悲惨な目にあった家族が、健康を恢復し、人間として再生できたという物語はないものだろうか。被爆者はすべて原爆の後遺症で、悲劇的な死をとげねばならぬものであろうか。被爆者が死ぬとき、さきにいった健康と心理的な被爆者の負い目とか、劣等感とかいったものを克服して、普通の人間の死、自然死をとげることはゆるされないのかを考えた。わたくしたちが死ねば、すべて原爆後遺症の招来した悲惨な死であり、それは原爆への呪いをこめた、原爆反対に役だつ資料としての死であるとしか考えられないのだろうか。たしかにわたくしたちの生は、原爆に被災したために大いにまげられ、苦しめられたことは否定できない。しかし、これは、原爆でなくとも、戦争を経過したひとたちは、程度の差はあれ、なめていることであろう。わたくしは、とくに広島の被爆者のみの、被爆者意識という、なにか甘えた感情があってはならないとみずからに戒めた。みずから治癒をはかり、みずから人間を恢復して、原爆をうけながら、それにもかかわらず、うけない人間とおなじく、原爆によらない死をわがものとしたいねがいをもつようになった。

被爆後十九年、九十三歳でなくなったわたくしの祖母は、その生涯は幸福とはいえない変転をへたが、健康に終始し、まず原爆後遺症ではなさそうな、自然死をとげた。そういう、被爆者の、原爆の影響を脱した自然死も往々にはあるということを考えてほしい。被爆者の死は、ちょうど、八月六日の広島市がやたらと

政治的な発言にみちみちて、しずかな喪であるべきその日が余所者《よそもの》の支配となりかねないように、他所の政治的発言のための資料のためにだけあるようには考えないでほしいと思う。……後遺症もなく、原爆反対の資料とされるよりも切実に、みずからの普通の人間にかえりたく思っている楽天的な、被爆者もいることを忘れずにあってほしい。》

《先日、長崎で、原口喜久也という被爆者で詩人であったひとが、骨髄性白血病であったか、診断されてから縊死したということを、ふとした機会から、その遺稿詩集の後記で知って暗然とした。……その原口氏が死んだのは、原爆の後遺症でなく、みずからの下した死で死にたかったのではないか。すべてひっくるめて、原爆後遺症として非人間的、没個性的に一括されるのでなく、ひとりの生をいきた人間の、いかにもそのひとらしい死を、原爆の手からはなれて遂げようとしたのではないかと解したい。

原口氏の健康への違和感は被爆者への詳細な検診がなければ、その病因はあきらかにされなかったであろう。単なる違和感としてのみあって、突然の死が来たであろう。ところが被爆者には、そういう楽天的な違和感はめぐまれない。訪れるのはすべてあきらかに、長期にわたって耐えねばならぬ、確実な、原爆後遺症という、死への段階である。そういう診断が、およそ恢復ということの常識的に考えられない以上、それに耐えるにあたいする生を遂げ、その生のむこうにそれに応じた死を計画することがいかに困難であるか。……原爆後遺症の最終まで生きてなすべきをなしていることが、被爆者の人間を恢復する唯一の方法であるのか、原口氏や原民喜《はらたみき》のように、潔癖に自分の死をとげることが、そのひとたちの人間を恢復するそれであるのか、わたくしにはわからない。》

かくのごとくこれらのエッセイは、広島の人々の直接および間接の協力と批判に支えられて進行したのであった。僕はいま、あらためてそれらをヒロシマ・ノートとして綜合し刊行するのであるが、僕自身の内なる広島がこの出版によって完結するのではない。いわば僕はいま、広島的なるもののうちへ入りこんだばかりだ。それに、もし広島に対してあえて眼をつむり耳をとざし舌を縛ろうとする者にとってでなければ、かれの内部において広島的なるものがすっかり完結することは決してないであろう。

この三月二十二日午後、広島で、自殺したひとりの婦人の葬儀がおこなわれた。死者は原爆のもたらした悲惨とそれに屈伏しない人間の威厳について、もっとも秀れた詩をのこした峠《とうげ》三吉《さんきち》氏の未亡人であった。被爆による癌の恐怖が夫人をうちのめしたという噂がある。しかし、われわれはまた、夫人の自殺の数週間前、なにものかが、峠三吉詩碑をペンキで汚し、夫人にショックをあたえたということについても記憶しておかねばならないであろう。広島の人間が、その孤独な内部の悲惨にたちむかうにあたって発動する忍耐力は、決して固定したドグマティックなものではないはずである。その日々の困難な忍耐の間隙に、卑劣な人間が乗じようとすれば、たとえばかれの手に握られたペンキ刷毛の一触が、疲れきり、癌の恐怖におびやかされる、孤独な未亡人の忍耐力をおしつぶしてしまうことは容易であろう。この、もっとも卑しい悪意のペンキが汚した詩碑にきざまれている詩人の叫び声に、じつに厖大《ぼうだい》な数の人間が、決して耳をかたむけようとしない時代、十二年前に肺葉摘出の手術のさなか、被爆した肉体が抵抗力をうしなって、ついに死にいたった詩人の思い出とともに、未亡人は最悪の孤立感の暗闇《くらやみ》におちいり、その、より暗い深みへと沈みこみつづける

より他に、いったいどうすることができたろう？　未亡人の実姉である広島母の会の小西信子さんの言葉はわれわれをうつ。《妹よ、よくすべてのことを成し遂げてくれました。峠さんとともに悔いのない一生であった、と私は賞讃の言葉を惜しみません。》

ちちをかえせ
ははをかえせ
としよりをかえせ
こどもをかえせ

わたしをかえせ
わたしにつながる
にんげんをかえせ

にんげんの
にんげんのよのあるかぎり
くずれぬへいわを
へいわをかえせ

この叫び声は、じつはわれわれ生き残っている者たちのためにこそ発せられた詩人の声なのであるが……

おなじ三月二十二日午後、東京では、やはりわれわれ生き残っている者たちのために切実な叫び声をあげ、そして、その叫び声のはらむ祈りとはおよそ逆の方向に、人間の世界が回転する、おぞましい兆候が確実にあらわれた時、絶望感と毒にみちた屈辱感とともに自殺した、ひとりの作家の記念講演会がひらかれていた。作家、原民喜は広島で被爆し、広島のすべての人間が沈黙を強制されていた一九四五年暮、すでにあの正確な『夏の花』を書いていた。そして朝鮮戦争がはじまった翌年、作家は自殺したのである。このようにも典

型的な広島の人間の思い出がなおなまなましい以上、われわれの誰の内部で、広島的なるものがすっかり完結してしまうだろう?

この春、僕は沖縄へ旅行した。沖縄の人々はみな穏和な微笑をたたえて、われわれ本土からの旅行者をむかえたが、唯ひとり、どのような自制心を発動してもなお、その微笑はたちまちこおりつき、穏和な表情の底から不信と拒否の感情のこみあげてくることを禁じえないでいる、そのような婦人に僕は会った。そして彼女の態度こそはもっとも正当なものだったのである。われわれは戦後二十年間、沖縄のすべての原爆被災者がまったく放置されてきたことをあらためて認識しなければならない。かれらは広島や長崎で被爆したあと沖縄の故郷にもどった。それはすなわち、傷ついた自分自身を原爆症治療についてまったく白紙の状態の、離島へ追放することだったのである。沖縄本島で、あるいは石垣島や宮古島で、いまその症状を検討すれば、あまりにもそれとあきらかな原爆症の死者があらわれつづけた。たとえば、沖縄相撲では八重山群島で横綱をはるほど壮健だった、ひとりの青年が長崎の軍需工場で被爆して石垣島に帰った。一九五六年、かれは突然、半身不随となった。自分で放射能障害ではないかと疑い、かれは島の医師に相談したが、当然のことながら沖縄の医師は原爆症についてまったくなにも知らず、かれはそのまま放置されるほかなかった。やがてかれは坐ったまま動けなくなり、躰《からだ》はすさまじく腫れあがり、そして六二年、かつての沖縄相撲の横綱は、むなしくバケツに半分もの血を吐いて死亡した。それでもなお、かれが原爆症で横死したことを確認できる医師は沖縄にいなかったのである。

沖縄原水協がつくったリストにのっている一三五人の被爆者たちのほとんどが、おおかれ少なかれ躰の異

常を感じている。しかしかれらの不安の訴《うった》えはすべて、沖縄の医師たちによって、疲労だとかノイローゼだとかいってしりぞけられるほかない。もっともそれは沖縄の医師たちに責をおわせるべきでなく、本土から原爆病院の専門医が沖縄をおとずれるほかに解決しようのない状況であろう。われわれは沖縄に二十年間放置されてきた被爆者たちの不安と憎悪の総量のまえで、なお眼をとじ、耳をふさぎ舌を縛りつづけていられるだろうか？　しかも、おそらくは広島と長崎をおそった今世紀最悪の怪物のもたらしたものによって、疲労感に領された躰を、不安な魂において支えねばならない一三五人をこえる被爆者たちは、現に核兵器の基地と同居しているのであり、しかもそれに対して沈黙をまもるほかない人々なのである。この沖縄の被爆者たちが、われわれに対して微笑をうしない、不信と拒否の表情を示すことほどにもごく素直な心理反応はないであろう。しかもなお、これらの忍耐強い人々はわれわれ本土の人間に、二十年間みたされなかった期待をかけているのである。

三月二十六日、政府は沖縄に住んでいる広島、長崎の原爆被爆者に対する医学調査団を四月中に派遣することを発表した。調査のあと、入院の必要をみとめられたものについては、厚相の諮問機関である原爆医療審議会にはかって広島、長崎の原爆病院に入院させるという。二十年間のまったき放置のあと、いま初めて沖縄の原爆被爆者たちへの窓がひらかれたのであるが、それはまだ単なる窓にすぎない。僕は、沖縄のひとりの被爆者が、広島の原爆病院への入院をすすめられながら、踏みきれない理由として、もしかれが沖縄を去れば、かれの家族たちがたちまち生活に困窮するという一例を聞いた。これはおそらく広く一般的な事情であろう。しかも沖縄の医療福祉の不備はすでに広く知

られている。現在の沖縄の水準の医療保障であるかぎり、被爆者たちが沖縄で放射能障害の治療をおこなうことは、もし専門医がそこに常駐してもなお、重い困難をともなうことであろう。ここで僕は沖縄の被爆者の鋭い棘にみちた言葉を書きとめておくほかにさしあたってなにひとつできないことを恥じるのみである。《日本人はもっと誠意をもってもらいたい。いつもアメリカのご機嫌をとっていて、人間の問題を放置している。もし、やるつもりがあるなら、すぐにもやってくれ、すぐさま行動に示してくれ。それがみんなの心です。》

かれらの存在と呼びかけの声が、かくもぬきさしならないものである以上、われわれの誰の内部で、広島的なるものがすっかり完結してしまうだろう？

―〔六五年四月〕―

広島への最初の旅

一九六三年夏、僕は広島に到着する、夜があけたばかりだ。荒涼たる無人地帯《ノーマンズ・ランド》の幻影がひらめく、市民たちはまだ舗道にあらわれていない。そこかしこにたたずんでいるのは旅行者たちだけだ。一九四五年の夏の広島の、この日の朝もかずかずの旅行者がここに到着した。かれらのうち、十八年前の今日あるいは明日、広島を出発したものは生きのびたが、明後日まで、広島を発つことのなかった旅行者たちは、二十世紀における、もっとも苛酷な人間の運命を体験しなければならなかった。かれらのあるものは一瞬、蒸発してしまったし、あるものはいまなお、白血球の数におびえながらその苛酷な運命を、生きつづけている。朝、大気

はすでに乾ききり熱く白く輝きはじめている。一時間後、市民たちは活動を開始する。まだ朝だが、陽の光は真昼とおなじだ、それが夕暮までつづく。すでに広島は夜明けのゴースト・タウンの印象ではなく、日本でもっとも酒場の数の多い、活気にあふれた地方都市だ。白人や黒人もふくめて数多くの旅行者たちが市民たちの雑踏にまぎれこんでいる。大半の日本人旅行者たちは若い。かれらは歌いながら旗をかついで平和公園にむかっている。明後日までに、旅行者たちの数は二万をこえるだろう。

午前九時、僕は平和公園の一郭をしめる原爆記念館にいる。僕は階段を昇ったり降りたりし、廊下をうろつきまわったりしたあげく、結局途方にくれて、おなじように途方にくれた連中とベンチに坐りこんでいるところだ。僕の友人のジャーナリストは、すでに数日まえから、毎日このベンチに坐っているが、かれにもまた、ここでおこなわれていることは霧のなかの遠方の城のようにあいまいで、つかみがたいのだ。早くも不安の気分はみなぎっている。この広島で第九回原水爆禁止世界大会は本当にひらかれるのだろうか？　この記念館のなかで大会の準備のためのさまざまな会議がひらかれているが、それらはほとんどすべて秘密会議だ。記者章をシャツの衿につけている僕は、どこでも閉めだされてしまう。閉めだされた記者たち、早く到着しすぎた参加者たち(早すぎる？　しかし今日の午後には平和行進の人々が広島に入ってくるし、夕暮にはその歓迎集会がある、とかれらは反撥する)、それに原水協の常任理事たちまでが、途方にくれて廊下をうろうろしベンチに坐りこんで嘆息したりしているのだ。そしてみんな挨拶の言葉のように、《いかなる国……》とつぶやいている。それは最初、《いかなる国の核実験にも反対する、という例のテーマがあいかわ

らずの癌なんだよ》というような言葉だったのだろう。しかし、いまや誰もかれも《いかなる国……》とだけ憂わしげにささやきあっては嘆息する。《いかなる国……》、ここは、いかなる国、死者の国、他人どもの国？　僕は夜明けの荒涼たる無人の印象と旅行者たちの身震いを思いだす。

不意に、ベンチから人々が立ちあがり廊下をうろつく人々の群にもひとつの方向がはっきりする。常任理事たちの集っている所へ、担当常任理事会のながびいている秘密会議の現状を安井原水協理事長が報告しにくるのだ。やっとあらわれた霧のなかの城の尖塔の眺めを見おとすわけにはゆかない。昨年の夏の大会の混乱の後、機能の麻痺した原水協において、かれはむなしい理事長だった。三・一ビキニデーをひかえた静岡での理事会で《いかなる国……》は再び混乱をひきおこし、かれは理事長であることをやめた。しかし、いまこの夏再び理事長としてあらわれたかれは、混乱を超える新しい論理を見出しているのだろうか？

安井理事長が部屋にはいってくる。待ちうける理事たちはみんな苛だって疲れ、いくらか悲しげだ。かれらもまた、原爆記念館の廊下とんびの記者たちや、平和公園の樹かげに群をなして坐りこんでいる、早く到着しすぎた参加者たち同様、情報をえずに忍耐していたのである。かれらは安井理事長に、怒りと哀願のこもごもあらわになる焦燥した声、ほとんど叫び声に似た声で質問する。もっと率直な連中は、かくも長くかれらを不安な無知の状態においた、担当常任理事（すなわち、かれらがこの原水爆禁止世界大会のプログラムを具体的に担当しているのだ）と安井理事長に釈明をもとめる、憤りもあらわに。

担当常任理事会は、この大会をすでに投げてしまったのか？　と金沢の常任理事が問いかける。安井理事

長は苛だたしげでもなく昂奮してもいない。力のこもったパセティックな抑揚をそなえた声で、いかにも誠実にフランクに、しかし警戒心にしっかり裏うちされている様子で答える、いや、われわれはまだ投げていません、休会中なのだ、わたしがここにきたのは担当常任理事会の現状を率直に説明するためだ。むなしい笑い声がおこる。かれらは金沢の理事がヒステリックだと笑うのか、理事長が紋切型の答をしたことを笑うのか？

横須賀の常任理事が質問する、あなたは、このまえわれわれのまえにあらわれた時、もし問題が担当常任理事会で解決しないなら、われわれもふくめたこの常任理事会のところまで問題をかえして、そこで解決しようといったのではなかったか？　われわれ常任理事会の権威をみとめるつもりはなくなったのか？

安井理事長はこの質問もまた、誠意にみちた様子で、しかし核心にはふれず受け流す、《わたくしはここへ率直に懇談するためにきました。》かれを窮地においこみかねない質問はこれくらいだ。東京の理事も長野の理事も、絶対に世界大会はひらかれねばならない、と要請するだけである。東京の理事はこんなことをいう、《いま東京から予定をこえた参加者がどんどん広島いりしているのだ、大会が成功する条件はある。》しかし、共産党と社会党の動員合戦がこの大会の癌のひとつとなるだろうというのが大方の考えである。長野の理事は、カンパを世界大会の名において集めた以上、世界大会をひらいてくれなくては困ると切実に訴えている。

すでに質問というよりも、常任理事たちの声は、雲の上にむかって発せられる悲壮な、そして権威のない懇願のひびきをおびている。広島への平和行進は近づきつつあり、その到着までにもう六時間しかない。か

れらをむかえるためには大会へのめどがたっていなければならないのだが……

安井理事長の声はかわることがない。かれは、熱情と誰の眼にもあきらかな(おそらく、あきらかすぎる)誠意をこめてくりかえしている、われわれ担当常任理事会の内部にじつに複雑な意見の対立があります。それから理事長は声をふりしぼる、《わたくしにいましばらくの時をかしてください……》

永い時間、常任理事たちまで情報をあたえず置き放しにしたまま延々とつづけられている担当常任理事たちの秘密会議が、難航していること、《いかなる国……》、それに核停会議の評価についての意見の対立が(安井理事長はもっぱら抽象的で、かつ感情に訴える言葉のみをもちいて語り、具体的にはそれと言及しないが)その難航をなおも深刻にしつづけている障害であること。共産党、社会党、総評それに外国代表団、とくに中国とソヴェトの問題、それらが担当常任理事会をがんじがらめにしていること、それらがほのめかされる。しかしそれは安井理事長がここへあらわれるまえに、すでに誰もが知っていたことだ。そこでただひとつ新しい言葉といえば、安井理事長のくりかえす、おなじ歌《わたくしにいましばらくの時をかしてください。》かれに十分の時をあたえれば、困難は解決するだろうか？　しかし誰ひとりそれを信じているようではない。ついに安井理事長は、《いましばらくの時》がどれだけの長さかをあきらかにすることなく去って行ってしまう。残された理事たちの懇談会は、一般的な不一致と不信の感覚の交錯だ。ひとつの提案がだされると、たちまちそれは踏みにじられる。喧嘩ごしでどなりたてる連中もいる。かれらは社会党の議員とお茶を飲んでいた連中だ、かれらの頭領株が棄て台詞《ぜりふ》のようにこんなことをいっている、別居結婚ということ

もあるし同居離婚ということもあるよ！　いったい、かれはなにを暗示しようというのだろう。まったく懇談会どころではないのである。

かれらに口汚なく罵倒された横須賀の理事と、僕は窓のむこうのバルコンに出てゆく。かれの声が懇談会で封じられてしまう以上、かれの意見を聞くためにはそのほかに方法がない。かれはいう、《六十回常任理事会は意見の不一致があってもそのまま世界大会をひらこうと定めたのに、それが無視されている。不一致を、欺瞞の文章で統一したように見せかけて大会を開くとしたら、それはだめじゃないか。これからは平和運動を日共や総評、社会党にたよらないで進めようという気持が、いちばん下の現場の人間にはでてきていますよ。原水協が空中分解してゆくにしても、明るさをうしなわないで運動をすすめてゆくのはかれらなんだ。》かれは焦燥している。

すべての理事たちがしだいに疲労感にみちた沈黙に再びおちいる。僕は懇談会をあとにして階段をおりてゆく。一階ロビイは混雑しはじめている。地方からの参加者たちが、代表として登録し分担金をはらいこむためにそこにやってくるのだが、担当常任理事会がゆきづまっていては受入体制が動きはじめることもできないからだ。参加者たちは輪になってしゃがみこんだり、かたまってゆっくり歩いたり、歌の練習をしたりしている。たしかに横須賀の理事のいうとおり、かれらは陽気で屈託ない。かれらと安井理事長、秘密会議の人々、情報に通じず待つ理事たち、それらのあいだに幾とおりもの断絶があるように感じられる。やがて大会が開会式にこぎつけるにしてもこの断絶はどのように埋められるのか？　平和公園は陽の光のさなかで空虚だ。二万名の参加者たちによってあふれかえるはずのその場所の空虚を眺めながら僕は茫然とする。

広島のさまざまな塔のなかで、原爆横死者供養塔という名が、もっとも正確に名づけられている。僕はそこへむかって歩いてゆく。塔の脇には凝然としてひとりの老婦人が立ちすくんでいる。広島で僕はいくたびたび、このように凝然と立ちすくむ人々を見たことだろう。かれらはみなあの日にここで地獄を見た人間たちなのだ。かれらは深甚な暗さをひそめた恐しい眼をしている。『ひろしまの河』にそのような眼のふたりの老婦人の証言がある、《あの病気は、はたで見ているのが辛い酷い病気です、殊に娘は、生まれて間のない真美子のために、どうしても生きたいと一所懸命でした。しかし助かりませんでした。それだけではありません。奈々子が死んだあとに私には二十六歳になるヒロミという息子が残っておりますが、手と頭にケロイドがあって、そのため結婚もできず、何度か自殺をはかりました。》もうひとつの証言――《鳥屋町にいた姪が二人真裸でたどりつきました。江波で一夜を明かし、来る道で人から浴衣を一枚貰ったのを裂いて二人が躰に巻いていたそうです。家主からは、うつるうつると嫌われるほどのむごたらしい様子で、妹のほうが死にますと、姉は、伯母ちゃん、わたしはああいうようにならんうちに殺してね、といいながら妹のあとを追って死にました。としよりが一人残って、若いものがみな死んでしもうた。》

不意に安井郁氏の熱っぽい言葉が、むなしい、その場かぎりの、具体的にはなにひとつ約束しない誠実の空手形の、欺瞞の声として思いだされてくる、《わたくしにいましばらくの時をかしてください。》

午後三時、僕は原爆病院のまえの街路樹の痩せた影のなかに立ち、平和行進の到着をまつ。報道陣をのぞけば病院まえの広場と舗道にはごく少数の出迎えしかいない。つねにそこで出迎える広島原水協の人たちも、

会議がはっきりしなくては、あの停滞と困難の気分にみちた平和記念館を離れることができないというわけだ。その数少ない出迎え人の二人、被爆した母親たちの会、広島母の会のリーダーと、被爆して癌の不安におびやかされる孤独な老人たちのための広島憩いの家の主催者は、広島で地道《じみち》な活動をつづけてきた人たちだが、かれらにも焦燥の色は濃い。広島憩いの家の老被爆者たちは昨夜、市内の数しれない死者の塔を燈籠、花、香をもって歩いてまわった。広島で三十二の地区ごとのグループがその巡礼の一団をまちうけ、それに加わって死者たちをなぐさめた。広島はそれ全体がひとつの墓場だ、町のあらゆる隅々に慰霊塔がある、ごく小さい石のごときものにすぎないそれにしても。《原水禁運動は広島の底辺から離れてはならないでしょう？　それが広島から浮びあがってしまったいま、広島にはこのような形で再び底辺をかためている庶民たちがいて、花やお線香をもち町々をあるき、またそこでおなじような人たちにむかえられたんです。》

やがて、「原爆許すまじ」のいくらか回転速度の遅いテープの合唱と呼びかけの言葉とが荒れたスピーカーをつうじて流れながら近づいてくる。平和行進が到着しはじめたのだ。原爆病院の窓々は注意深く行列をまちうける人々の顔でうずめられる。ベランダ風につきでた一階の屋根にのりだした患者たちもいる。若い女の患者たちは、裂いた浴衣のかわりに色とりどりの合成繊維のネグリジェを着ている。しかしおそらくはそれくらいが戦後十八年のもたらした変化なのだ、彼女らの内心の深甚な不安はかわらない。

平和行進の人々は暑さと疲労とにやられて、虫の頭みたいな感じの顔つきになっているが、眼はキラキラしている。全行程を行進してすさまじく陽灼けした人たちのあつぼったい消耗感。かれらを中心に行進は原

爆病院のまえでたちどまる。アウシュヴィッツ——広島の平和行進をおこなった半裸の羅漢みたいな僧侶たちが注目をあつめる。外国代表たちも加わっている。西ドイツの金髪の婦人の頬と鼻は傷ましいほど赤くなってしまっている。病院まえは行進の人々ですっかり埋められる。

そのとき原爆病院の玄関から、直射日光のなかへ三人の患者代表がすすみでる。ひとりは愛くるしい十代の娘だ、頭をいちめんに繃帯でまいているが明るく微笑し、時どき風にはだかる薔薇色の花模様のネグリジェの裾をかきあわせる。花束が贈られ、短い挨拶がある。そのあと小柄な患者代表の中年男が、阿波人形みたいな頭をしっかりもたげ、緊張し蚊のなくような声で演説をはじめる。陽に灼けたコンクリートの上で懸命に。しかし出発をうながすスピーカーの声がそれをかきみだしてしまう、僕は辛うじてこんな結びの言葉を聞く、《第九回世界大会の成功を信じます。》

そして花束をかかえてぐったりと肩をおとし(陽の光のなかでの演説は、それがどのような軽症の患者であれ、深い疲労をもたらすだろう。しかもここは原爆症の患者の病院である)、しかしまぎれもない満足感と威厳とともにかれはひきさがる。それは感動的な光景だ。もし停滞する大会準備の報道に苛だった患者の誰かれが、平和行進に石を投げたとしても原水協は抗議できまいと思える時、患者は無心に熱い期待の手をふっている。平和行進の人々がかれらの唯一の希望の手がかりだとでもいうように。そこには衿を正させるところのものがある。平和行進もかれらの眼と身ぶりとにおくられて醇化《じゅんか》され、たかめられるようだ。平和大橋をこえて入ってゆくべき公園には、まだ、政治主義によどんだ秘密会議の停滞の毒しか、行進を待ちうけていないにしても。僕は行進とともに陽のなかを歩

く。広島の市民たちは、ごく少数の例外をのぞいて、行進に冷淡だ。しかし市民たちは一般に、大会そのものにも冷淡な様子でいながら、しかも大会の準備段階のさまざまな困難の噂などには敏感なのである。かれらは、行進の行く手に待つ状況について知り、それをいわば、好奇心とともに見守っているように思える。しかし、行進が平和大橋にさしかかる手前で休息しているとき、ひとつのニュースがそこにひろがる。世界大会が日本原水協の手によってでなく、広島原水協の手によって開催されることが、いま決ったというニュース。そして平和行進はたちまち活気をとりもどし、数倍にふくれあがって平和公園に入ってゆく。そこには陽光のなかの空虚のかわりに、すでに世界大会の前夜のざわめきと昂奮とが充満している。行進の列は拍手と喚声にむかえられて、群衆のなかを進んでゆく。日共の宣伝カーが歓迎のリード・オフ・マンをとっているが、それにたいしてとくに反撥する動きがあらわれるというのではない。政治主義の分銅はこのときすでに日共の方へかたむいていたのか？　しかしそのときにはまだ、なにもあきらかではなかった。日共も、総評、社会党も激しい動員作戦をつづけていた……

夕暮の兆候は原爆ドームの、あの日からゆがんだままの鉄骨のあいだの空間を、薔薇色になごませた。慰霊碑の埴輪《はにわ》風な空洞が翳《かげ》ってゆく、午後五時。慰霊碑を背にして、さきほどまで秘密会議をひらいていた安井理事長をはじめとするリーダーたち、外国代表団、それに陽にうたれて歩きつづけてきた平和行進の人々、かれらが慰霊碑を背に壇上にならんでいる。芝生に坐った群集がかれらにむかっている。広島原水協、代表理事の森滝市郎氏が、緊張してマイクのまえに進みでる。被爆者たちの全国組織のリーダーでもある、この老哲学者の緊張ぶりは、原爆病院まえの、あの小さい

声の演説者とどこか似かよっている。老哲学者もまた被爆者だし、かれの健康状態はきわめて危険な平衡の上にある。《日本原水協からすべての大会運営を、広島原水協がまかされました》とかれは報告する。拍手が湧きおこって夕暮の晴れわたった空に吸いこまれる。しかしその拍手は、もうひとつのスピーチへの拍手のすさまじさにはおよばない。広島——アウシュヴィッツ行進の僧侶の言葉、《アフリカよりも暑い広島》がひきおこす拍手もまた、もうひとつのスピーチへの拍手におよばない。その、もうひとつのスピーチとは、つづいてマイクの前に進み、上躰を軽くまえへかがめ両腕を声の抑揚にあわせて前後にふりながらパセティックに絶叫する安井郁氏、いま日本原水協でのりこえることのできなかった困難を、そのまま広島原水協に肩がわりさせたばかりの安井理事長のスピーチである。広島原水協、日本原水協いったいになって、大会を開くことを、平和行進の到着三十分前にきめた、とその時間がひとつの価値をもつ条件でもあるという具合にかれは叫ぶ。《議論よりも行動が、平和運動を成功させるのです！》、そして大拍手だ。

　僕はショックを受けている。安井理事長は常任理事たちをかやの外へと置きざりにするとき《わたくしにいましばらくの時をかしてください》といった。討論し、考え、困難をのりこえるための《いましばらくの時》、しかしかれは、平和行進の到着三十分前というモメントを、思考停止と判断放棄のための圧力にもちい、担当常任理事会ともども眼をつぶって跳んだのではないか？　そして《議論よりも行動が……》というのだが、それは単に、広島原水協に、困難と停滞とを未解決のまま押しつけたというほどの意味ではないか？　しかし、かれの《議論よりも行動が……》という情緒的で非具体的な、調子の高いスピーチは大拍手をよびつ

づけるのである。僕は安井郁氏のこのタイプの雄弁と、群衆の(それは日本のあらゆる地方の平和運動の働き手たちの群だが)単純にエモーショナルな反応の劇をいくたびかくりかえし体験することになる。《議論よりも行動が、平和運動を成功させるのです!》しかし議論はこの大会でおとなしく影にひそみはしなかったのだ。それはこの最初の集会から、つねに光のなかで荒あらしく自己主張した。

中国の趙安博氏は、核停条約を欺瞞だという、《もしアメリカに平和への意志があるなら、日本の基地を撤廃すべきではないか?》カメルーン代表の、黒と白の縞の上衣に、葡萄酒色の帽子を着た黒人青年もまた、核停条約を否定して、ウフル、ウフル、ウフル! とかれの国の言葉で平和を叫ぶ。そしてソヴェトの婦人代表がマイクに進みより、明日、核停条約が調印されることは大いなる進歩だ、フルシチョフはこれを偉大なる一歩だといった、とスピーチしたとき、誰もが、それがすでに秘密会議でたびたびリハーサルされてきたことだったにしても、この大会のもうひとつの劇の第一幕を見たのだった。彼女のスピーチもまた、礼の国の人々の露骨な無視をのぞいて十分な拍手を呼んだ。結局、参加者たちの群衆がこの理論の劇においてどの役割を果すつもりなのかは、その時まだ、誰にもあきらかでなかったろう。僕は、しだいに迫る夕暮の光のなかの、森滝広島代表理事の蒼白な顔を見ては胸をつかれる……

夜、午後九時半、僕はバルコンからガラス窓ごしに、常任理事会の決議の光景を眺めている人々のなかにいる。昼のあいだずっと情報をえずにいた常任理事たち、かれらは安井理事長が群衆のまえで宣言し、広島原水協の名において森滝代表理事が受けた、《広島原水協に白紙委任》ということについて、いま賛成の決議を

するところなのだ。担当常任理事会での投票では、十四名賛成、十一名反対だった。いまガラス窓のなかで、四十九名賛成、七名反対、十一名保留、三名棄権の結果があきらかにされる。反対したのは平和委員会系の理事たちだ。おなじ夜、ここことは別の場所でひらかれている会議で、広島原水協もまた正式に受諾を決定している。

広島の夜は暑い、決議を終った理事たちは暗い川と平和大橋をのぞむバルコンに汗まみれで脱れてくる。少数派たちの焦燥は夜目にもあきらかだ、かれらはこの決議でなにものも本質的には解決されず、もういちど、どんでん返しがあり困難が尖鋭化することを、不安とともに予感しているようだ。金沢の理事は、ここまでどたんばにきて、そして広島へと問題をおろしたことについて、担当常任理事会は謝《あや》まるべきだと主張しようとしたが発言できなかった。山口の理事は、広島が白紙委任した担当常任理事会の今後の介入をいかに制してゆき、広島中心の新しいスタイルをいかに生みだすかが問題だ、といっている。かれは疲労のためばかりではなく憂わしげだ。広島へわたすまえに、難航した担当常任理事会が自己批判し、ついに大会をかれらの手で開きえなかったすべての事情についてあきらかにしてから広島へわたしたとしたら、広島原水協はやりやすいだろうに、というのが大会の将来に危惧を禁じえない少数派たちの一般的な意見である。ともかく最悪の状態、すくなくとも、日本原水協の担当常任理事会が頭をつっこんだ泥沼の状態から、まったく一歩も外に出ていない状態で世界大会をうけとった、広島原水協の人々は夜明けまでついに眠ることはできないだろう。かれらは困難と危惧の念を背負って駈けまわらねばならないだろう。この夜の平和記念館周辺の人々のいちばん熱い噂は、代々木系が、協議離婚す

るのではないか？　ということだった。またも、この言葉。

　この夜、一睡もしなかった人間は広島のあらゆる場所にいただろう。原爆病院では医師たちが不眠の努力をしていた。それはむなしい努力だった、ひとりの娘のためにかれらは努力したが娘は死んだ。

　昨夜の若い死者が運びあげられた場所、比治山に僕は登ってゆく。朝だ、午前十時。そこは鏡のなかのように明るく清潔で機能的だ。被爆者がどのようにして死にいたるか？　を研究する場所、ＡＢＣＣ。もちろん今は、そこにくる被爆者をまったく治療しないのではないのだが、広島の人々は決してみずから喜んでそこへ登ってきはしない。モーター・プールの車がＡＢＣＣのリストにのっている患者たちを連れにゆくのだ。この仕事、そして死んだ被爆者の死体をもらってくる仕事、このふたつが、ここでもっとも骨の折れる仕事だという人もいる。待合室になっているロビイにはすでに集められてきた静かでおとなしい患者たちが坐っている。診察中の母親を待っている子供、また彼女自身が患者である小さな女の子供、みんなおとなしい。かれらは静かに順番を待っている。モーター・プールからもう一台の車が比治山をおりて七つの川のある朝の市内へむかう。原爆が人間の躰にいかに影響するか(それについて二十世紀の人間の誰が関心をもたないでいられよう？)具体的に調べることのできる、地球上ただふたつの場所、そのひとつのＡＢＣＣのモーター・プールは勤勉に活動しなければならない。

　昨日死んだ若い娘の死体が解剖を待っている部屋のまわりの、さまざまな部屋を僕はぐるぐるまわってゆく。ライト・ステインという名の染色剤で染めた血液を顕微鏡でのぞき、白血球の数を片手に握った計算器に記録している娘たち。顕微鏡のなかで染められた白

血球は葡萄の粒つぶのようだ。僕は一立方ミリについて九万個も白血球のある血液をのせたスライド・ガラスを覗く。責任者の若い女医は八十三万個の白血球のある血液をもった老人に出会った。いうまでもなく老人は死んだし、いま僕が見つめている血液の持主もすでに死者となっている。この明るくモダンな場所こそが、死者の国なのだ。健康な人間の白血球はいくつくらいか、ごぞんじ? 僕はそう聞かれて一瞬、錯覚をおこす、《八十三万もの白血球があるとしたらいくら正常な血液でも……》しかし、僕の白血球は六千個にすぎない。僕は顕微鏡をのぞきつづける勇気をうしなう。次の部屋では、死者の躰をパラフィンでかため薄片に切っている。そこで僕は、被爆者の血液から梅毒の反応を調べている部屋ではじめて、いくらか緊張をとかれたのだった。この朝のように梅毒を、容易な他愛ない病気だと、僕が実感することは二度とないだろう。

僕は資料室のドアのつづいている一棟の廊下を歩いて出口をさがす。そこはファイルされたカルテの山だ、閉じられたドアのむこうから、流れるカードの水のような音がひびきつづけている。IBMが死者たちの認識票を整理しているのである。八十三万個の白血球をもち、内臓のありとある組織に癌をもち、背骨は軽石のようだった、あの老人のカルテもまた水のような音をたてて流れているのだろう。僕はABCCを出て再び広島の市街へ降りてゆきながら身震いを禁じえない。そして、あの山頂では、原水爆禁止大会について誰もがまったくふれなかったことに気がつく。本当に誰ひとり遠い都市での出来事のように、それにふれなかったのだった……

午前十一時、原爆記念館二階の、代表受付けで小さなトラブルが起っている。代表の数が要求よりも少な

くしか認められないことに抗議している男がいるのだ。それは日共と総評、社会党の動員合戦の激しさのひとつのあらわれか？　しかし広島原水協の働き手たちは、これが朝からの唯一のトラブルだといっている。男は執拗に抗議しつづける。しかし一般に準備は快調だ、世界大会は開かれるだろう。誰もがそう考えはじめている。そういう雰囲気ができている。結局、現場で働く人々と地方からの参加者たちはじつに効果的に活動しているのだ。

平和公園を出るところで『アカハタ』を買う。それではじめて僕は、日共が部分核停の全面否定に踏みきったことを知る。おなじ時間にモスクワで条約は調印されている。僕は平和公園の周辺にもどってくるたびに激しい政治の匂いをかぐ。公園と平和大橋のあいだの雑踏のなかでタクシーをひろうためにはかなりの忍耐が必要だ。タクシーを待つあいだも参加者たちは公園にのりこみつづける。かれらはみな代表のわりあてをえるだろうか？　すでに宿舎も払底しているという噂だ。今日、広島の人口は二割ましの膨張ぶりだ。

僕は広島日赤病院をたずね、日赤院長を兼務する重藤文夫原爆病院長とむかいあっている。院長はあの日の一週間まえに広島へ赴任したのだった。そして院長は電車をまつ行列の最後尾で被爆し、傷をおった。それは軽い怪我だった、ともかく院長はみずから病者であるわけにはゆかなかった。病院まえの広島には何千人もの死体がつみあげられ、毎日、病院の庭でそれが焼かれた。瀕死の人々の治療には、やはり傷をおっている医師と看護婦たちを指揮して働きつづけねばならない。しかも病院そのものが徹底的な被害をうけているのである。重藤院長は大柄で朴訥な農民的な風貌と、太く率直な声をもった、おおらかな行動家タイプの人間だ。院長は凄《すさま》じい働きぶりを示したにちがいない。

しかも、かれは着実な直感力をもって、この不可解な爆弾を追求してもいたのだった。かれは寸暇をさいて自転車に乗り爆心地を調査し、なにものかに灼かれた石や瓦を採集してきた。いまも、病院の片隅の一室にそれらは陳列されている。その部屋の資料の類は、ＩＢＭで整理されているＡＢＣＣのそれとは比較にならないが、重藤院長が乏しい予算と自分の手で、そのすべてを収集したのである。院長のために、自分の骨格の(それはまったく徹底的に犯されている骨だ)すべてを標本として贈った被爆者の老人もいる。この奇妙で感動的な友情。院長は、あの日よりもさかのぼる若い日々に、ふとした偶然から放射能とつながりをもってきていた。それが、核爆発以後、院長の孤独な調査に効果を発揮する。地下室の密閉されたレントゲン・フィルムの感光を院長は発見する。かれの調査は着実に発展する。かれは、あの日の爆弾の本質を自分の眼でまっさきに見ぬいた日本人のひとりだった。

それから今日まで、この広島で不断に治療をつづけながら、院長は体験をつみかさね観察をくりかえして、新しい発見を加えつづける。かれは原爆症を発見し、それと闘う。はじめ院長は、原爆症が二、三年で解決できると考えた。ところが次にかれが発見しなければならなかったのは、白血病だった。ともかく人類にとって初めておとずれた大災厄だった、その影響が人体にもたらすものについては、このように現場でみずから働きつつ発見してゆくほかない。辛抱強い統計によって、かれがはじめて原爆と白血病とを確固とむすびつけたのは、あの日から七年目だった。その後、院長は統計から白血病は減少しつつあると推論し、裏切られる。このように人間的な感動を誘う試行錯誤が他に多くあるだろうか？　そのあいだにも医療制度の改革や病院の設立について院長は政治的な働きをつづけね

ばならなかったのだ。いま院長の頭のなかでは癌と原爆とがむすびつき、院長の手は現実にそれにふれているが、それを厚生省に認めさせることはなお困難だ。被爆者の結婚の問題についても院長は具体的にそれと面とむかい責任をとらねばならない。

僕は院長と病室をたずねて歩く。カサカサに乾いて黒い皮膚に、紙の縒《よ》れた粉のような剝離した皮をこびりつかせている老人が、ぐったりあおむいたまま嗄《しわが》れ声で院長に挨拶する。いかにもあきらかに微笑すべくつとめながらも果せないでもどかしげに。僕は不意に、昨日の平和行進にたいして、この老人も手をふろうとつとめたのではないかと考え胸をしめつけられる。院長はこの老人よりもなお重症の、たとえば癌や白血病の数々の老人と辛い別れをしてきたのだ。そのような老人たちは絶望するほかなかっただろう。しかしそれでも、老人たちはその年の平和行進に、手をふったにちがいない。原爆症で、死に瀕して絶望するほかない老人に、信頼と期待にみちた手をふられたとしたら、その平和行進のなかのだれが、その老人に負いめを感じないでいることができるだろう?

廊下の隅で茫然と立ったまま荒い息をついてすすり泣いている女の患者が院長に声をかける。彼女は嬉し泣きしているのだ。入院後はじめて十メートルも歩けたので。先生、嬉しい、というときれときれの涙にみちた声。それを聞く容貌魁偉な大頭の重藤院長の牛みたいな眼の憂わしげな優しさのことを僕は忘れない。

いったん白血病を発すれば、その患者は六ヵ月か一年、薬品の効果によっていったん恢復することがあるにしても、それもごく短い期間生きのびることができるだけだ。再び白血球がふえはじめるとそれはもう致命的である。重藤院長は、いったん恢復しては、再び確実に悪化して死をまねく白血球の秘密について、現

在の薬品の使い方にポイントのちがいがあるのではないかと疑っている。院長が、白血病の患者についてかたるときの、かれの眼のなかの深い悲しみにみちた暗黒についても僕はそれを忘れることができない。院長自身、被爆者だ、かれもまた地獄を見た人間のひとりなのだ。そしていかにも人間らしい威厳とともに、今日も人間の躰のなかで存在しつづけている原爆と戦いつづけている、まさに広島の独自の人間、広島的な人間なのだ。

平和公園、午後七時十五分、月の上るまえの淡い夕闇が、芝生をうずめつくした参加者たち、あらゆる地方からの代表たちを、黒ずんだ波のように見せている。かれらは緊張している。開会はまだ宣せられず、慰霊塔を背にした壇の上の椅子は空だが、全学連の六十人ほどの学生たちが、代表たちと壇のあいだの空間を占拠してシュプレヒコールをおこない、演説をこころみているからだ。大会側のマイクは学生たちにひきあげるように勧告し、代表たちには挑発にのって実力行使をおこなってはならない、と制止している。学生たちはインターナショナルを歌う。小さなトラックが学生たちの群の中央に陣どっていて、その上のマイクから全学連のリーダーが『第九回原水禁大会へ参加されたすべての労働者、学生、市民の皆さんへのアピール』を読みあげている。《わたくしたち全世界の人々の反戦、平和の強い要求にもかかわらず、第九回原水禁世界大会はドタン場までもめつづけ、ついに広島原水協に白紙委任することに多数決で決定されました。だが一体何が決ったというのですか。さしせまった反戦、平和の闘いについての方向性が少しでも明らかにされたというのですか。》かれらの背後にはウチワ太鼓を叩いて祈っている僧侶たちの一団がいるし、空にはヘリコプターが旋回し花火があがっている。代表たちは、

平和、平和！　というシュプレヒコールで学生たちの歌をかきけそうとする。荒あらしい緊張の気配が騒音とともに平和公園にみなぎっている。公園の周辺を右翼団体の宣伝カーも軍艦マーチとともに行進している。平和公園は周囲を紐でしきられ、その内側には代表たちと報道関係者しか入れない。市民たちは紐の外に集ってきて、じっと黙りこみ、この光景を眺めている。

七時二十五分、広場の正面の建物の下からまっすぐ慰霊碑にむかって、あたかも慰霊碑にもうでる集団のように、警官たちの数百人の一隊が入ってくる。拍手がおこる。芝生に坐っている代表たちが拍手しているのだ。僕は違和感の棘のはえた衝撃をうける。たちまち学生たちはごぼうぬきにされ追いちらされる。壇の真下から公園の入口までの百メートルをこえる距離を、学生たちは警官たちに小づかれて送りだされる、叫び声と混乱。学生たちをもぐりこませるな！　と坐っている代表たちの誰かれが叫び、警官に追われて逃げてくる連中を逆におしかえす。学生たちはたちまち総崩れだ。かれらは壇の上の記者たちの集っている方向へも逃げてくる。僕もふくめて記者たちの一部分が混乱にまきこまれる。僕は膝をついてたおれ、打撲傷をうける。僕の脇をかけぬけた学生のひとりが、ラグビーのゴールに独走する男のように紐と代表たちのあいだを迂回して逃げ、不意に倒れて警官においつかれる。代表たちの誰かが足ばらいをかけたのではないか、という疑いが僕を苦しめる。学生たちがすべて追いちらされた時、再び拍手が湧きおこる。僕は再びもっと暗く大きい衝撃をうける。この代表たちの学生たちにたいする敵意の激しさはどうだ。それはなぜなのか？　警官たちの追求をまぬがれた学生のひとりが紐をのりこえて市民たちのなかへまぎれこみながら棄て台詞《ぜりふ》のようにいう、《共産党、ポリにまもられて大会をや

れ!》警官隊を要請したのが共産党の国会議員団だという噂はすでに誰もがささやいているのである。

学生たちが去ったあと、代表たちの激しい拍手にむかえられて、その共産党国会議員団がまっさきにのりこんでくる。つづいて外国の代表たち。七時五十分には壇上の椅子はすべて埋められている。広島原水協、伊藤事務局長が開会の辞をのべるためにマイクに進みでる。《わたしたちはこのような形で大会がひらかれることを決して満足に思わない。もし条件がそろえば、いつでもわたしたちは大会を日本原水協にかえすことを決定した。》拍手がおこる、黙禱がはじまる、午後八時、満月が上っている、月の光にやわらかく輝いている原爆ドームの歪んだ鉄骨を背にして黙禱している伊藤事務局長は、森滝代表理事とともに、この二万名ちかい人々のうちでいまもっとも重い困難にたちむかわねばならぬ人間だ。

森滝代表理事の基調報告、それは死者たちと被爆者たちへの言葉からはじまる。かれは広島に固執している。広島の被爆者の心の内部の道がヒューマニズム一般の原水爆禁止運動の道とつらなる、その人間的なインターチェンジに老哲学者の論理はしっかり立っている。かれが報告しているあいだ、背後の慰霊碑のまえには、この大会にまったく無関係な動きがある。死者の家族たちが花をささげ香をたいているのだ。かれらはみな、公園をうずめる群集が眼にも映らなければ、その拍手と喚声が耳にとどきもしないというようだ。しかし、かれら広島の死者の家族たちの存在は、僕にとって、ギリシア悲劇のコーラス隊のように、壇の前景でおこなわれる劇の栄光と悲惨とをもっとも鋭くうかびあがらせる役割をはたすように思われる。森滝代表理事はそのコーラス隊に背後からしっかり支えられて二万名にたちむかっている。

しかし代表たちの群集はしだいに弛緩してくる、かれらは基調報告を受けいれていない。反撥し、やじる者さえいる。それは老哲学者が勇敢に、いちばん危険な命題を避けることがない、ということをも示している。《いかなる国……》についてかれはかたる。核停条約についても、それが評価されるべきだと、かれはいう。反撥のざわめきと、決して多くはない拍手がある。ポラリス潜水艦、F105Bに基調報告がふれるとき、はじめて、あの大喝采が公園いっぱいにひろがる。これら二万名の人々が熱情にかられて、この広島の夏のさかりの原爆慰霊塔のまえに集ってきたこと、かれらが日本のあらゆる地方でかさねてきた努力、そしてかれらひとりひとりの人間的エネルギーの総量の圧倒的な量感、それらに僕が深い印象をうけていることはたしかだ。しかし僕はまた、かれら二万名と、広島原水協および被団協の代表である老哲学者のあいだに、おおいかくすことのできない断絶があり、基調報告が読みあげられるあいだもしだいに、その断絶は確固となってゆくのを感じて、暗然としないではいられないのである。

森滝代表理事は疲労している。かれは最後の力をふりしぼる、統一と団結が強調されて基調報告がむすばれる。拍手は弱よわしく短い。老哲学者はこの時まだ、総評、社会党系の代表たちがこの大会を見棄ててしまっていることを知らない。かれはやがてそれを知り、裏切られたと感じるだろう。そしてまた、閉会にあたって、かれの基調報告がまったく踏みにじられてしまうとき、そのときすでにかれと広島原水協は大会を、《もし条件がそろえば……》という伊藤事務局長の約束とは逆の最悪の状態で返上しているのだが、もういちど裏切られたと感じることだろう。

第九回原水爆禁止世界大会が終ったあと、この大会

に希望と成功しか発見しない者たちも、失望と崩壊しか見出せない者たちも、その両極の中間にいる多数の者たちもまた、みな、あの開会式にこの大会のすべての兆候があったと考えるにちがいない……

たとえば、やはり被爆者であり平和運動の現実的な働き手である広島のひとりの老婦人は——森滝代表理事の夫人である彼女は、論理的かつ具体的な言葉を、魅力と威厳とにみちて話す——、この夜のすべての出来事と、老哲学者が群衆のまえを去ってからどうしたかということについてこう語るのだった。

《森滝のところへ警察の人がたずねてきて、いま署長に、共産党の国会議員たちが、平和公園にいる代表バッジなしの連中をひっぱりだしてくれるように要請している、とつたえました。すべて統一を達成するための努力なのかもしれませんが、警察がきた、といって道をあけ拍手する代表たちを見て市民はぞっとしたんです。学生たちのやり方には、のみこめぬところもあるけれども、おたがいにそれほど憎しみを感じるということがやりきれない気がします。森滝は疲れきってかえってくると、僕と伊藤さんは、もう出ないよといって黙って寝ました。脈をとってみると結滞していました。あの人は策謀的な人間でも営利的な人間でもないが、ずっと被団協や原水協の仕事にうちこんできました。自分は哲学者だし、これが現代の倫理だ、と考えているからです。疲労が心労といっしょに蓄積しているんですが、健康をとりもどしたら、新しい平和運動の組織をつくる、という考えだと思います。核戦争をふせぐことより、核兵器をもつこと自体をみんなが許すことは相ならんことです。核競争そのものが、不安をあたえているのだから、その突破口は、すべての核兵器に反対だということじゃありませんか?》

新しい平和運動については浜井市長も語った。かれ

もまた地獄を見たあと献身的に働きつづける、重藤院長や森滝夫妻とおなじ、真に広島的な人間の印象だ。《これからどのように進むにしても、広島のもとの心を離れては平和運動はない。原水協とは関係をたち新しい運動をはじめる時だと思っています。》

八月六日朝、六時、慰霊碑のまえには死者たちの家族の供える花束がうず高い。香の煙は霧のようにたちこめている。納骨安置所の周辺に合同法要の読経の声がひびき、市民たちの群がりの層がしだいにひろがりつつある。《世界大会ついに分裂》という見出しの新聞が風に転ってくる。市民たちは祭りの朝のように着かざって平和公園に陸続と集ってくる。八時十五分、慰霊碑まえを鳩の群がとびたち、公園をほぼいっぱいに埋めた市民たちが黙禱する。ヘリコプターと小型飛行機が、いつまでも上空を旋回しつづける。黙禱のあいだだけ、公園の樹木の蟬の声が一瞬あざやかになり、そして再びかき消されるようにざわめきの底に沈みこむ。このざわめきは、この日深夜まで延々とつづくだろう。もう誰ひとり公園の中央であのようにあざやかな蟬の声を聞くことはない。

この日、広島ではじつに数多くの会議がある。僕は昨夜の開会式以後、広島への自分の関心の所在が変ったのを感じている。僕はこれらの政治的な会議において、自分をたまたままぎれこんだ見知らぬ他人の旅行者のように感じる。そこで会議場での僕はぐるぐる走りまわっているだけだ。しかし、いったん会議場の外に出ると、僕はすぐさま、僕にとってもっとも新しい真の広島にめぐりあうのである。僕はそれにむかってはいりこみ、もっと深くもっと親密になろうとする。僕はこの旅を、広島との真の出会いのみちびかれた、はじめての旅と感じている。そして自分が、これから数多くの旅をくりかえし、真に広島的なる人々を理解

しようとつとめるだろうことを感じているのである。おなじような意味において、この会議のうち僕を一瞬眼ざめさせ、感動させるのは、たとえば土橋の周辺の会館で、深夜までおこなわれた被爆者を囲む懇談会である。そこには、きわめて注意深い、問いと答、呼びかけと理解の印象がある。とくに全国に散らばっている被爆者の治療の問題について(広島と他の都市とでは医師の原爆への認識がちがう。そこで特別被爆者手帳の入手に困難が生じたりする)関心が集中する。夫婦ともに被爆者同士が広島の外で結婚し、子供を生み、その子をつれて広島にきたという、若い学者の体験がかれ自身によって話される。その子は時どき貧血をおこすという。そしてかれの地方都市で原爆症の知識をもつ医師は見つけ難い。

広島ですごす最後の夜、僕は核戦争についてのヒステリックなほどの恐怖感とともに生き、そのあげくパリで自殺した友人のために施餓鬼《せがき》流燈供養《りゅうとうくよう》、すなわち燈籠流しにでかける。平和大橋のすぐ川下で流された赤、白、そしてたまに青の燈籠の群が、満潮の水にのって逆流する。この原爆以後の行事は、いま広島で、数百年来の民間伝承のように市民たちの心のなかに根をはっている。燈籠の数しれないむらがりが、広島の川を静かに明るみながら流れる。これらの川ほど数しれぬ死者を浮べた川は他にないだろう、その川。広島を出発する時、飛行機の窓から僕は朝の光に輝く七つの川を見る。僕のとなりの席のロンドン・タイムスの若い特派員は、平和、平和！という大シュプレヒコールのことをいつまでも不可解がっている。閉会総会でかれは、広島県立体育館をぎっしり埋めた参加者たちのそれを聴いたのだ。安井理事長は、《議論よりも行動が》といった。しかしこの大会に参加した代表たちは、平和、平和、平和！とシュプレヒコールする行動のほか

に、もっと論理的な独自の行動をつみかさねる機会をあたえられただろうか？　上部構造は政党や外国代表団とのかねあいのうえで秘密会議をすすめ、下部構造はいかにエネルギーにみちているにしても、平和、平和！　とシュプレヒコールするだけで、その両者を、安井理事長の抽象的で感情に訴える雄弁がむすびつけているとしたら、日本の平和運動はいったいどこへ行くのだろう？　僕はこの若い英国人の不安に共感する。僕らはともに沈黙し雲の海の底の七つの川を見おろす。それから僕は不意に熱情にかられる。僕はこの英国人特派員に、重藤院長や森滝夫妻、浜井市長らをはじめとする真に広島的な人間たちについて話さねばならない。原爆病院の患者たちとあわせて、僕はかれらに深い印象をうけているのだ。むしろ僕はいま、かれらをつうじてはじめて真の広島を発見しようとしている。いま僕が終えようとしているのは、僕がこれからおこなおうとするかずかずの広島への旅の、最初の旅なのだ。僕は話しはじめる。あの裏切られた老哲学者は、平和、平和！　というシュプレヒコールが叫びたてられている閉会総会とはちがう場所で、しかしおなじ時間に、《この運動に参加している国民のエネルギー》を寛大に評価していた。そして次のように希望をかたっていたのだ。《宿命の地、広島で原水爆禁止運動は不死鳥のごとく生まれ変り、新しい出発をして、また国民運動に発展するだろう。》

——〔六三年八月〕——

広島再訪

一九六四年夏、飛行機が広島の市街の真上で旋回し、郊外の空港にむかう瞬間、広島の七つの川は、水の色をうしなって、みがかれたメダルのように激しく輝く。円窓から、市街を見おろしていた旅行者たちみなが、照りかえす夏のさかりの真昼の陽の光に眼もくらむ思いで、おずおずと頭をひく。僕は、一年前、広島からとびたった飛行機の窓から、おなじように輝きたてる七つの川に眼をくらまされたことを思いだす。僕の内部で、一年間の時間の感覚が稀薄に、不確かになる。飛行機で広島をとびたち、再び広島へ着陸しようとしている、この二つの旅行が、単なる遊覧飛行のひとめぐりにすぎなかったとでもいうように。空から見た広島は、まったく変っていない。飛行場から市街に入ってゆくタクシーからの眺めもまた、ほとんど変っていない。一年前、飛行場に僕をおくってくれた運転手とおなじく、いま僕を市街のなかへ運んでゆく運転手もまた、昨夜の広島カープの試合の噂に夢中だ。

しかし、この一年間に、原爆病院で四十七人の患者が死亡したのである。死亡した患者たちの統計を見れば、八十二歳の老婦人の肝臓癌による死亡をはじめ、いまや死者たちの年齢は六十七歳、六十四歳、五十五歳、というような老年のそれであり、かれらのほとんどの死因が癌だ。僕は去年の夏、原爆病院のひとつの病室にベッドを並べていた三人の老人たちのことを思いだす。かれらはみなインディアンのように黒っぽく、カサカサ乾いた皮膚をしており、しかも消しゴムの屑みたいなものが、その皮膚いちめんにこびりついているのだった。かれらはもし全快したとしても、この原

爆病院を出て、帰ってゆくべき場所をもたない、孤独な老人たちであった。そしてこの夏すでにおそらくかれらの誰かれは、孤独な死者となってしまっていることだろう。

統計には老年の死者たちにかこまれて、唐突に、きわめて若い死者もまたあらわれる。この冬、まだハイ・ティーンの母親が、急性骨髄性白血病で死亡した。彼女は生まれたばかりの赤んぼうの年齢で被爆したのだった。そして十八年後に、自分の赤んぼうを生んだ直後、白血病の症状を発して死亡したのだ。その新しい赤んぼうには、いまいかなる異常もない、もし希望という言葉をもちいるなら、それが唯一の希望だ。

被爆した若い母親の出産直後の死について、僕は病院の内外で、他にもいくつかの痛ましい噂を聞いてきた。被爆した若い妻には異常児を生んでしまうのではないかという不安とともに、出産後、自分自身が原爆症を発して死亡するのではないかという不安もまた濃く存在するのである。そして、それでもなお、このハイ・ティーンの娘は恋人をえて結婚し、出産したのだった。このような絶望的なほどの勇敢さ、それは人間の脆《もろ》さと強靱《きょうじん》さに、ともにかかわって、真に人間的だというべきであろうと思う。ハイ・ティーンで死んだ母親の、新しい赤んぼうが、純正な希望として成長しつづけることを祈る。

僕は去年の夏、原爆病院でもうひとりの若い母親と知りあった。彼女もまた、出産後にはじめて躰の異常を見出して入院したのだった。幸運なことに比較的早く母体の治療にとりかかった彼女は危機をまぬがれた。しかし、去年の秋いったん退院した彼女はこの夏のはじめ再び病院にもどらねばならなかった。彼女の赤んぼうは健康で彼女の希望をかたちづくっている。この若い母親がすみやかに健康を恢復することをもまた、

僕は祈るほかない。そして見知らぬ、もっと数かずの被爆した若い母親たちの健康についても……

この一年間の死者たちのうちには、かれらのうち、おそらくもっとも痛ましい志をいだいて死んだ被爆者のひとりであるはずの、宮本定男氏がふくまれている。一年前の真昼、陽にさらされた原爆病院の前庭に、平和行進をむかえるため入院患者を代表して、三人の患者がゆっくり歩みでた。その三人の中央にいたのが、頭をまっすぐにもたげた、ひどく蒼ざめている中年の患者だった。かれの脇の、薔薇色の花模様のネグリジェの少女よりももっと背の低い、小柄なかれは、緊張しきったかぼそい声で、しかもなんとなく軍人調で、《第九回世界大会の成功を信じます》と演説した。そして花束を受けとるとぐったり肩をおとし、原爆病院の内玄関へひきさがっていった……

僕が自分の眼で見たのはそこまでだ。しかし、かれはあのまま、花束をかかえてぐったりと肩をおとし、しかしまぎれもない満足感と威厳とともに、死にむかってひきさがっていったのだった。あの日、かれは、僕ら外部の人間の眼のとどかないところまで入ると、もう自分の力で立っていることさえできなかった。それからは夏の終りと秋にかけて、ベッドに横たわったままですごし、冬のはじめに衰弱死してしまった。カルテにかれの死因は、全身衰弱と記録されている。重藤原爆病院長は、大方の急に病勢の昂進した原爆症の死者の場合とおなじく、かれの死についても、なぜこのように脆《もろ》く衰弱死するのかと、悲しげに、またいぶかしげに、言葉をくもらせるのみであった。原爆症の患者の全身衰弱による死を数知れず見てきたこの医学者にも、それについてはなお、おそらくは生命の抵抗力の本質的な部分に、原爆が大きな欠落を生ぜしめていたのだというほかないのである。

この小柄な中年の死者は《第九回世界大会の成功を信じます》と一言のべるために日盛りの前庭にあらわれ、自分自身の衰弱死への道を、確実に短くした。その切実きわまる代償において、かれは志をのべ(それが平和行進の先導車のスピーカーの声にかきけされて、行進団の人々の耳に、ほとんど達しなかったにしても)、そして志をのべた人間の、威厳と満足感とともにひきさがった。しかし、その夕暮からはじまった第九回世界大会は決して成功したわけではなかった。すくなくとも、原爆病院のベッドでまぢかに死をひかえている人間の、性急に思いえがくべき成功とは、あきらかにほど遠いものだった。核兵器の全面的な廃止への展望はいささかもあきらかでなかったし、原爆病院に明るいショックをつたえた部分核実験停止条約は、第九回世界大会をつうじて疑わしさの霧の底にうずめられてしまっていた、そういう時期の、不意の衰弱死。日盛りの前庭で、自分自身の衰弱を賭けて、健康な人々へ挨拶した、あの小柄でファナティックな宮本定男氏には、眼のまえにせまっている死への恐怖と、ついに原爆病院のベッドに横たわることで終えるしかなかった生の無意味さへの疑惑を、解消し意味づける試みとして、ただひとつ核兵器廃止運動への、ごくわずかな言葉による参加ということがあったのだろう。しかし、実際にかれ個人の死がかれをおとずれた時、この世界に核兵器のもたらしている暗闇は、あいかわらず暗々としたままだった。一瞬かれは平和運動の可能性の《幻影》から眼ざめ、恐怖心と疑惑に圧倒されて、みずからを救済する見こみのすべてを失ったのではないか？　もし、そうでなかったにしても、すくなくともかれは深甚な無念の情とともに孤独な死をむかえたはずである。それはすでに償いがたい。この数日、広島を埋める数万人の大会参加者のすべてにとって償い

がたいものをひそめた死だ。

死の数日前、かれはいくらかの貯金と、身のまわりの品をまとめて、退院する意志を示した。それは、かれの他人たちへの信頼、平和行進をし、大会に集ってくる他人たちとその運動への信頼の放棄と、裏切られた者の、ごく個人的なかれ自身の場所への欲求を、暗示するものではなかったか?

天地《あめつち》の死塊となりて生きものの
みな滅びなば慰むものを　　　高橋武夫

と歌う被爆者にたいして、十分に批判的にこたえる言葉をもつ平和運動家はいるだろうと思う。しかし、一九六三年の広島での出来事のいちぶ始終を見たものなら、あの夏の盛りの陽ざしのもとで蚊のなくような声の挨拶をおこない、そして冬のはじめには衰弱死してしまった人物、原爆病院の患者たちのうち平和運動や核停条約の動向に積極的な関心をよせつづけていた、いわば最後の人だという声さえある、あの宮本定男氏に対して、結局はこたえるべき言葉を見いだせないことをさとるだろう。

今年の平和行進は社会党の指導者たちを先頭にして再び原爆病院をおとずれた。僕は、再び病院の窓々やベランダ風につきでた一階の屋根にのりだしてそれを歓迎する患者たちを見た。軽症の患者たちは、また玄関の陽かげに列をなして坐ってもいた。患者たちの群は、一年前の夏よりずっと老齢の人々によって構成されているように見え、かれらの寝間着の色彩も去年より一段とくすんで地味に見えた。僕は期待と不安の思いで待っていたが、挨拶するために進みでてくる患者代表はなかった。去年の例にかんがみて病院側が抑制したというのではない。この夏、すでに原爆病院には

平和運動について自分の志をのべるべき患者が見いだせなかったのだ。冬のはじめに死んだ、小柄な才槌頭の蒼ざめた中年男、宮本定男氏が《最後の人》と呼ばれる所以である。

かれの遺した、ごく小さな文章は次のようにはじまっている。《私は広島から訴えます、人類初の原爆をうけた広島の街で今もなお、当時の白血病、貧血、肝臓障害などで、日夜苦しみ、悲惨な死え《ママ》の闘いをつづけている人々が多勢おります。》

僕らこの文章の読者は、悲惨な死に対して、あるいは悲惨な死にさからって、新しい生命にいたる闘い、というのではなく、悲惨な死への闘い、悲惨な死にいたる闘い、であることに注意しなければならない。《しかし本当に先が案じられます。当病院(広島原爆病院)でも原爆症と診断され自殺した人や、気の狂った人もおります。》

この絶望的な文章の末尾にはなんとなくむなしく感じられる次のような挨拶がつけくわえられる。もっともそれが決してむなしくない挨拶となる可能性もあると反撥する声は多いだろうが、僕が気にかけるのはこの文体の印象だ。《終りにどうか戦争のない明るい世界が来る様に皆さんの御協力をお願いいたします。》

そしてかれは、冬のはじめに衰弱のきわみの死者となり、広島の市街には再び明るすぎる夏がめぐってきた。三つの原水爆禁止大会とラオス、ヴェトナムの戦乱とをあわせつたえる新聞。去年の夏とまったく変らない、もうひとつの夏と、そのふたつの夏のあいだの、とりかえしのつかない悲惨な死をむかえた四十七人の死者たち、不安にさいなまれながら忍耐しつづける原爆病院のベッドの患者たち。僕は、広島の市街に足を踏みいれるやいなや、そこここでこの一年の死者の思い出をかたってくれる人々に出会う。しかし、僕らの

会話はときどき不意に中絶してしまうのだ。僕らはそれぞれ汗を拭い、輝く比治山を眺める。あの山頂のＡＢＣの、電子計算機が水の流れるような音をたてている資料室の、蝕ばまれた骨髄や、躰のありとあらゆる細部に巣くった癌や、厖大な数の白血球を記録しているカードほどに正確な思い出をとどめている人間はこの広島のどこにもいないと感じて……

僕は、繁華街に近い労働会館へ出かけてゆく。去年の会議の中心会場は平和公園の原爆記念館だった。そして、そこには秘密会議の閉ざされたドアと、不安な気分の充満があったものだった。誰もが、はたして第九回原水爆禁止世界大会は開かれるかどうかを疑い、そして息をつめては、《いかなる国……》というすべての災厄と困難の種子をめぐってささやきあっていた。

今年の会場である労働会館にそのような秘密めかした気分や、不安や、困難と苦渋の感覚はいささかもない。なんとなく素人っぽい会の運営が、小さな行きちがいや停滞をひきおこしても、誰ひとりそれを重大なことには考えない。誰もが、ここでおこなわれている三県連絡会議の原水禁広島、長崎大会のスムーズな展開を信じている。

僕は国際会議を傍聴する。去年そこは、もっとも熱い戦場だった。中国代表の朱子奇氏と、ソヴェト代表のジューコフ氏との激越な論争と、かれらを二つの核として、そのまわりに集結したさまざまな敵意の結晶を僕は思いだす。今年また、ジューコフ氏はソヴェト代表として広島にあらわれているが、今年のかれはいかにもスラヴ人らしい寛大な微笑を満面に浮べ、大きい躰をこまめに動きまわらせ、あきらかにこの国際会議場の、もっとも主要な焦点としての自信にあふれている。会議は、かれのまわりで和気《わき》藹々《あいあい》と進行する。

トウモロコシ人形みたいなインド代表の婦人が、核停条約を全面的に評価すれば、おなじく魅力的な婦人の西ドイツ代表が、西ドイツの核武装について分析し、フランスの核実験にたいする具体的な抗議の提案をおこなう。とくに彼女は冷静で簡潔で、説得力がある。フランスと中国の核実験を阻止し、全面軍縮を達成しましょう、ノオ・モア・ヒロシマ！　と彼女は叫び拍手に迎えられる。今年、外国代表たちの演説はすべてそれぞれに、代表の国独自の個性と具体感とをもっていて傍聴する者の耳に充実して聞こえる。去年、この会議の演説を痩せひからびさせ不毛にしたのが、致命的に対立した二つの勢力の敵意の毒だったとすれば、広島での中ソ対立が浪費したエネルギーのうちには豊かな意味をはらむはずのものもあったにちがいない。

そこで核禁会議のものは別にしても、僕はいま同時に開かれているもうひとつの大会のことを考えてみないではいられない。京都を会場にした日本原水協主催の第十回原水爆禁止世界大会でもまた、おなじようにスムーズで和気藹々の展開があるはずなのだ。そこでは中国代表が、ジューコフ氏たちにまさるともおとらない東洋の微笑を浮べ、おおらかに、かつ機敏に会議をリードしているにちがいない。そこでも、かずかずの豊かな演説がなされていることだろう。

そしてこの二つの微笑こそは、いったんそれらが再会すれば冷たく硬化してしまうべき微笑なのだ。この二つの、あいへだたった会議場の雰囲気がそれぞれ円満であればあるほど、この二つの微笑の対立の根は深く、裂けめは深い。ジューコフ氏は東京のホテルでの日本原水協主催の国際会議で、すでにかれ自身の微笑を凍結させる冷たい拒否を経験して広島へ来たのだった。

それでも、なおここでは新しい微笑と拍手。コロン

ビア代表の演説、ますます円満な会議場。微笑の霧はあまりに濃く深く、この原水爆禁止運動の分裂がはらんでいる根本的な危険も、再統一の芽も、ともにその底にうずもれて見えてこない。おそらく分裂が克服されるまでには、この二つのグループの微笑がそれぞれ苦渋の表情にかわり、蜜の味のする言葉が、毒にみちた言葉にかわる過程が必要であるだろう。そうだとすれば、僕はこの国際会議からはじまる広島でのすべての集会で、分裂の深刻さと絶望的に頑固な再統一の困難な様相を、しだいに確実に見きわめていったのだ。僕は会議のなめらかな進行と友好的な気分の底に、ひとつのむなしさをかぎとり(それは最大の困難さをひかえているルートをさけて前進する登山隊のニューズを聞くときのむなしさだ)、それは二万人の若い群集をあつめた開会総会においても消えさらないのだった……

開会総会で社会党や総評の指導者たちのうけた、さかんな拍手におとらぬ激しい反応にむかえられて、老哲学者森滝教授が壇にのぼった。かれは去年の夏、原水協の分裂にさいしてもっとも手ひどく裏切られながらも、祈念にみちた希望をのべた人である。そしてこの一年、かれはその希望にむかって働き、少なくともモラルの側面ではこの大会をつくりあげたもっとも主要な力であった。壇上の森滝教授は、大会がこのように大規模なものとなったことについて、社会党と総評の力を認めながら、いくらかは当惑する瞬間をもったはずである。現在そのような組織力なしで、平和運動のデモンストレーションをおこなうことは不可能だが、そういう力の網の目をもれる重要な問題もあるのであり、それらをモラルの側面において、すくいとろうとしている人々はいる。そしていま僕がもっとも魅力を見いだしているのはかれら真の広島の人たちにおいて

である。むしろ僕はかれらを見いだすことの方をねがって再びこの大会にきたのだ。そして学者・文化人会議での原水爆被災白書の提案は、そういう人間の手になるものだった。はじめ学者・文化人会議にもまた他の会場同様、おだやかで柔和な気分がみなぎっていたのだが、中国新聞の論説委員である金井利博氏が、この提案を説明しはじめると事情がかわった。この夏広島の大会のさまざまな会場で、真に激昂している日本人を僕が見たのは、生真面目な維新の下級武士といった印象のこの金井論説委員ただひとりだ。かれは若いジャーナリストの不注意な反応に答えて、《庶民にも怒りはあるが、それを表わす方法に迷っているのではないか？　われわれも、それに迷っているのではないでしょうか？》と叫ぶようにいい、涙ぐまんばかりに激昂して、絶句した。それを唐突な激昂と感じた傍観者たちは多かっただろう。しかし、それはいかにも確実にかれがこの十九年間、忍耐しつづけてきたものの総量をうかがわせるにたりる激昂だった。被爆の日から十年、現地の新聞である中国新聞の印刷所にすら、原爆あるいは放射能と組んだ活字はなかった。《原子爆弾の放射能の影響によって死ぬべき者はすでに死に絶え、もはやその残存放射能による生理的影響は認められない》という一九四五年秋の米軍側原爆災害調査団のあやまった声明が、世界にひろがっていったあとの十年間の沈黙。それをかれは、広島の新聞記者として忍耐したのである。そして広島に沈黙のあとの、声を発すべき時がきたが、その声は具体的に十分、有効だったか？　かれは夏ごとに、原水爆禁止世界大会をむかえながら(原水爆とその反対運動をめぐる報道において、中国新聞はつねにもっとも水準の高い報道をつづけてきている。もしひと夏を広島ですごし、原爆記念日をめぐる報道を丹念に読むなら誰でも中国新聞

がもっとも信頼にたる新聞であることに気がつくはずである)、かずかずの切実な期待をそれにかけ、そしてじつにたびたび苦く暗い失望をあじわったにちがいない。その失望と、忍耐のはての、もうひきさがることのできない緊急な提案が、原水爆被災白書のプランなのである。かれの永い忍耐のすべての蓄積をおしはかれば、かれの突然のいかなる激昂も妥当に感じられるのだ。

《原爆は威力として知られたか。人間的悲惨として知られたか》と金井論説委員は問いかける。そしてあきらかに、《世界に知られているヒロシマ、ナガサキは、原爆の威力についてであり、原爆の被害の人間的悲惨についてでは》ない。この広島での大会を主催する広島、長崎、静岡の《三県連絡会議が単なる社会党、総評、親ソ路線に極限された平和運動でなく、もっと広く日本人の大衆的国民運動として幅広く盛りあがるためには、広島、長崎、あるいは焼津の原体験が、はたして十分に世界に知られているかどうか、という基礎的事実にもっと注目してよいのではないでしょうか。水爆に比べて、もはや広島型爆弾は威力ではなくなったとされ、その人間的悲惨は国際的に無視され、あるいは忘れられつつあるのではないでしょうか。平和の敵を明らかにする論争のなかで、まず被爆の原体験を国際的に告知する基礎的な努力がなおざりにされてはいないか》。そこで《今、広島、長崎の被爆者が、その死亡者と生存者とを含めて心から願うことは、その原爆の威力についてではなく、その被災の人間的悲惨について、世界中の人に周知徹底させることである。》

すなわち原水爆被災白書がつくられ、国際的にアピールされねばならないが、金井論説委員のイメージによれば、それは同時に《未解決の被爆者問題の調査、健康管理、救援の方策》をもとめることでなくてはな

らない。かれのもちいる未解決の被爆者問題という言葉はじつに大きいひろがりをもっている。たとえば被爆のあと広島、長崎を去った人たちの実状は、現在ほとんど知られていない。沖縄で本土からの原爆症専門医を絶望的な気分で待ちうける被爆者たちについてはもとより、東京都内の約四千人の生活と健康の実態すら、知ることができない。僕ら自身の町の被爆者について僕らは知らない。そのような各地散在の被爆者を《調査しながら、診療し救援するという積極的な方策》をとることが、すなわち原水爆被災白書の作製の運動なのである。それはまた、被爆直後入市した二次放射能障害者の、深い《怨嗟の声》を聞きとるものでもなければならない。かれらには《発病して死にかけてからでなければ》、原爆医療法による無料診療の便宜があたえられていないが、あらゆる原爆症において、《発病して死にかけ》るというのは、まさに確実な死を目前にすることであり、被爆者が生きつづけるために、もっとも必要なのは重藤院長が強調するとおり、できるかぎり早い血液の異常の発見なのだ。

金井論説委員は、原水爆被災白書の提案のもちこみ先として、一応三つの大会それぞれを考えたことを率直にのべた。かれの躊躇と決断は暗示的である。この大会に参加した大方の人々は、京都の大会をすっかり無視することで自分の大会の正統性を信じている。かれらはこの大会の枠内で満足し、それを疑うことをしない。(もし、この大会の構成メムバーのうちに、この大会に不満と疑いをもつ者たちがおり、京都の大会の構成メムバーのうちの、かれらの大会におなじく不満と疑いをもつ者たちとのあいだに討論の機会があれば、それこそが、もっとも端的な、再統一への道であるだろう。しかしそういう兆候はあらわれはしなかった。むしろそれぞれの大会の参加者たちが、自分の大会の

正統性を信じすぎているように思われた。）ところが、金井氏はいかにも自由に、この二つに核禁会議の大会を加えた、三つの大会を検討し、選択したのである。沈黙の十年と声の九年をつうじての広島での新聞記者生活は、かれを大衆を動員した集会についての直接の不信の念のかたまりとしているにちがいない。しかしかれはそれを克服し、具体的な提案とともにこの大会に参加した。かれの提案の具体性は、それ自体が、分裂した平和運動への鋭く率直な批判である。それは平和運動への批判というより、もっと巨視的に、日本人すべての国民運動たるべきものへの批判といってよいだろう。広島の現地で、地道な仕事をつづけている人間の声が、もっとも広く日本人すべての態度にかかわる声であるということ、そこに広島という《宿命の地》の独特の性格がある。

金井論説委員はかれの提案説明を次のように結んだ。

《日本政府は保守政党による内閣であることは明らかですが、保守政党だけのための内閣でないことも明らかであります。その意味で保守も革新も被爆者救援には国会一致の議決をなしうるように、世界最初かつ唯一の原水爆被爆国として、その原水爆被災白書を日本政府に作製させ、これを国連機関を通じて世界に広報するための盛り上がりにこそ全国民的な平和運動、分裂しない平和運動の一翼が潜んでいると思われます。

被爆者の被災白書の作製と国際的アピールは、いうならば全国民的な被爆者、戦災者救援活動の延長でもあると思われます。来年は原爆二十周年が来ます。この八月、この広島で被爆の体験に根ざす平和運動から、世界に向かって被爆の真相を正しく冷静に語り伝える文書の作製提出について、国際的手続きを議する提案が生まれることは参会の皆様の真意にそう、自然の成り行きだと考えられます。》

僕はこの大会で発せられたすべての声のうちで、この提案こそが、原爆二十周年の一九六五年にむかって本質的にもっとも近づいている、先駆的な意見だと思うものである。

十年間の沈黙と、それにつづく九年間の声の時代についてもうひとりの被爆者の証言を僕は被爆者を囲む懇談会の被爆者代表挨拶で、聞いた。挨拶にたった被爆者は、片眼を失っている老人である。失明といえば、森滝教授もまたひとつの眼を失っている。十九年前、教授は広島高等師範の教師として、学生たちを引率し動員先にいた。教授はインクのしみがいちめんにとびちっている当時の日記を保存している。かれは机にむかって、前日の日記を、すなわち一九四五年八月五日の日記を、《美しき朝やけ、竹槍五百本作製》と書きつけたばかりだった。次の瞬間、教授は被爆し、片眼と学生たちを失った。あの凄《すさま》じい光の一閃《いっせん》のあと失明した人々の数は、厖大だったことだろう。

老人の挨拶は感動的だった、それは挨拶というより、むしろ、被爆者による原水爆反対運動史である。第一回の原水爆禁止世界大会において、十年間の沈黙のあと被爆者たちは、はじめて自分の声を発する機会をえたのだったが、その大会にあたって広島では、ごく一般の被爆者を公式の演壇に立たせたりしても、それは恥をかかせるだけじゃないか、という慎重派の非難もあったということだ。しかし、ともかく被爆者たちは、十年間のまったき沈黙のあと、かれら独自の声を、発することができた。かれらが恥をかいたか、どうだったか、《生きていてよかった!》という広く知られた言葉は、その時、発言の機会をあたえられたあとで、ひとりの被爆者の庶民がもらした感想である。単に、会議で声を発することができただけで、かれは、そのう

ちのめされた生命の意味を見出したのだ。それは十年間の沈黙がどのようなものであったかを、あまりにもあきらかにものがたる言葉ではないか？　このような悪しき沈黙の時に、挨拶者の友人で、やはり眼を、しかもふたつながら失った友人の所へ、アメリカの通信社の東京支局長がやってきた。かれはたまたま戦況が膠着《こうちゃく》状態にあった朝鮮戦争について話し、盲目の被爆者にこう訊ねたという。《いま朝鮮に、原爆を二、三発落せば、戦争は終ると思うが、それについて被爆したきみはどう思うかね？》

この鈍感さは、すでにひとつの頽廃である。そしてこの頽廃のきわまるところ、核兵器による世界最終戦争の可能性もまたあったにちがいない。原水爆禁止の国民運動の本質的な効用のひとつは、この種の最悪の頽廃に警告を発することだったはずだし、その効用は十分に成果をあげてきたというべきであろう。少なくとも、今日、広島の盲目の被爆者に、ヴェトナムで数発の核爆発物をもちいれば、戦争は片がつくと思うが、きみはどう思うかね？　と訊ねる新聞記者はいないだろう。そしてそれはこの九年間の原水爆禁止運動が、なしとげてきたところの荒廃の治療の結実である。

さてアメリカの通信社の支局長に、盲目の被爆者はこう答えた、《その二、三発の原爆で戦争は終り、アメリカは世界の支配者になるかもしれないが、その時にはもう誰も、アメリカを信頼しはしなくなっているでしょう。》沈黙を強制されていた広島で、このような弱者の知恵を発揮して老いたる盲目の被爆者は抵抗し、そして数年後、かれはひっそりと死んでいった。

被爆者の代表は、挨拶を終えるにあたって、ひとつのエピソードを話した。昨日、京都の原水協の大会からやってきた人々が、花をかかえて平和公園にはいってくると、広場をうずめていた三県の大会のがわの人

々が、拍手してそれをむかえたという。原水禁運動の分裂はやがて克服されるにちがいない……

僕はそれが実際にどのような光景であったかを知らない。しかし、この被爆者の言葉に、原水禁運動の統一への、かれのもっとも率直な希いがこめられていることを感じとらない聴衆はいなかっただろうと思う。

たしかに僕の見た今年の平和公園は、きわめておだやかであり静かで、いかなる葛藤の気配もおこらなかった。原爆記念日の朝、記念式典に参列するために芝生に坐っていた僕は、雨雲のたれこめた空はもとより(この十九回目の原爆記念日には、午後からたびたび驟雨がふりそそいだ。それはこの十九年間にほんの数度しかなかったことだと、なにか不思議なことについてかたるとでもいうように、広島の人たちはくりかえし語る)、灰青色に沈みこんだ遠方の山々にも、それにかこまれたこの市街全体にも、去年のおなじ日、おなじ時刻には決してなかった静謐がただよっているのを感じたものだった。

被爆者の挨拶が終ると、さまざまな質問と答が交換される。その全体の雰囲気は真摯だし切実だが、僕は、質問の大半が、去年の被爆者を囲む懇談会でおこなわれたものとおなじものであることに気がつく。日本のかずかずの地方から広島に集ってきた若い人たち、かれらは熱情にみちているが、原爆症について、あるいは被爆者の生活について、ごく限られた知識しかもたないでやってきたのだ。そこで、挨拶をおえたばかりの汗みずくの被爆者が、おそらく数年にわたってくりかえしてきたはずの、基本的な説明を根気強く、くりかえさねばならない。僕はあらためて広島にはじつに数多くの忍耐強い人間が生きつづけているのだろう、と考えないではいられない。それもじつに驚くべく忍耐強い人々が……

その最も忍耐強い広島の人間のひとりである重藤博士は、原爆病院で去年の夏とおなじく政治的なものから医学的なものにいたる山ほどある懸案ととりくんでいる。この二つの夏のあいだ、重藤院長は、まず四十七人の新しい死を忍耐しなければならなかった。国会が原爆被爆者援護強化について関心を示しはじめ、そこで保守党、進歩派こもごもの視察団をむかえて応待しなければならないということもあった。もし、ひとりの代議士が、原爆病院のベッドに横たわって苦しんでいる老人について《なぜ、リューマチが原爆に関係があるのか?》とたずねたとしたら、重藤院長はいったいどのように答えることができただろう? もしそれに妥当な答をだすことができる病院が世界に唯ひとつあれば、それがこの病院であり、そして被爆というような未曾有の苛酷な体験のあとでは、いかなる症状も原爆と無関係であるとはいえない、ということを、その代議士は理解してくれただろうか? ともかく重藤院長は、なんとなく鈍重そうでいて、実は骨おしみしない精力的な動きのある大きい躰をせっせと働かせながら、誠実な説明をつづけたことだろう。この夏の大会でもソヴェトの代表団が医療器具をおくるという意向を示せば、かれは、なにはさておき出かけていって効果的に交渉をまとめてきた。表面的な政治や権謀術数のうずまきから、超然としているかわり、原爆病院とその患者たちのための具体的な実益にかかわる呼びかけがあらわれれば、重藤院長がそれをのがすことはない。院長が自分自身を汚れたハンカチーフと呼んでみたりするのはそのような意味であるのだろう。しかし、被爆者援護強化という政治的課題も、この汚れたハンカチーフで濾過されると、ただちにきわめて人間的な深い印象をあたえる具体的なイメージにかかわる

のである。たとえば、重藤院長は、この強化によって、顔の醜さを恥じて家の奥に閉じこもったきり、この十九年間をすごした娘たちを救うことができるようになるかもしれない、と期待する。《良識ある医者》がそのような娘たちに正当な診断をくだし、社会的な活動が不適当だと認めて保護を加えることになるなら！　広島に、なお千人を数える《顔の醜くなった人たち》がいかなる保護もなしにその家屋の奥にかくれ住んでいるのだが、着実な援護方針がきまれば、それらの人々もついに意を決して表に出てくるだろう、というのが重藤院長の実際的な観測なのである。

そして医学者としての重藤博士が、この夏、直面している課題は、原爆症で死んだ親による子供たちの血液障害の問題である。赤んぼうをのこして死んだあの痛ましく勇敢なハイ・ティーンの母親はじめ、この二つの夏のあいだの四十七人の死者たちとともに、重藤院長はその問題にむかってなお一歩近づいたのだ。《次の世代の原爆症の問題》、この遺伝の問題については医者たちにも被爆者にも決してそれにふれたくないという気分がある。しかし法律の援護の窓は開いておきたい、と重藤院長は考える。こうした禁忌の感情を十分に認めたうえで、そして調査する者の善き意志を被爆者たちが素直にうけとってくれるかどうかを深刻にうたがいながらも、博士は結局、被爆者の子供たちを洗いざらい調査すべきだという考え方に達しているのである。

法律、あるいは国家の確実な保護の窓を開いておく、というのが重藤院長の現実的な思考法の基本的な態度である。金井論説委員のいわゆる《平和運動家の宗教戦争》のあいだ、具体的な施設や資金にかかわっていえば、まがりなりにも次第に被爆者の援護のプランをすすめてきたのは保守党の政府であり、いまも現に実

績をあげようとしているのは保守派の議員たちである。僕は広島で、ひとりの保守派の地方政治家の、戦中・戦後をつうじての、いささかいかがわしい噂をたびたび聞いたものだ。しかし客観的に見て、この夏、かれが援護強化の政治的折衝にもっとも効果的な役割をはたしたひとりであることもまた否定できない。そういう時、着実に現実的な援護プランの強化に心をくだきながら、しかも、現在この原爆病院におこなわれている投資が、結局は世界のすべての人間にかえってくる性質のものである、という威厳にみちた確信をもいだいている、重藤博士のような病院長が、いかに切実に必要であることか。そしてこのもっとも必要とされる人格をつくりあげたのが、被爆以来十九年間の原爆症医療の歴史である。

この困難と苦渋にみちた医療史について、重藤院長は、一九六五年の二十周年を期して、被爆者の医療にかかわってきた医者たちが、もういちど資料を見なおし、集って話しあい、それらのひとつひとつが、すべて人類にとって新しい体験であった個々の医療が正しかったか、まちがっていたか、《どこか手をぬいたところはなかったか?》を検討したいと企画した。ABCCの場合とちがって、日本側の治療の努力は、ひとりのリーダーの統率によっておこなわれたわけではない。したがってそれは綜合的に反省し検討を加えられねばならないはずのものである。その全面的な調査研究の一環として、被爆者の子供たちの血液調査もまたおこなわれるべきだと重藤院長は考えている。

一九六五年をひとつの時点として原爆医療史に綜合的な検討を加えたいという計画は、そのまま、中国新聞の論説委員が意図している、やはり一九六五年、原爆二十周年の原水爆被災白書の計画を、より専門的な医学者の言葉でかたったものだ。すなわち広島の現場

で地道な努力をかさねてきた人々の、個々の想像力の行きつくところが、おなじひとつのプランであったといわねばならない。そこにもまた、広島という《宿命の地》の独特な性格をあかしだてるものがある。広島でもっとも恐しい体験をつうじて生きのこり、そして生きのこった人間としてのもっとも誠実な生き方をしめしている、かれら、まさに広島的な人間たちは、おそらくその本質的な深みでシャム双生児のようにしっかりつながっているのである。僕は人間的悲惨の極をあかしだてることで核兵器時代の人間的希望の確実な見通しをたてようとする、一九六五年の、表裏一体の二つの試みに期待をかける。それこそが二十年目の死者たちと、生きてなお苦渋にあえぐ人たちへの、日本人に可能な唯一の有効性ある努力なのだから。それはまた直截に新しい平和運動のイメージをもたらすものでもあるはずである。

――〔六四年八月〕――

モラリストの広島

広島のさまざまな病院や個人の家々、あるいは街角で被爆者たちの体験談と今日の感慨を聞いているうちに、かれらがこぞって、人間についての独特な観察力と表現力とを自分のものとしている人たちであることに気がつく。また、かれらが、勇気とか希望とか誠実さとか悲惨な死とかいう、モラルの深みにかかわる言葉に具体的かつ個性的な意味づけをおこなっている人たちであることに気がつく。すなわち、かれらは、日本語でかつて人性批評家という訳語があてられたような意味での、モラリストなのだ。そしてなにがかれらをモラリストとしたかといえば、それはかれらが人間の歴史がはじまって以来の、最も苛酷な日々にめぐり

あい、そして十九年間それを忍耐しつづけてきたからである。広島のモラリストたちのことを考えるたびに僕はまず、すばらしい小雑誌『ひろしまの河』を発行している広島母の会の中心メムバーのひとりである、なんとも豪胆《ごうたん》な語り口の老婦人のことを思いだす。広島で実力を発揮している保守派の地方政治家の戦中・戦後の生活と意見を描写する彼女の言葉の、いきいきした辛辣《しんらつ》さの魅力ときたら！

　これはまず、ひとりの架空の人物をめぐる悪漢小説のエピソードとでもいう風にうけとっていただきたい。僕がそれを紹介する目的は、単にこの老婦人の語り口のおもしろさを伝えたいためにほかならないのだから。こういう悪漢小説のヒーローはおそらく日本のあらゆる地方にいるし、そして広島はもとより、他のいかなる地方にも、そっくりこのままでは実在しない。すなわちかれは、あくまでも噂のなかの存在にすぎない。

そこで僕は小説めかして、自分のヒーローを悪漢赤い血と名づけよう。戦争末期、かれは非国民という汚名をきて憲兵隊に拘引されたが、いったん釈放されると、《非国民の血は赤くないだろうが、おれの血は赤い血ぞ！》と街の人々に語ったということである。さて悪漢赤い血が憲兵隊につかまったのは、かれが自分の工場でつくり、軍隊におさめていた銃弾に、多くの不発弾がふくまれていたからだという噂である。戦争たけなわのある一日、語り手の老婦人たちが森にキノコを採りにでかけて行く途中で、ひとりの農夫に会った。農夫は唇からアワをふくほど夢中になっていて、これから悪漢赤い血の銃殺がある。それを見に行くのだと急いでいる。老婦人は、もっともそのころはまだ壮健な中年女だったわけだが、ただちに、《キノコはいつでも採れる、あいつの銃殺は一度しか見れない！》と叫んでキノコ狩りの計画を放棄し、農夫につづいて銃

殺見物に駈けだして行った。しかし幸運なことに銃殺はとりやめとなり、悪漢赤い血は釈放されて名文句をのこした。

悪漢赤い血が真に活躍を開始するのは戦後である。悪漢小説のヒーローがつねにそうであるようにかれはまず、後家荒しという異名をとる性的辣腕《らつわん》ぶりを発揮した。

それからかれは政治の世界に登場すべく試みる。その時、かれは戦争の末期に銃殺されかけたことを力説し、自分が反帝国主義の闘士だったという印象を広く流布させようとした。しかしそのような抽象的戦術のみで地方選挙に勝てると考えるほど、わが悪漢赤い血は単純なタイプではない。そこでかれの、だめ押しの戦法は、選挙前一ヵ月間、ついに政治的キャリアの協力者として獲得したもと後家ともども、かれの根城一円のドブ渫《さら》いをおこなうことだった。戦術は図にあたり、かれは有力な新鋭の地方政治家として擡頭してゆく。戦前からの保守派の実力者のおぼえもめでたい。そして保守党議員としての地位を得たかれは、ごく具体的に、さまざまな被爆者救済のための実績をあげたのである。原水協をはじめとする諸勢力が、金井中国新聞論説委員の言葉によれば《平和運動家の宗教戦争》にシノギをけずっていた時、悪漢赤い血は保守党の実力のいくぶんかが広島にむかって投入されるべく走りまわったのだ。悪漢赤い血は遍歴のあとついに、これもまた悪漢小説のヒーローらしく、たとえば『オーギー・マーチの冒険』のヒーローみたいに、聖者の光彩をおびはじめる……

かくのごとく悪漢赤い血は戦後さかえたが、老婦人の医師であった夫君は、戦争中、町会の指導者として活動したという理由で追放されてしまった。老医師は、《おれは男がすたった！》と慨歎し、失意のうちに、新

薬さえみればすべて買いこんで、どんどん服《の》んでしまうという、医師らしからぬ神経症のとりことなった。原爆投下後の数日間、老医師は広島でもっとも献身的に救援活動したあの町医者たちのひとりだったし、もとよりかれもまた被爆したのだから、かれが新薬さえ見ればそれを大量に注文し服用したくなったからといって不自然ではない。しかし、それにしても、かれの新薬趣味は度をこえていた。老婦人の観察によれば、老医師は、新薬のもろもろの成分が胃の中であらたに分解合成しあったあげくに発生した猛烈な毒に、内臓をどろどろにとかされて死んでしまった。いま、やはり被爆者の老婦人は、健康がすぐれないが、断固として新薬を拒否し、毎月五千円の漢方薬を服んで、悪漢いいい赤い血を批判しつづけているのである。市内の病院が原爆症の治療に漢方薬を採用してはいないので、彼女の被爆者手帳をもってしても、国の補助に頼ることはできない。毎月五千円の草根木皮《そうこんもくひ》は彼女自身の負担である。老医師も老婦人も、原爆以前は夫婦そろって健康だった。それが、あの後めっきり弱くなったのだから、新薬ノイローゼや漢方薬愛好癖の個人差をこえて、やはりこの老夫婦は被爆による諸症状を忍耐して生きる人々であることに疑いはない。

しかし、だからといって確実な原爆症患者として国のもっと手厚い援護をうけることはできない。被爆まではいささかの病気にもとらわれる体質ではなかったのに、あの日以後、どこといらめだった兆候はないものの、確実に健康体ではない、という打ちあけ話を、僕はいくたび耳にしたことだろう。広島には、それらの症状について、あのような人類未曾有の体験のあと、いかなる症状も原爆に関係なしとはいえない、という考え方と、実際に致命的な原爆症を発してからでなければ、国庫の補助を期待できない、という現実の抵抗

が共存しているのである。

さて、この老婦人はまさに権威主義とは無縁の人格だった。彼女は自分の眼で見、自分の耳で聞いたことからのみ考えはじめる態度を頑強に持ちこたえていて、権威主義や、既成概念にとらわれることがない。現に彼女はそれらで解決できない困難を独自のやり方で生きのびた人々を知っているのだから。僕が広島のモラリストと呼ぶのはそのようなタイプの考え方の人たちのことである。老婦人によれば、被爆直後、やけ酒を飲んだ連中は、原爆症にとらわれることがなかった。なぜかといえば酔っぱらった人間の体内の放射能は、アブクとなって皮膚からにじみ出、解毒されたからである。お灸《きゅう》をすえ、化膿したところを弘法大師の湯の花で処理するという方法も数多くの人々に効いた。これらの具体的な見聞の真実性を簡単には否定できないところにも、重藤日赤病院長たちの原爆症医療の闘いの歴史がどのような処女地からはじまったかをあきらかにするものがある。このように老婦人の豪快な雄弁はつづいたのだったが、日ごろ彼女たち広島母の会の人々が接している被爆者仲間の噂にいたると、その剛直さにも端的に、嘆きの声がまぎれこまないではいなかった。

老婦人の娘の友人である若い母親が、奇型児を生みおとした。母親は被爆者でありケロイドもあり、そこで《決心していたから》、自分の生んだ奇型の赤んぼうをひと眼なりと見たいとねがった。医者がそれを拒んだので、彼女は夫にそれを見てきてくれといった。夫はでかけていったが、赤んぼうはすでに処理されたあとだった。若い母親は、あの赤んぼうを見れば、勇気が湧いたのに！　と嘆いたという。僕はこの不幸な若い母親の、無力感にみちた悲嘆の言葉のうちの、勇気という単語にうちのめされる思いだった。それはすで

に実存主義者が新しくあたえた意味の深みに属する。死産した奇型児を母親に見せまいとした病院の処置は、たしかにヒューマニスティックであろう。人間がヒューマニスティックでありつづけるためには、自分の人間らしい眼が見てはならぬものの限界を守る自制心が必要だ。しかし人間が人間でありうる極限状況を生きぬこうとしている若い母親が、独自の勇気をかちとるために、死んだ奇型の子供を見たいと希望するとしたら、それは通俗ヒューマニズムを超えた、新しいヒューマニズム、いわば広島の悲惨のうちに芽生えた、強靭なヒューマニズムの言葉としてとらえられねばならない。誰が胸をしめつけられないだろう？　この若い母親にとっては、死んだ奇型児すら、それにすがりついて勇気を恢復すべき手がかりだったのだ……

もうひとりの若い母親は、その妊娠中ずっと、自分の赤んぼうが奇型児ではないかという不安にとりつかれていた。そこで出産の時がいたっても、彼女の奇型児への恐怖心は、たびたび産みおろすために必要な肉体的反応を妨げた。産気づいては、それが不十分なまま雲散霧消するという過程がくりかえされ、彼女は長時間苦しみ、結局、正常な子供が生まれたが、母体はその後、恢復しない。

一般にそのようなノイローゼになやみながらも、なぜ人工中絶しないで出産するか、ということについて僕は、被爆した若い母親たちの勇敢さに心うたれるものである。しかしまた、子供ができなくて夫婦別れする被爆者たちのケースも少なくないということを、あわせ記憶せねばならぬとも思う。周囲からむりやり、勇敢たるべく強制されてひそかなノイローゼと闘わねばならぬ若い妻たちもいないではないだろうことを考えてみるべきだと思うのである。

なおも暗く、かぎりなく暗い噂。ある娘が偶然、自

分のカルテに骨髄性白血病と書きこんであるのを読み、そして縊死した。僕はこういう噂に接するたびに、われらの国がキリスト教国でないことをせめても幸運に感じる。この不幸な娘を自殺への罪障感がその死の深みへまで追いかけてはゆかなかったであろうことを、ほとんど唯一の救済と感じるのである。生き残るわれわれは誰も、彼女の自殺を道徳的に非難することはできない。ただ、われわれは、それでもなお自殺しない人々の存在を心貧しく思いおこす自由をもつばかりである。これは個人的な反省だが、ひとりの日本人僕もまた、癌におかされるなら罪障感もいかなる地獄への不安もなく、縊死するタイプであるのかもしれないのである。すくなくとも僕は、自分が他人の自殺を制止する資格をもつ人間であるかどうかを、つねに疑わないではいられない。僕は無力感のカビに腐蝕される。そしてそのような僕は、広島の、それでもなお自殺しない人々の存在に、深く根源的で、徹底して人間的なモラルの感覚を見出しては勇気を恢復するものである。考えてみるまでもなく、この核兵器の時代に（僕がこの部分を書いている一九六四年九月の第三週の新聞の政治的スキャンダルはフルシチョフの、《おそるべき人類絶滅の手段》がかれらのもとにある、という言葉をセンセーショナルにつたえることではじまった。それは数日後、《おそるべき新型兵器》、それも複数の形での新型兵器という言葉に訂正されたが、それら二つの言葉のあいだの谷間がどのように深いにしても、結局二つながらに、武器がわれらの時代になお荒ぶる神のごとく君臨しているという印象から僕はまぬがれることができない）、それでもなお自殺しない人々のモラルは、われわれすべての者の普遍的なモラルであるはずではないか？　そして広島の自殺者たちの、やむなく崩壊したモラルもまた、当然われわれと無縁でな

い。

もうひとりの自殺者、かれは広島市郊外の慈善施設にいた老人であるが、原爆手帳をのこして瀬戸内海のフェリー・ボートから投身自殺した。いかなる原爆症の兆候も、すくなくとも客観的には、老人をむしばんでいなかった。しかし、老人は心の内部に、まさに原爆に由来する毒をはびこらせていたのだ。かれは原爆症ノイローゼというべき心理状態にあった。そして広島で孤独な晩年をおくる人々が、原爆症ノイローゼにおちいることを異常とみなす、たくましい正常さは、僕にはない。

中国新聞が数年前の原爆記念日前後にわたって特集掲載した『ヒロシマの証言』という一連の記事は、自殺するよりもっと悪い深淵におちこんでしまったひとりの老人についてつたえている。新聞記者が、この老人を訪ねて行った時、老人は八十七歳だった。それより三年前、かれの孫は原爆症で死に、そして老人は、発狂して、ずっとそのままだ。青年の両親はすでに死亡していたから、老人は、かれの孫を独力で育ててきた。青年は東京の大学に入学したが、経済的にゆきづまって中退し、広島にかえり、そしてまもなく原爆病院で苦しい死をむかえたのである。老人が東京の孫にどうしても送金できなくなった時、青年は職をさがすべくつとめたのだが、すでにかれの躰は労働に耐えることのできるものではなかった。広島に戻ってからのかれはつねに疲労していて、ただ寝そべっていた。そして青年が視力のおとろえに気づいた時、医者はかれの眼のみならず、腎臓がおかされ白血球の数も減少していることを見出した。やがて青年は眼底出血で失明し、一ヵ月後、新聞の記述によれば、血のヘドを吐き、泣き叫びつづけ、もがき苦しみ、それから突然に静かになって《寂しいよ、寂しいよ》といい、そして《アーア

ーアー》と三回泣きじゃくって息をひきとったのであった、この限りなく苛酷な死。

青年の死のあと永い期間、老人はじっと黙りこんで仏壇のまえに坐ったまま日をおくっていた。それから不意にかれは死んだ孫にむかって語りかけはじめ、もう決して沈黙しなかったのである。《あんた、十円の金がないいうたよのう。あのときはあさましい思いをしたんじゃろうのう、隆ちゃん》、老人が青年の思い出にむかって語りかける言葉はつねに金銭に関してであり、金銭的な困窮によるあさましい思いについてである。《あんたが自転車を売るというたとき、おじいさんはおこらずに売らせてやればよかったのう。隆ちゃん、ゼニがいったんじゃろうにかわいそうにのう。》死んだ青年は老人にとって、かれ自身の死のときのいたるまで(そしてそれは発狂した老人にとって永劫回《えいごうかい》帰《き》の永遠にかかわってということだが)つねに、金銭的な困窮によるあさましい思いになやまされている。それを悔みつづけるこの老人の内部におけるほどにも、絶対に恢復不能のまさにあさましい絶望があるだろうか？　かれの単一化された意識につねに現存するイメージのうちなる青年は、死の曠野の薄昏《うすくらが》りに、売ることのできなかった自転車を脇にしてたたずみ、十円の金に不足してあさましい思いをしつづけているのだし、かれのイメージのうちなるかれ自身は、青年が自転車を売ることを禁じていつまでも理不尽な怒声を発している老人である。

老人は、新聞記者につぎのように語った、《隆ちゃんがの、わしに先に死んどるけえ、おじいさん来いよ、迷やあせんけえというのであります。いまさら原爆がどうちゅうてもしようがないです。東条さんが早う往生してくれとれば、隆ちゃんは死なんですんだんであります。死んだ隆ちゃんそういうんです。おじいさん

に電話したかったが、いま十円のゼニがないんじゃというておりました。そしたら家の軒はしですべってころびまして……》そしてもう新聞記者は老人の言葉の脈絡を追うことができず、老人はかれの死んだ青年との対話に戻っていったのだった、《あんたが自転車を売るというたとき……》

新聞記者という他人を見出して、狂える老人の意識が現実世界に向かって方向づけられた、このごくみじかい時間の、かれの話しぶりが、数かずの他人たちを前にして自分の志をのべる演説者の文体であることに僕は関心をひかれる。老人は戦争のあいだ、糧秣廠の職工長であった。おそらくこの老人の生涯には、他人たちに向かって自分の志を演説する機会はついにこなかったにちがいない。ところが、かれはいま死んだ孫との交感において、他人たちに演説すべき、かれの生涯の唯一の志をかためたのだ。それはすでに演説の文体をえて、かれの意識に固着している。《いまさら原爆がどうちゅうてもしようがないです。東条さんが早う往生してくれとれば、隆ちゃんは死なんですんだんであります。》

文体が人間だ、というのはこのような意味においてであろう。ひとりの人間がその生涯に、ほんの数秒間で演説しつくしてしまう量ではあるが、演説の文体でなくては表現しえぬ、切実きわまる志をもつに到るということは、それは確実にわれわれの胸をうつ。もっと長く、もっと壮大で、そして比較を絶して空虚な演説にみちみちているこの時代に、僕はこの数行の演説を永く忘れないだろう。

この夏、僕は広島で幾人もの人たちに、この老人のその後の消息をたずねてみたが、ある答は、すでに老人が死亡したというものだったし、ある答は、なお老人が、死んだ青年と金銭的な困窮によるあさましい思

いについて、はてしない会話をつづけているというのだった。広島で人間の生死をめぐる季節は、じつにスピーディに流れている。おなじく『ヒロシマの証言』で、原爆で五人の子供を失い、自分自身も、胸から首、両腕にひどいケロイドをのこしている韓国人の老婦人が、古ぼけたバラック建ての住居に、日本聖潔教団広島韓国人基督会という表札をかかげて住んでいるという記事を僕は読んでいた。彼女のことを街の子供たちは《朝鮮の気違いばあさん》と呼び、かつては絶望した彼女自身、《原爆をおとしたアメリカをのろい、戦争をした日本をにくん》でいた。《あのころ神さまの恵みを受けなかったら、私は自殺するか気違いになっていたでしょう。》信仰を得た彼女は、貧しく小さな教会を主催して正常に生きつづけているのだ。《いまとなってはアメリカも日本も恨んではいません。むしろ戦争でかたわになったとはいえ、韓国人の私が日本で生活保護を受けていることを、日本の人におわびしたい。私は、日本人とか韓国人とかいうことは別にして、五人の子供を失った母親として原水爆禁止だけ訴えたい。》

僕はこの異様なほどにも寛大な韓国の老婦人のバラックの教会を探して楠木町四丁目の周辺、天満川の川べりを歩きまわったが、大方のバラックはとりこわされブルドーザーが動きまわっており、一軒だけ残っているバラックは廃品回収の仕切屋で、暑さに耐えかねた人々が、素裸で昼寝しているにすぎず、僕は生い茂る夏草を踏みしだいてむなしくひきあげた。近辺の人々は、すでに誰ひとり、この韓国人の基督教徒の消息を知ってはいなかったのである。

僕はこの基督者の魂をもった韓国の老婦人の思い出にそえて、やはりおなじ民族の少年が原爆後の広島でのこしたひとつの行動の軌跡を、ここに記録しておき

たい。この少年が風のようにどこへ去ったか、それは今にいたっても、少年に救助された日本人の娘はもとより誰も知らない。この挿話は、爆心より一・七キロのところで被爆した、当時三十歳の橋本くに恵さんの手記からの引用である。

《二日目の夕方、と言っても未だ陽はかんかん高く、恨めしい程の熱さの頃、通りすがりらしい十四、五の少年がひょいとかけ寄って来て私をのぞき「権現サンとこキュウゴショできとるよ。行くか？」言葉のなまりのたどたどしさからすぐ半島の子供と知れた。罪のない民族の偏見を越えた真心にすがりつくような想いでうなずくと、少年は殆んど私を負うようにして権現下の救護所へ連れて行ってくれ、名も告げず所も言わずいつの間にか風のように人込みに紛れてしまった。》

『ヒロシマの証言』は、フェリー・ボートから投身自殺した老人のタイプでもなければ、死んだ青年と孤独な会話をつづける発狂した老人のタイプともちがう、いわば、もっとも抵抗的なひとりの老人についてもまた語っている。この老人は《絶望からではなく》、《年寄りで、からだも不自由な私が犠牲になれば、その波紋が核実験禁止の方向に広がると思っ》て、原爆慰霊碑の前で割腹を試みた人物である。しかし腹の皮膚は、かれのやっと手にいれた小さなナイフをうけつけず、老人は、《生き恥だけはさらしたくない》と首をかき切ろうとしたが、それでもなお二次放射能による原爆症におかされた老人の体力では自分の確実な死を獲得することが不可能だった。この奇妙に感じられるほど鋭敏な廉恥心の持主が広島市民病院のベッドでくりかえす言葉、《とうとう生き恥をさらしてしまった。》老人が自決を覚悟したのは、フルシチョフが核実験再開を声明し、日本原水協がそれに直接抗議する勇気をもたなかった、あの憂鬱な一九六一年九月のことである。

狷介《けんかい》な孤独癖の持主で同室の患者たちとも口をききたがらなかったという、この老人の、その後の消息、かれがいまなお《生き恥さらした》屈辱感と、核実験への不燃焼な怒りの蓄積とともに生きつづけているのかどうかについてもまた、この夏、ぼくが広島で会った人たちの誰ひとり知らなかった。はっきりしていたことは、ただ、老人が割腹に際して準備した九通の抗議書はすべて、米、ソ大使館はじめ、あらゆるその抗議先で無視されたという事実のみであった。

被爆後、すべての家族をうしなって、かれらのみが生き残った広島の老人たちの問題は、これらの典型的な数例のみならず、いわば一般的に深刻だ。広島憩いの家がおこなっている、いわゆる原爆孤老の救済は、その問題に直截に対処しようとする運動である。恢復しても原爆病院から退院してゆくべき場所をもたぬ老いたる患者たちや、かれらをおびやかす様ざまな癌、それも確実に被爆の深い根をもつはずの癌の兆候についてはすでにのべた。《としよりが一人残って、若いものがみな死んでしもうた》という嘆きにみちた証言についてもまた。僕はいくたび広島で、このさかさごとへの悲嘆の声を聞いたことだったか？ しかも、さかさごとについて話しながら、それら老いたる生き残りたちの眼には、ほとんどつねに、悲しみや怒りの情念とはあきらかにちがう翳《かげ》り、誤解をおそれずにいうなら、一種の恥かしさの感覚がひらめくように思われるのであった。僕はむしろ、それにこそもっとも震撼《しんかん》されたものである。

『ひろしまの河』十号は、自殺もせず発狂もしないで忍耐しながらかれら独自の日常生活をつくりあげている、もっと平均的な三人の原爆孤老の聞き書を掲載している。いうまでもなくかれらのもの静かな語り口を支えている異常な忍耐心は、人間一般についてみれ

ば、およそ平均的などとはいえないが。

《私は、今年七十二歳です。原爆の時は広島市の西口、太田川放水路の近くの屠殺場に勤めていて、ドカン、と大きな音がした時は、夏の真盛りなのでランニングに作業衣の前掛を胸からしているのみの私は、そのままの姿で、事務所の前の三和土《たたき》に仰向《あおむけ》に飛ばされていました。屠殺場では跣足《はだし》であったため、足にガラスの破片が沢山ささっていましたが、何か異常なもの音に包まれている中で、無意識の状態が続いたのです。》

《昭和二十一年二月の末、急に激しく目が痛み出しましたので市内のA医院へ行ったがもう目は次第に見えなくなっていた。市の周辺にある色いろな医者にも通ってみたがすでに駄目だった。》

《ピカまでは薬一服のんだことのない私も、だんだん体が弱り、去年の十二月、遂に肝臓と盲腸を手術することとなりました。手術した結果、脾臓もわるいことがわかりました。その上太田川放水路は工事が再開され、市電がその方面を通ることになりましたので立《たち》退《の》きをしなければならなくなりました。もう何度死のうと思ったかわかりませんが、死んではつまらないと自分にいいきかせては、思いかえしています。》

そして妻と死にわかれ、唯一の身よりだった小児マヒの甥も結婚して去っていったので、本当のひとりぼっちで生きつづける、この聞き書きの主は、ユーモラスにこう感謝するのである、《私がこうして盲目で困っていれば人が色いろなものを恵んで下さるし、煙草もよいのが落ちていたといって拾ってもって来て下さいます。》

琴を教えている孤独な七十四歳の老婦人はこう語っている、《琴は譜で習っていましたので、今でも譜を見れば思いだせますし、教えることも、昔習ったもの

の復習にもなるので、真似ごとぐらいに教えています。琴をひいていると、何も考えないので大変幸せです。……お借りしている家は裏からも出入りが出来ますので大変便利ですが、犬のビルを馴らすのに一苦労しました。すべてを失えば、何かを得る。ピカのときから私はそれをしみじみ味って来ました。》

そしてもうひとり、やはり七十四歳の老婦人の言葉、《健康については歩くことを最良としています。用のない時には何時もあちこちを歩くので、人に、よく歩く、といわれます。主人は満洲で亡くなり、妹も沖縄で死に、その長男は中支で戦死、二男は沖縄の健児の塔にまつられています。現在、私は生活保護で暮していますが、他家のお使い歩き、留守番などもして、いろいろと暮しの工夫をしています。ラジオの聴取料金の支払いが一番つらいのです。今、私の最後の望みは、甥がまつられている沖縄の健児の塔におまいりが叶えられたら、ということです。》

これらの原爆孤老たちをこそ、僕はそれでもなおいいいいいい自殺しない人々と呼ぶべきであろうと思う。そして、老いて盲目となったもと屠場の働き手が自殺しないことを、かれ自身の強固な意志によるとすれば、ともに七十四歳の老婦人たちが自殺をまぬがれているのは、彼女たちがそろって、被爆者たちのグループに属し、それによって自己を解放する機会にめぐまれているからだといっていいかもしれない。

琴の老婦人は、《全く一人になった私も、被爆者の会にはいってからは友達も出来》といっているし、歩きまわることで、被爆した躰の健康のバランスをとるべくつとめている老婦人もまた、こう語っている。《昭和三十五年、広島市皆実町の原爆被害者の会に入会させていただき、ひとり暮しの淋しさが解消しました。会では悲しいことも嬉しいことも隔てなく話し合

えますし、遠い見知らぬ人からもカンパが来たりして、人々の暖かい心に接すればいつまでも生き抜かねばと、勇気が湧いて来ます。》勇気、この原爆孤老たちのもちいる勇気という言葉もまた、たとえ陰翳の明暗のちがいはあるにしても、死んだ奇型児の母親のおなじ言葉同様、すでにひとつのモラルの力をそなえている。

僕はすでに、平和運動にアクティヴな興味をもちつづけた原爆病院の《最後の人》、宮本定男氏の遺稿についてのべた。かれもまた、原爆孤老たちとおなじく、いいいいいいいいいそれでもなお自殺しない人々の勇気をそなえた人間だった。とくにかれは原爆病院のおなじ入院患者たちがなにかだらしないことをすれば、つねに不機嫌にブツブツ抗議するといったタイプで、《誰よりも、どの患者よりも自尊心が強い》性格だった。かれを悼《いた》むひとりの入院患者の言葉、《ワンマンで気むずかしかった宮本さん、あなたは誠実な人でした。》

かれがいつも不機嫌にブツブツいう気むずかし屋であったのは、なによりもかれが、現実世界から降りて、この原爆病院に隠遁している入院患者ではなかったからであろう。かれは、原爆病院の入院患者たちのなかに、ひとつの現実的な社会を見出し、積極的にそれにかかわって生きたのだ。そこでかれは、病院の管理者側の義務をわけもつというのではないにもかかわらず、自発的に、《病院の食器を勝手に患者が病室で使うことを禁止したり、配膳室のガスを使用した後の整頓をやかましく》いったりしたのである。かれはまた、マッチの棒と厚紙でお城をつくり彩色したり、小貝の殻に金粉をぬって浦島太郎をつくったりする、手の人間《ホモ・ファベル》でもあった。

その、まめに日常生活を埋めてゆく性格は、絶望した人間のそれではない。しかし、やがてかれの器用な手は氷のようにつめたくなり、室内でも手袋をしてい

なければならなくなって、工作の時期は終った。

僕はかれの遺した文章のうち、《悲惨な死え《ママ》の闘いをつづけている人々》という一行に注意すべきだと書いた。悲惨な死に対して、あるいは悲惨な死にさからって、新しい生命にいたる闘い、というのではなく、悲惨な死への闘い、悲惨な死にいたる闘い。僕は、すでに悲惨な死をとげた宮本定男氏が、その生涯の終りの文章において、助詞の使い方をあやまったとは考えない。かれはおそらくかれの心情にもっともしっくりする言葉を選ぼうとして、《悲惨な死え《ママ》の闘いをつづけている人々》と書きのこしたのだ。すなわち、宮本定男氏は、悲惨な死にいたるほかない闘いをつづけながら、なお勇気をうしなわない、実存主義者の世界がはじめて解明し、われわれのものとした、もっとも強《きょう》靭《じん》なヒューマニズムのイメージをいだいてこの文章を遺したのだと僕は理解する。宮本定男氏こそは代表的な広島のモラリストであったにちがいないのである。

もし、われわれが再び人間の頭上に、核兵器の凄《すさま》じい一閃《いっせん》を体験するのなら、われわれがその荒廃を生きのびるためのモラルこそは、広島の苛酷な経験によっておのずからモラリスト、人性批評家となった人々の知恵によるほかないはずである。

また、幸運にも、もし、再び人類が核兵器による攻撃を体験しないとすれば、その時にもなお、この人間がかつて経験することのなかった最悪の日々を生きのびた広島の人々の知恵は、確実に記憶にとどめられておかれねばなるまい。

数年前の新聞記事をたよりに人を探すことがすでに困難な、そういう土地、広島の寡黙《かもく》な人々の真実のモラルをうけつぐために、われわれがなさねばならぬことはなにか？　早急に果さねばならぬことはなにか？

原爆二十周年を期しての原水爆被災白書の作製が、その試みのひとつであることは疑いをいれない。

——〔六四年九月〕——

人間の威厳について

この核兵器の時代、原水爆被災白書の誠実なプランナーたちのいう、原水爆の悲惨よりも原水爆の威力が人間の関心を集中させ、それが軸となり、テコとなって急速に動いている時代、われわれ日本人は、というよりも、むしろ僕自身は、なにを記憶し、記憶しつづけねばならないか?

それはいうまでもなく、広島にかかわってであるにちがいない。広島における人間の悲惨についてであるにちがいない。そして、その悲惨を克服しつづけるということがどういう困難な過程であったか、それを克服しつづけた広島に、どのように新しい人間の思想が、あらわれたか、ということであるにちがいない。それ

より他に、今日どういう信条が、信ずべきモラルがありえよう？

この核兵器の時代の、つい昨日まで、原水爆を所有しうる力をもちながら、しかもそれを所有しない国のイメージは、もっとも新しい人間的な政治思想そのものを提示するイメージであった。しかしいま、僕がこのノートを書いている一九六四年十月、中華人民共和国はすでに、そのようなイメージの国ではなくなった。それは、とにかく、なにか別の国だ。このような時、あらためて、僕は、この二十世紀後半の地球の唯一の地、広島が赤裸々に体現している人間の思想を記憶し、記憶しつづけたいと思う。広島は人類全体の最も鋭く露出した傷のようなものだ。そこに人間の恢復の希望と腐敗の危険との二つの芽の露頭がある。もし、われわれ今日の日本人がそれをしなければ、この唯一の地にほの見える恢復の兆《きざ》しは朽ちはててしまう。そしてわれわれの真の頽廃がはじまるだろう。広島をたびたび訪ねた日本人のひとりとして、僕は、僕自身が、広島に触発されてきたものを、いわば広島をめぐる僕個人の小さな思想とでもいうべきものを、ここに書きつけておきたいと思う。これは、広島をめぐって僕が書きつづけているノートの、僕自身のための、もっとも性急な要約のごときものだ。僕は、中国の核実験の真夜中以後、電話でくりかえし呼びおこされたものだった、夜明けまで、たびたび。しかし、僕は新聞に答えるより、このノートに、僕自身のための広島についての答案を書くべく試みることを選んだ。それは僕が自分のイメージのなかの広島を再確認することをねがったためだ、といったほうがいい。僕は、この答案で、おもに人間の威厳についてかたりたいと思う。それこそが、僕の広島で発見した、もっとも根本的な思想だし、いま僕が自分の支えにしたいものは、それにこそ

ほかならないからである。広島で発見した、といっても、僕にとって人間の威厳という思想は、的確に説明できるものではないかもしれない。むしろそれは、そういう言葉でなぞることのできるものより以上のものだ。そしてそれは僕が子供の時分からそう感じてきたところでもある。

具体的にいうなら、それはずっと容易だ。ただ、それが僕の感じている威厳の感覚を、十分に一般的に伝達する役割をはたしてくれるかどうかは、確かめようもないが……

たとえば、あのひとりの抵抗的な怒れる老人のことを僕はすでに書いた。老人は核実験再開に抗議する割腹をおこなったが、それに失敗し、抗議書もまた無視され、《とうとう生き恥をさらしてしまった》とかたっていた。あの老人には、かれが敗北感にせめさいなまれていたにもかかわらず、確実に人間的な威厳があると僕は思うのである。この老人が、僕の心をとらえてはなさない所以のもの、それは威厳の存在としかいいようがない。いいかえればあの老人には、人間的な威厳のほかなにひとつない。なぜ老人は割腹に失敗し、抗議書を無視され、そしてただ病院のベッドに横たわるためにのみ生きのびたか、このような生涯にどのような意味があったか？　と考えるなら、僕は老人がかれの人間的な威厳にいたるために割腹に失敗し、生き恥をさらしたのであり、かれの全生涯の意味とは、かれがその悲惨な晩年についにかちえた、人間的な威厳にほかならない、といいたいのである。痩せた腹に大きい傷痕をつけてベッドに横たわるのみの老人は、その威厳において、いかなるケロイドもない他のすべての人間たちに対抗しえているではないか？　たとえば、これが僕の、人間の威厳という言葉にたいする意味づけである。

僕は一九六三年の夏、原爆病院のまえで平和行進をむかえる演説をする宮本定男氏を見たとき、自分の手帳に、《花束をかかえてぐったりと肩をおとし、しかしまぎれもない満足感と威厳とともにかれはひきさがる》と書いた。その夏まだ僕は、この小柄な中年男のことをなにひとつ知りはしなかった。ただ、夏の日ざかりの広場に苦しげに立ち蚊のなくような声で、第九回世界大会の成功を信じます、と挨拶した患者代表ということだけが、僕の知識だった。それでも、僕にはかれがまちがいようのない威厳にみちていることが感じられたのだった。

それ以後、僕は広島で数冊の手帳に、じつにたびたび威厳という言葉を書いた。広島の平和運動の指導者である老哲学者と、老いた少女めいたその夫人に僕は威厳を見いだしたし、豪胆なユーモアにあふれる語り口で、広島の保守派の有力者を批評する、『ひろしまの河』の中心メムバーの老婦人にも、僕は威厳を発見した。そしてそれらの威厳は、僕がもっとも人間的だと感じる性質の威厳であった。それは僕が子供の時分からあこがれてきた威厳であり、いつ自分がそれに到ることができるのかを疑っている威厳だった。今となってみれば、僕が広島にたびたび旅行するきっかけになった心理的要因も、広島の人たちの人間的な威厳の感覚が僕をひきつけたからだとしかいいようがない。

僕は原爆病院の重藤院長にも、威厳を見いだしてきたが、いうまでもなくそれは、原爆病院長という権威にもとづく威厳ではなかった。おなじように人間的な威厳を、僕はかれの病院の入院患者、宮本定男氏にもまた、見いだしたのだから。念のためにいえば僕はこのノートに、僕が調査できた側面からの、いわば個人的な原爆医療史をふくめたいと計画したのだったが、広島における原爆医療の歴史は、体制のがわの権威に

よってみちびかれたどころか、その逆に、つねに権威あるものに対する穏やかな抵抗をおこなう人々、決して屈伏しない根気づよい人々の力によって、まったくのゼロ地点からの発展をとげてきたのである。ＡＢＣとその背後の占領軍、あるいは日本の保守政府のことを考えあわせれば、原爆医療史は、むしろ反体制の志によってつらぬかれてきたといってもいい。そもそも原爆病院は政府がたてたものでもなければ、政府の援助で運営されているのでもない。それは広島日赤病院に配分された年賀葉書の利益金によって建設されたものである。重藤院長は、みずから被爆者でありながら、あの広島の人間の悲惨の瞬間以来、まさにゼロ地点から出発した医療と研究とをつづけて(自転車で廃墟をかけまわって瓦の破片をあつめたりしながら！)、今日にいたっている現場の医師である。したがって僕が重藤院長に見いだす威厳は、まさに赤裸々な人間のそれであって、いかなる権威とも関係がない。あの広島にみちみちた威厳ある人々はどこからきたのか？　しかもかれらの威厳は単純な威厳ではない。

ここで僕がもちいる威厳という言葉の意味を確かにするために、僕はまず、それがどのように僕をおとずれ、僕の言葉の世界に定着したか、ということを書いておきたいと思う。それは、僕の子供の時分から今日にいたる、この言葉をめぐっての個人的な思い出をかたることだ。それはまず、戦争の時代にはじまり、僕が大学生となっておもにフランス戦後文学を読みはじめてから、より確実な言葉となったのであった。いっとう最初、それは単なる、そうした意味の感覚として僕をおとずれ、まだ言葉の殻をかぶっていなかった。僕は戦争のおわりのころに、四国の山村の子供だったが、ひとつの恐しいジレンマになやまされていた。そ

もそも、このジレンマの種子となったのは、僕が村の映画館で見た映画のひとつのエピソードだった。それは、敵軍の捕虜となった若い兵士が、拷問にあって自分の軍隊の機密をしゃべってしまうことを恐れ、ただちに自殺するというエピソードである。僕はそれこそ震撼された。非常な感銘をうけ、同時にひどく恐れおののき怯えてしまった。そして僕は自分もまた、この戦争のあいだにおなじような窮地においこまれるにちがいないと予感したのである。それは僕にとって、もっとも重要な選択の問題となった。僕は若い兵士の行為に感動しながら、その反面、いったい自分の死を賭けてまでまもりぬかねばならぬ重要事が、この世の中にあるのだろうか、とエゴイスティックに生命を愛している不安な子供らしく疑ったのである。この世界の新参者《しんざんもの》で、まだなにひとつなしとげていなかった僕は、自己の死をいいようもなく恐しいものに感じていた。

もし、僕が、ひとつの秘密をうちあけねば殺されてしまう、というような選択を強いられたなら、僕は不甲斐なくどのような秘密でもうちあけるだろう。死を賭してまでなお屈伏しないこと、死にいたるまで抵抗すること、それが可能な人間に、僕はいつなれるのだろうか？　一緒にその映画を見た父親に、僕はなぜあの若い兵士が自殺したのか？　と、僕の内部のジレンマはおしかくしたまま、無邪気なチビの表情をよそおってたずねた。僕の父親はその後すぐ突然の死をとげたが、その時のかれの短い返答ほどにもショッキングな大人の言葉を、僕はそれまで聞いたことがなかった、それは子供の偽装された無邪気さへの苛《いら》だった父親の罰だった。

——あの兵隊？　自殺しないでも、白状させられたあと結局殺されたよ。

父親は、僕の心のなかで、この言葉が兵士の死への

バランスを恢復させることを望んだのだったろうか？　兵士はどうせ死んだのだからどちらにしても同じだという風に。ところが新しく僕には、そのどうせ死ぬ、どちらにしても死ぬ、という状況が、たとえようもなく恐しく感じられはじめたのであった。僕はおそらく、白状させられたあとで殺される兵隊のタイプだった。僕は、そういうタイプに嫌悪を感じ、白状しないで自殺するタイプの他人の存在に感激した。ところが僕はどのようにして僕のタイプの人間が、白状しないで自殺するタイプに、自分自身を変えることができるかを誰からもおそわることができないのだった、父親からさえも。子供の僕はむなしくいろんな仮説をたててみたものだ。将来の自分の軍隊の戦友たちのことを考え、かれらの生命のために黙って自殺する。しかし、と僕は壁につきあたるのだった、自分の死の重みにくらべて、他の人間たちの死のことを、それ以上に考えることが、できるだろうか？　自分の死こそが絶対ではないか？　しかも父親によれば、どちらにしても自分の死は他人たちの死にかかわらずやってくる！　そういう最悪の状況に僕がおちこむまえに（前にもいったとおり僕はそういう状況が遅かれ早かれ、自分にやってくることを運命のように確信していた）、僕が自分のそれに属している厭らしいタイプから、黙って自殺するタイプに自分を変えるための、僕自身に納得のゆく説明にたどりつけるように、と僕は恐怖にみちたジレンマのなかで願った。

　ところで僕がまだ子供のうちに戦争は終り、戦場での決定は延期された。しかし、僕にとって、自分が屈伏しないで死ぬタイプか、屈伏したあと殺されるタイプか、と考えることは、戦場にゆかなくてもいい時代の僕の青春の、日常生活全体にかかわって永つづきするジレンマだったのだ。それは内攻した。僕は時に粗

暴なふるまいにあこがれたり、時には自分をマゾヒスティックな人間だと信じたりする、おかしな高校生だった。やがて僕は大学の文学部の学生になり、フランスの現代文学を読みはじめたが、教室で、いつも僕の頭に浮んでいたのは、フランス文学と日本文学に、おたがいの言葉のそれぞれ特殊な流行があり、フランス文学でひんぱんに使われる言葉の同義語が、日本文学では冷遇されている、という発見だった。そして、そのような言葉として、とくに僕の注意をひいたのが、

威厳　(dignité)

屈辱あるいは恥　(humiliation, honte)

のふたつの言葉で、それらはすなわち、僕の少年時からの恐しいジレンマに深く関わる言葉であった。亡霊は決して消えさらない。もちろん日本文学に、これらの言葉の使用例が絶無というのではない。わが私小説の伝統的主題として、屈辱、恥をあげることは無理でない。しかし、フランス文学において、屈辱、恥という言葉は、作家と読者の胸を刺す、人間的なモラルの、もっとも鋭い剣なのだ。そのような重みとともにそれが日本文学にあらわれることはない。もうひとつの言葉、威厳についていえば、事情はもっとあきらかだ。たとえば、《あの少年は威厳にみちている》という文章を、日本文学のシンタックスが、なめらかにうけいれられるだろうか？　これはまさしく翻訳の文章にすぎない。

そこで僕は、自分の子供のころからのジレンマに、フランス文学からの独特な意味づけをまなんだのであった。次のように僕はジレンマに言葉をあたえた。屈辱、恥をうけいれたあとむなしく殺されるタイプの自分は、いつ、威厳とともに自殺するタイプにかわることができるだろうか？　もちろん、青春をうしなってしまおうとしている年齢の僕にとって、こういう極限

状況でものを考えるやり方がなおつづいているわけではない。それはいかにも子供っぽすぎる。しかし、このようにして僕にやってきた、威厳、屈辱および恥という言葉は、現在の僕にとってもなお、僕自身のモラルの世界のもっとも基本的な用語である。そして僕は、広島で、人間の最悪の屈辱につらなるものを見たし、そこではじめて、僕がもっとも威厳のある日本人とみなす人々にも出会ったのであった。しかも、歴史がはじまっていらいもっとも苛酷なことのおこなわれた広島の人間世界で、威厳という言葉も、屈辱あるいは恥という言葉も、ともに単純ではない。それらはすくなくとも、つねに二重の意味をもってあらわれるのである。

　屈辱あるいは恥、という言葉に関わっていえば、僕は核実験再開に抗議して割腹をこころみ、果たせなくて、《とうとう生き恥をさらしてしまった》とかたる老人についてはすでに書いた。かれの廉恥心は、そのまま、威厳の実体をなしている。原爆孤老たちのさかさごとへの恥かしさの感覚についてものべた。原爆病院で、僕が知りあった若い婦人は、一年へだてて、再びそこに入院した彼女と僕が会ったとき、自分を恥かしいといったし、そして顔に醜いケロイドのある数多くの娘たちが現在、そういう自分自身を恥じてひきこもって暮しているのが広島だ。この原爆体験の被害者たちが、みずから感じている恥かしさというものを、僕らは、それこそみずからを恥じることなしに、どう受けとめることができるだろう？　それはまったくなんという恐しい感覚の転倒だろうか。

　ひとりの娘がケロイドのある顔を恥じている。彼女の心の中ではこの恥を別れ道として地球上のすべての人間をふたつのグループにわけることができるわけだ。

すなわち、ケロイドのある娘たちと、そうでない他のすべての人間たち。ケロイドのある娘たちは、自分のケロイドを、それをもたないすべての他の人間たちに対して、恥かしく感じる。ケロイドのある娘たちは、それをもたないすべての他の人間たちの視線に、屈辱を感じる。

ケロイドのある娘たちは、みずからの恥、屈辱の重みをになってどのように生きることを選んだか？ そのひとつの生き方は、昏《くら》い家の奥に閉じこもって他人の眼から逃れることである。この逃亡型の娘たちが、おそらくはもっとも多いにちがいない。彼女たちは広島の家々の奥にじっとひそんでいる。そしてすでに若くはなくなりつつある。もう片方の、逃亡しないタイプもまた、おのずから、ふたつにわかれるだろう。すなわち、そのひとつは、この世界に再び原水爆が落下し、地上すべての人間が彼女とおなじくケロイドにおかされるのを希望することで、自分の恥かしさ、屈辱感に対抗する心理的支えをえる人たちであろう。そのとき、彼女のケロイドを見つめる他人の眼はすべてうしなわれ、他者は存在しなくなってこの地上のもっとも恐しい分裂はうしなわれる。そのような声を現に僕は聞いたしそのような短歌もすでに引用した。もちろんその呪いは心理的支えの域を出ない。このような娘たちは、やがて沈黙しむなしく逃亡型のうちにはいるほかなかっただろう。

そして、もうひとつのタイプ。それは、核兵器の廃止をもとめる運動に加わることで、人類すべてのかわりに自分たちが体験した、原爆の悲惨を逆手にとり、自分の感じている恥あるいは屈辱に、そのままみずからの武器としての価値をあたえようとする人々である。僕の、こうした迂遠な分類は、本当は必要でない。広島で人々が体験し、いまもそれを体験しつつある、人

間の悲惨、恥あるいは屈辱、あさましさ、それらすべてを、ただちに逆転して、価値あらしめるためには、そしてそれらの被爆者たちの人間的名誉を、真に恢復するためには、広島が、核兵器全廃の運動のための、もっとも本質的な思想的根幹として威力を発しなければならない。その威力を、ケロイドのある人間たちと、それをもたないすべての他の人間たちが、こぞって確認しなければならない。その他に広島の被爆者たちをそのもっとも悲惨な死の恐怖から救う、いかなる人間の手段があろう？

　したがってもし、政治的力関係によって核兵器が全廃されるにしても、それでは広島の被爆者たちの人間的復権のために無効だ。僕はモラルの名において、あるいは思想の名において、この単純な定理を最重要と見なすものである。とくに中国の核武装にあたって僕は、それをあらためて僕自身に確認したいと思う。こういう考え方をセンチメンタルとみなす人々があるか？　しかし、もしあなたに醜いケロイドがあり、そのケロイドによる心理的外傷をあなたみずからが克服するために手がかりを欲するとするなら、それは、自分のケロイドこそが、核兵器の全廃のために本質的な価値をもつ、と信じることのほかにないはずではないか。そのようにしてしか、むなしく白血病で死ぬ苦痛と恐怖とをなにか意味あるものに昇華することはできないはずではないか？

　われわれ、偶然ヒロシマをまぬがれた人間たちが、広島をもつ日本の人間、広島をもつ世界の人間、という態度を中心にすえながら人間の存在や死について考え、真にわれらの内なるヒロシマを償《つぐな》い、それに価値をあたえたいと希うなら、ヒロシマの人間の悲惨――人間全体の恢復、という公理を成立させる方向にこそ、すべての核兵器への対策を秩序だてるべきではないか。

この政治的時代には、ひとつの国の新たな核武装が、かえって核兵器の全廃への道につうじる、というお伽話が現実的である可能性もあるという人たちがいるかもしれない。実際現実に世界がその方向へ一歩踏みだした以上、絶対に、それは可能でなければなるまい。

しかし、僕は見すごすことはできない、すなわちそのお伽話の城へむかって一歩踏みだされた現実的な足は、広島のいまなお昏《くら》い室内でケロイドを恥じながら青春をすでにうしないつつある娘たちの自己恢復の希望を、確実に踏みにじったのである。そして、それでもなおかつ、実際的に核兵器全廃の見とおしがおとずれていないという現状が、広島の人間たちにとって、まったくどれほど苛酷なことであるか、ぼくはそれをおしはかる勇気をもたない。

はばかることなく率直にいえば、この地球上の人類のみな誰もかれもが、広島と、そこでおこなわれた人間の最悪の悲惨を、すっかり忘れてしまおうとしているのだ。われわれは、自分の個人的な悲惨を、できるかぎり早く忘れようとする、大きい悲惨も、小さな悲惨も。街角で見知らぬ他人にちょっと軽蔑された、というような小っぽけな悲惨でも、翌日まで持ちこすまいとする。そういう個人の厖大なあつまりである全人類が、広島を、人間の最悪の悲惨の極点を、忘れようとするのに不思議はない。小学校の教科書を調べてみるまでもなく、現に大人たちは、子供たちに、広島の記憶をつたえようとつとめてはいない。うまく生き残り、さいわい放射能障害もない誰もが、広島で死んだ人たちと、死にむかって苦しい闘いをつづけている人たちのことを忘れようとしている。すっかり忘れて、自分たちは、二十世紀後半の気狂い騒ぎをなんとか愉快にやってゆこうとしているわけだ。

一九六四年十月の日本を大騒ぎさせたオリンピック

の聖火の最終ランナーに、原爆投下の日にうまれた広島の青年が選ばれたとき、日本文学の翻訳者であるアメリカ人、すなわちもっとも日本を理解し日本人に共感しているアメリカ人であろうところのジャーナリストのひとりは、この決定がアメリカ人に原爆を思いださせて不愉快だ、という意見を発表した。選ばれた最終ランナーの青年が、ケロイドにそこなわれた躰をしているとか、放射能障害をあらわに示しているとかいう、それこそ真の《原爆の子《アトミック・ボーイ》》だったとしても、僕はこの選択に異議をとなえない。むしろそのような青年たち、娘たちのほうが(好運にもかれらがこの二十年を生きのびえてきているとして)、あの日に誕生した広島の人間として、より普通のタイプだったはずであろう。しかし、実際に選ばれた中距離ランナーは、それこそすばらしい健康体の持主だった。それはむしろ人間そのものの強靱さをあらためて感銘づける、そういう肉体だった、かれはまさにありとあらゆるすべての不安から解放された者の微笑をうかべて巨大なスタディアムを疾走した。僕は《次の世代の原爆症の問題》にとりくもうとしている広島の重藤院長のためにも、この青年のすばらしい肉体を祝福したものだった。

しかし、それでもなお、このアメリカ人ジャーナリストは、青年がアメリカ人に原爆を思いださせて不愉快だ、というのである。かれは、アメリカ人の記憶から広島のすべてを抹殺してしまいたい。しかも、この意志は単にアメリカ人の心に浮びあがるもの、のみにとどまらない。現在、核兵器保有国のすべての指導者と国民のすべては、かれらの記憶から広島を抹殺したがっているはずではないか。原水爆被災白書があきらかにしようとするとおりに、広島は、核兵器の威力の証拠であるより、核兵器のもたらす人間の悲惨の極北の証拠である。それをひとまず忘れて、なんとかやっ

てゆこう、というのが世界一般の態度だ。東側でも、西側でも、指導者たちの言葉はこぞって、平和をまもるための威力としての核兵器保持である。それが真の平和にとってどのような結果をおよぼすかについては、さまざまの観測や論理づけの自由がありうるかもしれない。現にいまや世界じゅうの印刷機がそれらを大急ぎで印刷している。しかし、それら百家争鳴の声々のすべてが、現存する核兵器を、威力とみなすことから出発しているのはあきらかだ。それが今日の世界の流行あるいは常識である。そのとき、誰が人間の悲惨のきわみである広島を思いだしたいだろう？

　広島で僕はたびたび、自分は原爆のことを忘れたい、ピカについて話したくない、という被爆者たちに会った。むしろオリンピックの聖火ランナーについて、あれは原爆について思いださせて不愉快だ、と正当に抗議する権利をもつ人たちがいるとしたら、それは、被爆者たちにほかなるまいと思う。かれらこそ切実に、あの日の悲惨を忘れてしまいたいだろうし、日常生活の進行のためには、それを忘れなければならない必然すらもあるだろう。僕は大学でひとりの広島出身の友人をもっていたが、かれは四年間、ただ一度も、原爆についてかたることがなかった。いうまでもなくかれには沈黙する権利がある。

　僕は原爆記念日の夜明けの広島で原爆横死者供養塔の脇をはじめとするいろいろな場所に、深甚な暗さをひそめている恐しい眼をすえて凝然と立ちすくむ幾人もの婦人たちを見たものだった。そのたびに僕はエフトシェンコの詩の一節を思いだした。

　彼女の動かぬひとみは　無表情だったが、
　しかし、そこにはなにか悲しみ、
　　苦しみが

名づけようない、ひどく恐しいものがあった。

僕がその婦人たちに話しかけたとしても、彼女たちは沈黙したままだったろう。彼女たちにもまた、沈黙する権利がある。もしそれが可能なら、彼女たちには、広島についてすべてを忘れ去ってしまう権利がある。広島は彼女たちにもう十分だ。原爆症の治療に関するかぎりそれが絶対に不利であることを知りながらも、広島を去って他の都市に住もうとする人たちの胸のうちには、自分自身の内部と外部の広島から逃れたいという意志が働いているのだろうではないか。当然、かれらはもしそれが可能なら広島からすっかり逃れきる権利がある。

しかし、いったん原爆症の兆候を発してしまえば、かれはもう広島を忘れることも、広島から逃れることもできないのである。もっとも、原爆病院に入院しても、できるかぎり広島について考えないで暮す、という態度は、ありうるかもしれない。意識的に広島を求めず、そこから遠ざかるべくこころがけて暮す態度、そして全快し再び社会に帰って広島と無関係に暮すということが可能であれば、その患者は、もっとも幸福だし、ほんとうにすべての患者がそのようであればどんなにいいことだろう。

ところが、たとえば宮本定男氏は、自分の死を賭して、原水爆禁止運動に参加する患者だった。かれは意識的に広島をひきうけた。広島でおこなわれた人間の最悪の悲惨を、あえて思い出そうとし、文章に書くことで追体験し、たずねてくる外国人たちに、それをくりかえし語ったのだった、しかも微笑して。広島から逃れるかわりに、かれは広島をひきうけたのである。誰のために？　自分の悲惨な死のあとにのこるべき、

かれより他のすべての人間のために、われわれのために。宮本定男氏の熱情は、かれがみずからの死を避けがたいものとして目前に見ていたことにこそ由来するであろう。おなじく広島で死んだ、あの秀れた詩人、峠三吉氏もまた突然に熱情をもやして政治におもむき、実際行動に参加したが、それはかれが、致命的な喀血をしたあとのことだった。《二十四年四月、峠君のひどい喀血は君をして死への恐怖のあがきをそそったことは否めない。……その死への危懼《きく》が同君をして日本共産党への入党の踏切りとなり、さらに六月五日、あの船越町、日鋼事件への闘争参加となった》と豊田清史氏は証言している。

　自分の悲惨な死への恐怖にうちかつためには、生きのこる者たちが、かれらの悲惨な死を克服するための手がかりに、自分の死そのものを役だてることへの信頼がなければならない。そのようにして死者は、あとにのこる生者の生命の一部分として生きのびることができる。この、死後の生命への賭けが、宮本定男氏の原爆病院内での活動だったし、峠三吉氏の入党だったのである。そこで、いま僕をとらえる恐怖は、われわれがかれらの死の賭けをすっかりだめにしつつあるのではないか？　という疑いに喚起される。しかも、そのことを死の直前の宮本定男氏たちは、感づいてしまっていたのではないか？　この恐怖の感覚は僕から離れることがない。われわれ、地球上の生きのこりのすべてが、かれらの死の賭けを否定し、賭金をはらうまいとしているのではないか？

　この死者たちのことを、僕は聖者と呼ぶべきかもしれない。この死者たちはいかなる宗教をも持たず、しかも詩人はコミュニストでさえあったが、アルベール・カミュが書いた次のような会話が意味づける、その聖者としてなら不都合ではないだろう。《「僕が心を

惹かれるのは、どうすれば聖者になれるかという問題だ」「だって、君は神を信じてないんだろう」「だからさ、人は神によらずして聖者になり得るか――これが、今日僕の知っている唯一の具体的な問題だ」》

それでも、聖者という言葉に反感をもつ人たちがあるなら、もっと荒あらしく野卑な調子でセリーヌが次のように書く一節とともに、死の時のいたるまで沈黙しなかった二人の死者のことを思いだしてもいい。《完全な敗北とは、要するに、忘れ去ること、とりわけ自分たちをくたばらせたものを忘れ去ることだ、そして人間どもがどこまで意地悪か最後まで気づかずにくたばっていくことだ。棺桶に片足を突っ込んだときには、じたばたしてみたところで始まらない。が水に流すのもいけない、何もかも逐一報告することだ、人間どもの中に見つけだした悪辣きわまる一面を、でなくちゃ死んでも死にきれるものじゃない。それが果たせれば、一生はむだじゃなかったというわけだ。》

広島で生きつづける人々が、あの人間の悲惨の極みについて沈黙し、それを忘れ去るかわりに、それについて語り、研究し、記録しようとしていること、これはじつに異常な努力による重い行為である。そのために、かれらが克服しなければならぬ、嫌悪感をはじめとするすべての感情の総量すら、広島の外部の人間はそれを十分におしはかることができない。広島を忘れ、広島について沈黙する唯一の権利をもつ人たちが、逆にあえてそれを語ろうとし、研究しようとし記録しようとしているのである。

『ひろしまの河』の婦人たち、原水爆被災白書のプランをおしすすめる人たち、重藤博士をはじめとする原爆病院の医師たち、そして、それがどのようにひかえめな小さな声においてであれ、自分の苛酷な体験を、

みずからの内なる広島を語ったことのある、すべての被爆者たち。広島のそれらの人々に、まぎれもない人間的な威厳がそなわっていることは、いま不思議でない。このようにしてのみ、威厳ある人々はわれわれの世界にやってくるのだ。

子供の時分にジレンマにおちいって以来、僕はいまもなお、どのようにして自分に威厳をあたえるか、という宿題にちゃんとした答案を書いていないが、しかしひとつだけ、自分を屈辱あるいは恥の感覚からまもる手だてを知ったように思う。それは広島の人々の威厳を見うしなうことがないよう心がけることである。

——〔六四年十月〕——

屈伏しない人々

この人間の世界について、善悪二元論とでもいうべき考え方を適用する人たちは、すでに数多くはないだろう。それは滅びてしまった流行だ。しかし、ひとりの被爆者の意識の宇宙には、突然に、ある夏のこと顕現した、絶対的な悪があり、そしてそれ以後、忍耐づよくそれと拮抗《きっこう》して、この世界に人間的なバランスを恢復しようとする善があるはずであろう。原爆は、炸《さく》裂《れつ》した瞬間、人間の悪の意志の象徴となった。それは荒ぶる悪しき神となり、もっとも現代的なペストとなった。戦争の、よりすみやかな終結のために要請された武器という、原爆そのものの善の方向への意味づけの試みは、攻撃に参加した兵士の心の平安のためにす

ら十分でなかった。それは、連合軍と日本軍とをひっくるめて、攻撃被攻撃の方向のプラス、マイナスにかかわらず戦争というものの悪の絶対値をそのまま、体現するものとなった。しかし、その間にも、徹底的な潰滅のあとの荒野には、善の意志が働きはじめていたのであった。人間の善の意志、再生、恢復への意志を体現する者たちの活動。それは、あるいは傷ついた被爆者たち、かれら自身の、生命への意志であり、あるいはかれらを救護すべくまったくのゼロの体験から出発した医師たちの努力だった。広島の人々が、あの夏の朝からすぐさま開始した活動の価値は、人間の科学が、原爆の製造にいたるまでにつみかさねた進歩の総量に対抗すべく志されたものであるはずである。もしこの世界に、人間的な調和というものが、人間的な秩序というものがあると信じるなら、やがて広島の医師たちの努力が原爆そのものの悪の重みに十分匹敵しなければならない。

　ところで僕は人間的な力への信頼、あるいはヒューマニズムについて、ひとつの悪夢をいだいている。人間的な力への信頼の、ある特別な、ひとつのタイプについての悪夢。そのタイプのヒューマニズムについて（それは、なおかつヒューマニズム以外のなにものでもないのであるが）、僕は嫌悪感とともに、しかもたびたび考えてみないではいられない。

　広島への原爆投下にあたって、その作戦を決定したアメリカの知識人たちの一グループの心に、次のような≪人間的な力への信頼、あるいはヒューマニズム≫が、ひらめいたのではないか、と僕は疑うのである。この絶対的な破滅の匂いのする爆弾を広島に投下すれば、そこにはすでに科学的に予想できるひとつの地獄が現出する。しかし、それは人間の文明の歴史のすべての価値を一挙に破滅させてしまうほどにも最悪の地獄で

はないであろう。その地獄のことを考えるだけで、すべての人類が、人間でありつづけることに嫌悪をもよおすほどの、まさに恢復不能の最悪の地獄ではないであろう。トルーマン元大統領が終生それを思い出すたびに眠りをうばわれてしまうような、救いようのない、出口なしの地獄ではないであろう。なぜなら、原爆を投下された地上、広島では、その地獄をもっと人間的な地獄にかえるべく働く人間たちがいるであろうから。僕は、かれらがこのように考えて、すなわち、いま自分たちが地獄におとそうとする、敵どもの人間的な力を信頼して、すなわちそのようなパラドキシカルなヒューマニズムの確信において、原爆を投下する最後の決断をしたのではないかと疑うのである。

もし、広島のかわりに、コンゴのレオポルドビルに原爆がおちたとしよう。そこでは瞬時の大量の死のあとに、徹底的な放棄にさらされた負傷者たちの次つぎの死がひかえているだろうし、悪疫もまたはびこるだろう。ペストすら再び顔をのぞかせるかもしれない。そこには、すべての人間が、いかなる猶予《ゆうよ》あるいは留保条件もなしに、完全に死滅しつくした曠野があらわれることになるだろう。死者たちをかたづける者たちもいず、二次放射能の脅威の去ったあと、そこへ踏みこんでゆく勝利者のがわの調査団は、およそ人間があじわう、最悪の嘔吐感をあじわって、もうそれ以上、正気の人間でありつづけることができなくなる者たちもでるだろう。ひとつの都市全体が、ナチスの強制収容所の、ガス室のごときものになる。そこでは、すべての人々が死に絶え、そこには人間的な希望のほんのちょっとした兆候も見出せない。この予想は、どんなにタフな人間の頭にも悪いショックをあたえる。偏執狂的な奴隷殺戮者の後裔《こうえい》でもいないかぎりレオポルドビルに原爆を投下する決定は、無期延期されるだろう。

ところが、広島に原爆を投下するかぎり、そのようにまで最悪のことはおこらない。広島の人々は、徹底的に壊滅されつくし、その市街全体が一個の巨大で醜悪なガス室と化すことによって、それをそうあらしめた者ら、原爆の投下者たちに、かれらがいったいどのように恐怖にみちた悪をなしたのかを、骨身に徹して理解させるということはしなかった。広島の人々は、被爆以後すぐさま、みずから恢復するために闘いはじめた。それは、もちろん広島の人々自身のための努力であったが、同時に、原爆投下者たちの良心の負担を軽減させるための努力でもあった。

その努力は二十年間つづき、いまもなおつづいている。ひとりの白血病の娘が、あえて自殺しないで自分の生命のために苦痛を耐えつづけている、ということは、原爆投下者たちの良心の負担を、人間ひとりぶんだけ、確実に軽減していることでもある。

原爆をある人間たちの都市に投下する、という決心を他の都市の人間たちがおこなうということは、まさに異常だ。科学者たちに爆発後の地獄への想像力が欠けていたはずはあるまい。それでいて、かつ、その決定がなしとげられてしまったのは、この絶望的に破壊的な爆弾が炸裂しても、その巨大な悪の総量にバランスをとるだけの人間的な善の努力が、地上でおこなわれ、この武器の威力のもたらすものが、人間的なものを一切うけつけない悪魔的な限界の向こうから、人間がなおそこに希望を見出しうる限界のこちらがわへまで緩和されるであろう、という予定調和信仰風な打算が可能であったからであろう。

これもまた《人間的な力への信頼》にはちがいない。これからヒューマニズムの強靱さへの依頼心の発動。自分が手ひどい打撃をあたえる敵の《人間的な力への信頼》、襲いかかろうとする犠牲羊のもっている、自分

で自分の後始末をする能力への、狼の信頼。これは僕がヒューマニズムをめぐっていだく、もっともみにくい悪夢だ。しかし、これが単に僕の妄想にとどまると僕が考えているわけではない。

比治山のＡＢＣＣの患者待合室で、おだやかに順番を待っていた被爆者たちの忍耐力のことを僕は思いだす。すくなくとも、かれらのストイシズムが、アメリカ人の医師たちの感情的な負い目をおおいに救っているであろうことは確実だ。

しかし、政治的強者が、人間はどのように最悪の泥沼に蹴おとされても、なんとかみずからを救済するものだ、というたかをくくった考え方をもっていることほど恐しくグロテスクなことはないのではあるまいか？　それほど徹底的な卑劣さにかざられたヒューマニズム信仰は他にないのではあるまいか？

僕は聖書についてほとんどなにもしらないが、あの大洪水《デリュージュ・ユニヴェルセル》をもたらした神は、洪水後ノアが、再び人間世界をつくりなおすことを十分に信頼して、永い永い雨を降らせたわけであろう。もしノアが怠けものであるかヒステリックな絶望屋でその再建能力がなく、人間世界が洪水の後いつまでも曠野でありつづけることになったとしたら、天上には、神の狼狽があったことであろう。ノアが幸いにも能力をそなえていたので、大洪水は、神の期待より以上に暴威をふるうことなく、人間と神の秩序の枠内で役割をはたした。それは神があらかじめ予定調和を信じたとおりだった。しかし、こうした神とは卑劣な神ではなかったか？

広島の原爆は、二十世紀の最悪の大洪水だった。そして広島の人々は、大洪水のさなか、ただちにかれらの人間世界を復活させるべく働きはじめた。かれらは自分たち自身を救済すべくこころみ、かれらに原爆をもたらした人々の魂をもまた救助した。現在の大洪水、

凍結しているが、いつ融けて流れはじめるかもしれない全世界的《ユニヴェルセル》な大洪水《デリュージュ》、すなわちさまざまな国家による核兵器の所有という癌におかされている二十世紀の地球の時代においては、広島の人々が救助した魂とは、すなわちわれわれ今日の人間の魂のすべてである。

広島の医師たちの、大洪水後すぐさま始められた活動は、厖大な困難に妨げられながらもなおめざましく感動的だ。ここに、ひとつの調査がある。それはまことに恐しい調査である。平和な日々の市民生活においては、その毒の、あまりの劇《はげ》しさに、適用が禁じられているような、危険な試験薬によるアンケート調査。僕はこのアンケート調査を、戦後の日本でおこなわれた、道徳的な責任の追及にかかる、もっとも恐しい調査だと思う。調査はさりげなくおだやかで事務的な匂いさえする問いかけによってなされている。しかしそれが背後にはらんでいるものは凄じい告発だといわねばならない。

これは一九五八年に広島市医師会が、被爆生存者である会員にたいして、半紙二分の一大のアンケート用紙をくばって回答をもとめた調査である。その回答が、《ご回答いただいた後に、不幸にして死去されたかたに対しては謹んで哀悼の意を捧げる》という附記とともに整理されてかかげられている『広島原爆医療史』に、アンケート用紙のきわめて不鮮明な凸版図がある。それを判読したかぎりでは次のような問いかけがなされたのである。『医療史』の編者たちは、このアンケートの問いかけの文章がどれだけ恐しい意味をふくんでいたかについて留意していないので、僕はその回答例の凸版図をレンズで拡大して読むほかなかった。

一、貴下は原爆当時(昭和二〇年八月六日八時一五分)ど

こに居られましたか。

兵役中　疎開中　在広

二、貴下は被爆当時、被爆者の救護に従われましたか。救護に従われた方はその場所と期間をお知らせ下さい。

場所＝

期間＝

三、貴下は原爆による被害を受けられましたか(外傷、火傷、悪性症状、等)、その傷病名をお知らせ下さい。

四、貴下以外の医師にして救護に従事せられたお方をお知らせ下さい。

すなわち、このアンケートはまさに赤裸々に広島の医師会員すべてに対して、被爆時にかれらが責任を果たしたかどうかを問いつめているのだ。

もし、被爆はしたが、直接的には被害をうけず、しかも広島から外へ逃げだしてしまって、救護活動をしなかった医師がいたとしたら、かれはこのアンケート用紙を鋭い刃のようにうけとるほかなかったであろう。被爆後、広島の医師たちが、救護活動の意志をうしなったとしても、それは決して人間的に異常ではなかったはずだが、かれはアンケート以後ついに安眠できる夜をもつまい。それでもなお、このアンケート用紙は配布され、そして医師たちは率直に答えた。回答例のいくつかを引用しよう。氏名の下の括弧内の表記は被爆者の居所および爆心地よりの距離である。

佐竹伸生氏　故人(富士見町二、一・一キロ)

富士見町二丁目にて被爆した。頭部に外傷を受け、年来嘱託医の関係もあって被服廠で当日より救護要員として診療を続けたが、九月七日原爆症により妻が死亡し、続いて自分も十日ごろより脱毛、皮下溢血、発熱

など、原爆症状が著明になったため救急救護を断念のやむなきに至った。原爆症状はその後約三週間続いた。

土谷剛治氏　故人(千田町一、一・五キロ)

千田町一丁目の自宅にて被爆。自分は頭部に軽度の裂傷を負ったが、家族に負傷者があったので家族を連れて兵器廠附近の民家に行ったところ、いやおうなしに兵器廠に連行され、終戦まで同所で故結城英雄君らとともに救護に従事した。その後戸坂村に疎開して、同村役場に設けられた広島市の救護所に十月ごろまで勤務した。

米沢貞二氏(舟入本町、一・四キロ)

舟入本町にて被爆。両手背、前胸、下肢に切創を受けた。舟入国民学校にて八月六日より八日まで古沢秀夫医師(十日間救護の後原爆症死)とともに救護に当たった。

国友国民氏　故人(白島九軒町、一・七キロ)

白島九軒町の自宅にて被爆。家屋の下敷きとなったがはい出て(家屋資材全部焼失す)、自宅裏の河岸に避難し、一夜を明かした。翌七日より血染のシャツのまま神田橋詰の救護所にて被爆負傷者の救護に従事した。その後約四ヵ月して江田島に移った。なお、被爆後全身倦怠、食欲不振、脱毛、全身に強度の掻痒症を来した。二十三年春より全身各所に赤紫色の皮疹および潰瘍を発し種々治療したが、その後二十四年三月原爆症にてついに他界した(家族よりの回答)。

これらの回答例によってもすでにあきらかなように、広島の医師たちは、かれらみずから被爆し、負傷しながらも、医療活動にすぐさま参加したのであった。医師たち自身、かれらの腕のなかで苦しむ患者たちとおなじく、なにがこの最悪の苦患の正体かを知ることなく、おなじ色濃い不安をいだきながら。被爆直後の救護活動がいったいどのような光景であったかということについては広島医師会の長老、松坂義正氏の手記の

次のような部分で想像することができる。

《わたしは、まったく九死に一生という救助をうけ、たとえ倒れても市民負傷者の救護をいたさねばならぬと、動けない自分の身体にむち打って、愚息(医大生)の背に負われてふたたび東警察署前に戻り、署から腰掛けを取り出して腰をすえ、日の丸の旗をさおにつけて立て、わたしの看護婦三人と周囲のひとびとの協力を得て救護作業を始めたのであった(わたしの家族が被爆避難の際、トランク一個を持ち出していた。そのうちに警防団服、消防かぶと、時計、金二千円と、たびと日の丸が入れてあり、これがすぐ役に立った)。

ほんとに救護といっても保管していた資材は全部焼けて、わずかに警察署にある油と赤チンキくらいしかないので、やむなく火傷に油、創傷に赤チンキで、集りくる多くの負傷者にぬりつける。失神者などには署にあったウィスキーなどを田辺署長に出してもらって飲ませ、負傷者に対して精神的激励をするということが主で、医者がおるということが負傷者に確かに精神面の刺激要素となったことを自認しつつ、応援救護班の来救を心待ちに待った。とにかくこうして、東警察署に保存せる油の全部を出してぬりつけさせた。》

『広島原爆医療史』によれば、被爆当時、広島市内に二九八名の医師がいた。かれらは防空業務従事令書によって市外への疎開を禁止されていた。歯科医師、薬剤師、看護婦、助産婦、保健婦もまたおなじである。かれらは、やむなく市にとどまっていた人々であったかもしれない。しかし被爆後、かれらはただちに献身的な活動ぶりを示した。生き残りの医師たちへのアンケートの送り主たちが、とくにその質問状の苛酷さに意をはらわなかったのは、かれらが現に、ともに救護活動に従事し広島の医師たちの献身ぶりを具体的に眼

にしてきた同僚たちであったからであろうか。

　原爆によって六十名の医師が即死した。健全な状態で救護活動をはじめることのできた医師は二十八名、歯科医師二十名、薬剤師二十八名、看護婦百三十名、そしてアンケートにもあきらかであるように重い負傷をおいながら、なお救護活動をおこなう医師たちがいたわけだが、それにしても、この救護者たちが立ちむかわねばならなかった市内の負傷者の数は十数万人に達していたのである。もし絶望して虚脱状態におちいる資格のある医師たちがあるとしたら、かれら、広島の大洪水後の医師たちこそ、その一団だった。現実に、ひとりの若い歯科医師は絶望のあまりに自殺した。かれは両手を骨折、半身に火傷という重傷をおいながら救護活動に参加していたのである。過労のあげくにかれは《神経衰弱気味》となった。しかしそれはむしろ、正常な人間が、このような体験と過労の日々を経ておちいらざるをえない正常な心理状態というべきではあるまいか？　ある日、かれは、年長の医師に、戦争が終ったあとまで、なぜ広島の人間がこのように苦しまねばならないのかと議論をしかけ、当然のことながらそれに納得のゆく答をえられないまま、三十分後、崩れた壁のなかから剝《む》きでたボルトに綱をかけて縊死《いし》した。戦争が終ったあとまで、と青年歯科医は考え、そしておそらく、じつは広島の人間にとって、真の悲惨な戦争が、なお終っていないことに気づいたのだ。なお数十年にわたってつづく(それはいま、すでに二十年つづいている)、あるいは、次の世代の原爆症の問題として、いつまでも果てしなくつづくかもしれない、そういう最悪の疑わしい戦争が始ったばかりであることに思い到って、かれはついに縊死をえらぶほかなかったのだ。この青年の想像力はむしろきわめて人間的な資質だ。そしてそれが青年に耐えることのできる範

囲をこえた圧力をくわえた。こういう痛ましく、しかも決して不自然ではない、縊死した医師のイメージを背景に置いてのみ、われわれは広島のそれでもなお自殺しなかった医師たちの活動の真の重みにふれることができるのだろう。かれら少数のしかも傷つける医師たちは、全市をうずめるおびただしい死者たちにかこまれて、ただ赤チンキと油で十数万人の負傷者たちに対処する蛮勇をもちあわせたのである。そして、これらの救護者たちの向こう見ずの努力こそが、大洪水後の広島の最初の希望の兆候であった。

二十世紀文学は、様ざまな限界状況をめぐる発明をくりひろげてきた。しかし、たいていの限界状況は、人間あるいは宇宙の悪の意志にかかわっている。悪という言葉がモラリッシュな連想をよびおこすなら、不条理という言葉におきかえてもいい。戦争、嵐、洪水、ペスト、それに癌。そして暗示的にもそれらのすべての場合に、希望や恢復の兆候は、すなわち善の意志、秩序や条理の兆候は、限界状況のおどろおどろしい形ではなく、日常生活の微光をおびてあらわれる。たとえば、北アフリカのひとつの都市に猛威をふるうペストは、異常な限界状況として出現し、この都市をみたしてしまうが、それと闘う医師たちや市民たちは、みんな日常生活的な平常さ、まだるっこい感じ、平凡さ、そしてほとんど退屈にさえおもわれる機械的なくりかえし、などという、いかにも人間らしい諸性格にたすけられてはじめてペストに対抗しうるのである。

限界状況の全体の展望について明晰すぎる眼をもつ者は、おそらく絶望してしまうほかないだろう。限界状況を、日常生活の一側面としてしか、うけつけない鈍い眼の持主だけが、それと闘うことができるのである。鈍い眼という言葉は補足しなければならない。あ

えて鈍い眼によってしか限界状況を見まいとする態度こそが、これらの状況において絶望せず、人間的な蛮勇を可能ならしめるものなのだから。しかもこの眼の鈍さは、忍耐心によって支えられている鈍さであり、その背後に灼けるように激しい明察をひそめているものでもあるのだ。

原爆後の広島の土地には、七十五年間、草が生えることはないと予言する声のあったことが記録されている。この声の主は性急なあやまちをおかした愚かな予言者だったか？　むしろ、かれこそが、もっとも率直な、限界状況の観測者だったのである。かれの予言はすぐさまくつがえされた。夏のおわりの雨はこの荒廃の土地にすぐさま新しい芽生えをうながした。しかし、より深いところで真の破壊がおこなわれていたのではないか？　僕は、顕微鏡によって拡大された葉の細胞が、なんとも表現しがたい微妙なみにくさに歪んでいるオオイヌノフグリの標本をみて、傷ついた人間の肉体を見たとおなじ、なまなましく本質的な嘔気を感じたことを思いだす。じつはいま緑に茂っている広島のすべての植物が、あのように致命的な破壊をこうむっているのかもしれないではないか？

しかし、眼のまえの焦土に青草が芽生えればそれを信じる、そして新しく異常があらわれるまで絶望的な想像力を停止する。それより他に、限界状況に屈伏しないで日常生活の平衡をたもつ生き方はない。広島で真に人間的に生きるやり方はない。数十年も緑の草の生いしげる希望がない土地で、人間が、こまごました小さな努力をつみあげてゆく気力をもつことができるだろうか、しばらくは草の未来について楽観主義者となるより他に。

しかもかれは、草が繁茂した暁には、そのみどりの草の内部の異常を看視する、注意深い鋭敏さの持主で

もなければならない。絶望しすぎず、むなしい希望に酔いすぎることもないという人間、すなわち真の意味で、ユマニスト的な人間でなければならない。そのような実際的なユマニストたちが、一九四五年夏の広島で、切実に必要とされたのである。そして広島にはそのような人々がいた。そこではじめて、人類のかつて体験した最悪の絶望の時を、生きのびる希望が存在したのである。

戦争が終ったあとまで(しかしそれはもうひとつの苛酷な戦争がはじまったばかりの時であったが)、なぜ広島の人間が苦しまねばならないか? という議論を青年歯科医師にしかけられたとき、年長の医師は黙っていた。もし、青年が、全世界の人間たちに聞こえるほど大きい声で、そう問いかけたのだったとしても、われわれ人間は誰もその声に答えることができなかっただろう。それは、いわば不条理の議論だ。人間は誰ひとりそれに答えることができない。年長の医師は黙っていた、かれ自身救護活動にいそがしかったし、当然かれもまた過労だった。三十分後青年が絶望して縊死したのは、この年長の医師の沈黙が、単なる一個人の沈黙でなく、すべての人間の沈黙であることを理解したからであろう。このように絶望し、このように不条理の問いを発した人間を、自殺からまもることができるものはいない。青年は縊死し、年長の医師は生き残り、あえて鈍い眼の持主、絶望してしまわない人間として救護活動をつづけた。

だからといって、年長の医師が、かれ自身の内部でこの不条理の問いを発することがなかったとはいえない。むしろ、青年をおそった絶望感よりも、もっといまわしい毒のぎっしりつまった重い絶望感がかれをとらえていたかもしれない。おそらくそれはそうであっ

だたろう。ただ、かれは屈伏せず絶望しなかったのである。あるいは、屈伏して絶望のうちに縊死する自由を、かれが許されていなかったのである。かれは、崩れた壁からどのように苦い暗黒の心で、若い歯科医師の死体をだきおろしたことだろう。両手を骨折し、半身に火傷をおい、しかしその肉体的な重傷によってではなく、心の傷によって死んだ若い同僚の死体を。夕暮時には病院の中庭で、うず高くつまれた死体が、毎日焼きつづけられていた。年長の医師は若い同僚の死体を、そのうず高い死者たちの躰の上につみかさねるほかなかっただろう、まさに苦い暗黒の心で。戦争が終ったあとまで、なぜ広島の人間が苦しまねばならないか？　という不条理な問いは青年の死体とともに燃えつきはしなかった、年長の医師の頭の奥の苦く暗黒な場所で、つねに鳴りひびきつづけているはずである。しかもなお、二十年にわたってかれは屈伏せず、また屈伏することを許されていない……

この年長の医師、重藤文夫博士が、若い歯科医師よりもなお重い絶望感にとらえられる可能性があったはずであるのは、若い歯科医師が予感し、漠然と恐怖したところのものを博士は、現実にそしてしだいに確実に知りつつあったからである。

重藤博士はその一週間前に、広島日赤病院に赴任したばかりだったが、世界ではじめての、人間たちの頭上での核兵器の炸裂は、博士を、おそらくその生涯のすべての時にあたって広島にむすびつけ、かれを本質的にヒロシマの人間とした。広島駅東口で、頭から血を流しながら起きあがった博士がはじめにしたことは、破壊しつくされ火炎にまかれた市街を、より爆心に近い日赤病院に向かって駈けだすことだった。最初、まったき静寂があたりを領していた。そして不意に阿鼻叫喚が市街をみたした。阿鼻叫喚は、日赤病院での博

士たちの救護活動のあいだ、もう決しておさまること
なく、病院の中庭につみあげられた死者たちは凄じい
臭いを発しつづけた。

水ヲ下サイ　　原　民喜

水ヲ下サイ
アア　水ヲ下サイ
ノマシテ下サイ
死ンダハウガ　マシデ
死ンダハウガ
アア
タスケテ　タスケテ
水ヲ
水ヲ
ドウカ
ドナタカ
オーオーオーオー
オーオーオーオー

天ガ裂ケ
街ガ無クナリ
川ガ
ナガレテヰル
オーオーオーオー
オーオーオーオー

夜ガクル
夜ガクル
ヒカラビタ眼ニ
タダレタ唇ニ
ヒリヒリ灼ケテ

フラフラノ
コノ　メチャクチャノ
顔ノ
ニンゲンノウメキ
ニンゲンノ

救護活動をつづけながら、重藤博士は、この奇怪で圧倒的な爆発物が、いったいどのような性格のものであったかという、恐しい真実にむかってしだいに接近していった。それは広島において生き残った者たちすべてがそれぞれの方法でもっておこなった接近のひとつであった。重藤博士は九大内科教室の無給副手であった青年時から、放射線医学と深くかかわってきた医学者だった。博士は日赤病院のレントゲンのフィルムが感光していることを見出し、被爆者たちの苦患を記録にとどめようとしたカメラのフィルムもまた使いものにならないことを発見した。市街を調査して博士はペンペン草の影がうつっている瓦をひろったりもした。博士の頭のなかで放射能性の爆弾のおぞましい実体が相貌をあきらかにしはじめていたのである。三週間後、東京からきた科学者たちによって、ウラニウムによる核爆弾は、すっかりそれ自身をあきらかにしたのであった。

もっとも、かれらの都市を不意に襲って潰滅させたものが核爆弾であることが判明したということで、現場の医師たちに、この厖大《ぼうだい》な困難をのりきるための効果的な方策があたえられたというわけではなかった。重藤博士たちはかれらの闘いつつある敵が最悪、最強の敵であることを確認しただけだった。そして治療法といえば外科的な手術とカンフル、栄養剤の注射くらいのものだったのである。

急性原爆症がよりあきらかになってきたとき、医師

たちのがわからはどのような形でそれに対処していったか。被爆時の日赤病院内科部長、朝川博士が『広島原爆医療史』でその悪戦苦闘の状況をいかにも率直にかたっている。

《どういうものか無傷でいる人が躰がだるいといっていました。そのうちに鼻血が出たり血便が出たり、あちこちに皮下出血斑が出たりして死んでいったのですが、何で死ぬるのか初めのうちはわからなかった。病気がはっきりしないときは、まず血液を検査してみるのが内科医の常識ですから、地下室に行って血液を検査する道具を探して来て、それで血球を見てびっくりしたんです。これでは死ぬはずだと思った。白血球が非常に少ない。これでは生きていられない。》

僕はこの医学者が限界状況でもちつづけた《内科医の常識》の強靱さにうたれる。しかし発見した病気を治療するための薬品があるのではない。鼻血がでれば圧迫タンポンをつめるというくらいのことしかできない。なぜ、どのように、出血するのかすらも定かでなかった。出血がはじまると、その被爆者は、すでに確実な死の淵のまぢかにいた。被爆の翌年の冬、これら悪質の急性原爆症に捉えられた人たちはすべて死に絶え、そして、すくなくとも表面上、急性原爆症の問題は終った。

人間の歴史はじまって以来の、もっとも圧倒的な悪の攻撃にあたって、緒戦は、人間たちのがわの敗北におわったというべきであろう。医師たちは大きいハンディを背負っていたし決定的に立遅れていた。しかし、重藤博士たちはなおかつ屈伏しなかったのである。屈伏することは許されなかった。白血病という、かれらの敵のもっとも恐怖にみちた側面が、つづいてあきらかになりつつあったからである。

敵の威力の圧倒的な巨大さは、ますます明確になっ

ていったが、重藤博士たちは屈伏しなかった。いわば、かれらは単に屈伏することを拒否したのだ。屈伏しないでいることをたすける有利な見とおしなどなにひとつありはしなかった。ただ、かれらは屈伏することを拒否した。

もし、かれらが屈伏していたとしたなら、『原爆医療史』は、最初の敗北の数ページですべておわることになっただろう。広島に入ってきた占領軍にもまた、かれら自身が解きはなったこの巨大な怪物のとらえ方がわかっているのではなかった。かれらもABCCをつくり調査をはじめることからなんとか手がかりをさぐりあてようとしたにすぎなかった。最後まで攻撃者たちは、攻撃された市街の生き残りの医師たちの人間的な努力によりかかっていたのである。二重にも、三重にも、広島の医師たちは、ついに屈伏することを許されていなかった。かれらは、若い歯科医師を縊死へとみちびいた絶望よりも、もっと具体的で切実な暗黒にだきすくめられながら、しかも屈伏することを拒否した。そして二十年のあいだ、かれらは屈伏することを拒否しつづけてきたのである。怪物はよりにがく、より暗黒な相貌をあきらかにしつづけ、つねに医師たちよりも優勢であったが、それでもなお重藤博士たちは決して屈伏しなかったのである。

いまなお、核兵器をつくりだした人間の悪に、被爆者を救済する人間の善が優位に立ったと信ずる証拠はない。しかし、結局はこの世界に人間的な調和、人間的な秩序というものが恢復すると考える者は、二十年にわたる広島の医師たちの勝ちめの疑わしいこの戦いに注目しなければならない。

——〔六四年十一月〕——

ひとりの正統的な人間

偶然にひとつの都市をおとずれた旅行者が、そこで困難な事件にまきこまれ、それをひきうけて解決すべくつとめる、というのは、ポピュラーな小説家が、たびたび採用してきた公式だった。重藤文夫原爆病院長もまた、いわば旅行者のように広島に赴任し、まだ、この都市の地理にもくらいうちに、あの致命的な日に遭遇したのであった。ペストが猖獗《しょうけつ》をきわめる都市には戒厳令がしかれ、離れ島のように完全に封鎖されるが、現代の最悪のペストにみまわれた広島は、とくに封鎖されたわけではなかった。しかし、あの日以来、重藤博士はこの都市に自分自身を封鎖した。被爆の直後から救護活動を開始した数かずの医師たちとおなじく、重藤博士はすぐさま、この奇怪な爆弾の結果とたたかいはじめ(重藤博士は日赤病院にむかう途中、東練兵場で、血にまみれた見知らぬ医者夫妻を診《み》た。かれらはそのまま名前もたしかめず別れたが、広島市医師会がおこなったあの被爆時の救護活動調査のアンケートに、重傷をおって東練兵場で治療を受けたが動けなくて救護活動ができなかったと記入してきた医師がいた。十三年ぶりに、医師たちは再会した)、そして二十年間、たたかいつづけたのであった。重藤博士は広島の悲惨を正面からひきうけ、戦後の二十年の間、それを、ひきうけつづけたのである。その、ねばりづよい持続。しかも、この二十年、医師たちが、完全に原爆の悪を制圧したとみずから感じることの可能な瞬間は、おそらく決してなかったのだ。それはつねに、出遅れた、受身のたたかいであった。そこに希望がほの見えることがあっても、それはやがて新しい悲惨の

兆候によってくつがえされた。それで、しかもなお、重藤博士は、広島の悲惨を正面からひきうけて忍耐し、持続しつづけている広島の医師たちの、ひとつの典型であろうと思う。たたかいは博士にとって医学的な分野のみにとどまらない。それは政治をふくめて、この人間社会のあらゆる煩雑さにかかわっているのである。

重藤博士の院長室のロッカーに、原爆の悲惨についての手さぐりの追求の初期の段階を記念する、ふたつの論文がおさめられている。その、より初期のもののタイトルは『原子爆弾による脱毛者における統計的観察』である。この素樸《そぼく》なタイトルはそれだけで、まずどのように基本的な場所から、原爆のもたらしたものの本質への追求がはじまったかということを示しているではないか。観察者は、脱毛者たちの禿げあがった頭の数の統計の背後に、恐怖にみちた巨大なものの影をかいま見たのだ。

もうひとつの論文は、山脇卓壮というまだ若いこの土地の医師が書いた『広島における原爆被爆者の白血病発現率及びその一部の臨床的観察について』である。一九五二年に血液学会で発表されたこの論文が、広島の被爆者たちと白血病とを、はじめて公式に原爆症の名において結びつけたのであった。

広島の被爆者たちに多くの白血病の患者が発生し、増加しつづけていることに、現場の医師たちは早くから気づいていた。とくに、レントゲン医学に造詣の深かった重藤博士は、広島における白血病の真の意味について恐しい予想をいだいた最初の人たちのひとりであった。そこで当然広島では内科の医師が、この白血病の疑惑について新聞に発表するということがあったが、それはたちまちＡＢＣＣの苛烈な批判にさらされた。そして、白血病は、広島市民の、いわゆる原爆常識となることを妨げられていたわけである。重藤博士

は、若い医学生、山脇氏を選んでかれにヒントをあたえた。そこで山脇青年が白血病についての具体的な統計の仕事にとりかかったのであった。しかし、当時、日本に、こうした統計のもともとの尺度とすべき、一般的な白血病の統計があったわけではなかった。したがって、広島の白血病者の数が統計表に記録されても、それが異常であるか、正常であるかを測定することができない、というような初歩的な困難もあったのである。山脇青年の活動は、より多面的ならざるをえない。

かれは全国の大学病院に手紙を書いて、それぞれの病院での白血病の例を参照しようとした。反響はあって、それがまず手がかりとなった。広島市の白血病者の統計をつくるために、かれは戦後の市の死亡者たちの診断書を約三万部、そのいちいちにあたって調査した。その後、それぞれの白血病による死者の主治医のもとを訪れて、診断を聞いたり標本をあつめたりする作業がつづく。

そういう時、ＡＢＣＣが山脇青年の調査に注目して、自動車と資料とを提供してくれるということがあり、それは統計作業の進展におおいに力をかした。ＡＢＣＣが、日本人の医師たち独自の方法での原爆症の追求に、とくに好意的であった一般的証拠はないから、山脇青年の場合は、特別な好運の一例とみなすべきであろう。着手後、二年、統計は完成して、画期的な意味を主張した。

いま山脇氏は、広島市内で小児科を開業している。その山脇小児科の現在の仕事は、とくに『広島における原爆被爆者の白血病発現率及びその一部の臨床的観察について』と直接にかかわらないであろう。この論文の成立についてかたる山脇氏の表情には、いわば懐かしさの感情がこもっていた。なぜ、原爆被爆者の白血病についての研究を現在まで継続されなかったので

すか？　という僕の質問は、山脇氏にとって、唐突な意外な問いかけと響いたようであった。そしてそれは、僕の質問の場ちがいさを、すぐに僕に了解させるものでもあった。われわれ広島への旅行者は、たびたびそこに、自己犠牲的な聖者を発見したがる。それが不自然で無責任な旅行者気質にもとづいていることはいうまでもない。山脇氏の論文は十分に使命をはたした。つづいて山脇氏は博士号を獲得できたし、開業医としての基礎をかためることができた。こういう、個人的に過度な負担をかけない、いかにも現実的に有効なやり方で、重藤博士は原爆症への具体的なアプローチをつづけてきたのである。

もっとも僕は山脇氏と会った直後、原爆病院にひきかえして重藤博士に、おなじ質問をしてみた。若いインターンの医学生が、博士号をとったあとも、ずっと原爆症を追求しつづける、ということは一般的に不可能なのですか？　重藤博士の答は、次のようである。

《原爆病院の医学的な責任者たちが、どのように熱情をこめて原爆症を追求してゆくにしても、若い医学生にとっては、原爆症が、ただそれだけを研究しつづける生涯のテーマとして興味をひくものであるとはいいがたい。根本的にそれは解決しつくせない病患であるのに、日常的なその処置としては、きまりきったことしかできない。すなわちそれは医学的情熱の対象としてふさわしくないし、原爆症だけを担当していては、若い医学生が実際的な医師として成長するために不都合であろう。》

根本的には解決できない致命的な疾患でありながら、日常的にはきまりきった手当をくりかえすしかない、という言葉のにがい、にがい、にがい味。山脇氏によれば、現場で原爆症の追求を、被爆以来ずっとつづけてきた重藤博士の場合は、いわば例外であって、一般的には研

究設備もない病院で、原爆にかかわるすべてのものに挑戦することは、とくに若い医師たちのタブーであった。とくに占領下の広島である、それは当然のことであろう。そういう状態のなかで、重藤博士が、優秀なインターンの青年にヒントをあたえ、論文作製にみちびいて、原爆症についての確実な一発展をもたらしめ、同時に、その若い医師が、学位とそれ以後の実生活についての所期の目的を達しうるようにつとめた。これが、実際におこったことであろう。そして僕は、こういう現実的なやり方に、重藤博士の人格が直接にじみでていると考えるものだ。

重藤博士からも、僕は、山脇氏の論文が、学位をかちうるにさいして出会わなければならなかった困難と、博士の心配について聞いたものだった。この論文の重要な意味あいについて考えれば(論文が発表されるとたちまち反響は激しかったし、博士はこの若い医師を政治的な波はもとより、ジャーナリズムの襲撃からまもるために気をつかわねばならなかったほどだ)、それは異様だが、ともかく当時の血液学会において、この論文は、あまり妥当な評価をうけたとはいえなかったようである。そして、それは直接、原爆がひきおこした奇怪な様ざまの災厄が、人類の眼に、なかなかその実体のすべてをあきらかにしなかったことに由来している。

すなわち、この統計で広島の被爆者における白血病の数の明瞭な増大をみとめながらも、統計だけでは、なぜ原爆が、白血病をひきおこすか原理的にわからない、ということで、この論文を医学的に弱いとみなす、有力な人々がいたのである。固定観念に縛られた権威者というものは、このように往々にして有害だ。

重藤博士は、原爆の炸裂の瞬間から、この戦後の二

十年、すなわち原爆後の二十年、終始、広島の被爆者の日々の治療についての責任者であった。それは原爆病院がつくりあげられるより以前からそうであったのだし、そして原爆病院長に就任した後も、博士は広島日赤病院長の仕事をも、あわせおこなわねばならなかったのである。

すなわち、重藤博士と原爆病院は、つねに研究機関でなくて、日々の治療機関であり、現場の医師であった。したがって、重藤博士をめぐる原爆病院の医師たちの研究はつねに、現実の患者の治療と綯《な》い合わされてのみ存在したのであった。それは、ＡＢＣＣが本来、治療とは無関係な、純粋な研究機関であったことと比較されながら、記憶されるべきであろう。

原爆病院の医師たちは、人間の肉体に巣くう原爆という、かつて人類が出くわしたことのない怪物との闘いにおいて、現実の患者を治療しながら一歩ずつ具体的に、恐怖の核心にせまってゆくという戦術をとったのであった。それは同時に、そのように具体的なやり方しか、かれらに可能でなかったということでもある。そして、この医師たちの、放射能障害への具体的なアプローチの歴史は、まさに人間的な感動をさそうものだ。かれらは試行錯誤をおかす。しかしそれは、かれらの、より明るい見とおしへの人間的な、きわめて自然な期待によってもたらされたものであることがうかがわれる、そういう試行錯誤である。かれは、ときどき、より明るい方向にむかって、見とおしをあやまる、そして患者たちにも、市民一般にも、あるいは自分たち医師自身にも、いくらかの猶予の時をあたえる。広島の二十年の日々には当然そういう必要があったかもしれないのだが。

今堀誠二氏の『原水爆時代』は、被爆の年の冬、原爆による死者たち、病者たちの数が減少して《さしも

の原爆症も、これで何とか片がつくのではないかという見透しが一般的になった》一時期のことをつたえている。ペストやコレラの記録や小説にも、たびたび、疫病の蔓延が、凪《なぎ》のような状態にはいって中だるみする、そういう段階の記述がある。現実の広島においても様子はおなじだったわけである。疫病の最初のショックが市民たちをうちのめす。それから凪がおとずれて、希望のわずかな芽生えをうながす。そして第二のショックが、より徹底的に市民の心を蹂躙しつくす……

一九四五年秋の米軍側原爆災害調査団の声明、《原子爆弾の放射能の影響によって死ぬべき者はすでに死に絶え、もはやその残存放射能による生理的影響は認められない》という観察が、きわめて政治的な意図にゆがめられていたにしても、今堀氏の指摘する市民、医師たち、ジャーナリズムの次のような反応は疫病のさなかの一時の凪の状態における、広島の人々のごく自然な人間的態度であったであろう。

《市内の病院に患者が少なくなったことも、GHQを安心させた一因であるが、これには病院といっても窓や出入口がすべて吹きさらしで、ガラス戸一枚あるわけでなく、寒さに耐え得ないため、被爆者が、家に逃げ帰ったことも大いに関係していた。ところが病院自身も、それを原爆症そのものの全治と解して、いささか安心しすぎた楽観論をとる傾きがあったし、一方そうした明るいニュースは、市民や被爆者の歓迎をうけるので、報道機関の中にもこうした病院側の見透しをのせたいという気持が動いていた。日本医療団広島病院では「被爆者三十万六千のうち、治療中の患者は十一月に三百、今では二百となり、それも放射能による直接の被害というより、むしろ火傷その他から余病を併発し、各自応急手当をおろそかにした為、悪化し

たものが大部分を占める。いわゆる原子症《ママ》患者は殆んどいないといってよい」(二月六日、毎日新聞)というニュースを流しているし、日赤広島病院産婦人科では「最近被爆者はやってくるが、恐怖心からくる神経症に陥ったものばかりである。爆心地から一キロ以上離れたところでは、多数の妊娠者が現われている。月経の変調もない。三キロ以上の郊外では軽い放射能をうけたため、結核や胃潰瘍に好影響を与えたという事実もある」(二月十六日、毎日新聞)と、原爆礼讃にも通じかねない、あまりにも楽観的な見解を発表しているのである。広島逓信病院は医療団、日赤と相ならぶ最良の総合病院であったが……終始楽観論をとっていたのであって、四六年五月には当時の状況として(五月十三日、中国新聞)、内科では白血球が一名を除いて正常に復し、下痢もなおった。産婦人科では畸型児が生まれず、不妊にもならないから「お嬢さん方御安心ください」というところである。外科は整形手術で多忙だが、好成績だから不具もなおるだろうという、結構ずくめの見透しを発表していた。これも一つの見識で、蜂谷院長は四八年八月八日の同紙に、原爆症は一年前に完全になくなっているから、今では何もかも解決したといいきっている。》

重藤博士は、山脇青年の統計をはじめとする広島の医師たちの努力をふまえて、白血病を原爆症のカテゴリーに位置づけた冷静な学者であるが、その博士もまた、試行錯誤から自由ではなかった。原爆と、広島の被爆者たちの白血病とが、統計によって確実にむすびつけられた時、権威ある医学者たちが、それをなかなか認めようとしなかったことはすでにのべたが、やがてなじ統計によって、重藤博士は、白血病が減少しつつある、という発表を、喜びの感情とともにおこなった。そして、すぐさま博士は、再び統計のカーヴが

上昇するのを見なければならなかったのである。僕は、この試行錯誤に感動を禁じえない。

医師たちは、現実の被爆者たちに接しながら、いわば手さぐりでいちいち確かめつつ、怪物の正体をあきらかにしていったのだが、それは逆にまた、自由な想像力とも無縁な試みではなかった。むしろかれらは、その想像力によって支えられることによってのみ、具体的な患者たちの苦しみの背後に、巨大な怪物の忌わしい影を見きわめることができたのである。

それはどのような想像力であったか？　もし原爆の影響がなければ、この患者は、健康であったであろう、したがって、この被爆した患者の現在の疾患は、当然原爆によってひきおこされたものではないか、と考える想像力。あのように異常な爆発のあと、それにさらされた人体にはどういうことだっておこりかねない、あらゆることがおこる可能性がある、と考える、固定観念にとらわれない、自由な想像力。

被爆者に、あるひとつの症状がおこるとしよう。東京の医学者は、これがなぜ病理学的に原爆と関係があるか？　と反問するかもしれないし、実際、それに答える言葉が、広島の医師たちに、準備されていないことはたびたびあったのである。しかも、医学の歴史は、やがて、それらのケースのいくつかがじつは原爆と無関係であったと証明するかもしれない。しかし現実に広島の被爆者たちを救助してきたのは、原爆によってはあらゆる症状がおこりうる、という自由な想像力をもつ医師たちの地道な活動にほかならなかったのである。

この縛られない想像力と具体的な治療の努力のつみかさなりが、脱毛した頭の統計という素樸なものから、白血病との関係づけに発展し、原爆白内障というもの

へ眼科の医師をみちびくかと思えば、癌死亡者の統計をつうじて、癌と原爆との関係づけの段階にまで、広島の医師たちを押しすすめたのである。そして明日の問題として、次の世代の原爆症の追求という、不屈の発展があるのだ。

しかし、原爆が人類にもたらした影響については、二十年後の現在もなお、理解不能の異様さ、奇怪さのぬぐい去れない部分があるわけだし、単純に、わけがわからない、というほかない状態もある。だからこそ、いつまでも硬化しない自由な想像力をもった医師たちが要求されるのであるが……

たとえば僕は、爆心から八百メートルのところで被爆しながら助かり、健康な子供を二人も生んで、元気に暮している、そういう婦人の噂を聞いたものだった。あの朝、彼女は女学校のグランドでクラスメートと遊んでいた。広島市原爆被災地図を対照したところでは、それはおそらく広島県立高女であろう。そして友人たちはみな死亡したのに、ひとり彼女だけが、生きのびたのである。

それはなぜだったか？ 確実なことはなにひとつわかりはしない。重藤博士は、このエピソードについて語ったあと、ただ、自分は嬉しい、と批評しただけだった。この、嬉しい、という言葉は、いまも僕の胸の深みに一種の熱をひきおこす力をもっている。しかし、この幸運な女学生、現在の母親が、重藤博士の前にあらわれたのは、すなわち被爆後、二十年近くたって、彼女の至上の幸運に、最初の暗い影がさしたためである。嬉しい、という重藤博士の言葉は決して単純ではない。博士は彼女の現在の安定がすでに危険にさらされていることを知りながら、しかもそのつかの間の安定をもっともにがい心において喜ぶほかない。そういう状態も広島にはあるのである。

にがい心といえば、広島の医師たちの自由な想像力は、また、そのまま、恐しい想像力でもあるはずであろう。白血病と被爆とをむすびつける想像力というものは、じつに厖大な恐怖に直面することを強制する。しかも、その医師たち自体が、被爆者であるということを、われわれは忘れてならない。広島の医師たちは、その想像力によって原爆の災害を追求しつづけながら、すなわち、自分自身もおちこんでいる地獄の深淵をより深く、よりあきらかに覗《のぞ》こうとする人たちなのである。このパセティックな二重性が、広島の医師たちの想像力と、具体的で地道な発展に、まぎれもなく誠実な威厳の印象をあたえるのだ。

広島市内の高校生たちを対象に、次の世代の原爆症の綜合的な調査をおこないたい、と考える重藤博士の、最大のジレンマは、それが絶対に必要な調査でありながら、同時に、それによって広島の高校生たち、被爆者の二世たちが深刻な不安、動揺においいることを惧れることに由来していた。問題が、白血病のような、人類がなおそれを十分に克服する手だてをもたぬ致命的な疾患にかかわっているだけに、ジレンマは深まりつづけることであろう。

しかし絶対に、次の世代の原爆症の追求はおこなわれなければならない。それは、しだいに死に絶えてゆく人々の原爆症とちがって、これから生きつづけてゆく人々の原爆症の問題なのである。アメリカからABCCに、はじめにやってきたのは優秀な遺伝の学者たちであった。いわば、二十年の原爆医療史の当初から、次の世代の原爆症の問題は、世界中のすべての医師たちの関心の的であったのだ。ただ、その発想の、もっとも激しく奥深い恐怖心をそそる性格が、さまざまな時期に、《お嬢さん方御安心ください》というような楽観論をよびおこす動機ともなったのであろう。しかし

いま被爆後二十年をむかえて、次の世代の原爆症の調査は緊急の課題である。このように深く人間的なジレンマをいだきながら、しかも早急に重藤博士は、次の世代の原爆症の調査の問題を現実的におしすすめてゆくであろうし、そのようなジレンマを克服しようとする、原爆病院長に、広島の高校生たちは、もっとも人間的な信頼をいだいて協力するであろう。僕はそれを信じる。最悪の深淵をのぞいた人間、そしてそれを克服すべく努力している、岩野泡鳴のいわゆる《絶望的な蛮勇気》をもった人間、すなわち広島の医師たちを、信頼することのできない者、それほどにも疑い深い若者が広島にいるとは僕は考えない。

なぜなら、広島の、おそらくは不安をひそめたハイ・ティーンたちが(その若者たちのひとりは顔のケロイドを、敵を威嚇するための一種の兇器として有効に使い、幼い無法者となった。かれがケロイドの皮膚の奥にかくしていたもの、それを逆転して威嚇のエネルギー源としたもの、それはもっともナイーヴな不安にほかならない)信頼できる唯一の大人たちこそは、かれらとおなじ不安を共有しながら、しかも不撓《ふとう》不屈な広島の医師たちであろうからである。

そして、これは僕のもっとも希望的な観測であるけれども、広島市内のすべてのハイ・ティーンたちを対象とする次の世代の原爆症の調査は、みずからの不安のうちに孤立している若者たちを、ひとつの連帯感の広場へつれだして解放するものでありうるかもしれないではないか?

僕は広島で被爆したあと東京へやってきた二人の青年とインタヴィューした思い出をもっている。ひとりの青年は片足の不自由な小柄な人物だったが、かれは東京のあるミッション・スクールの附属機関に、おなじ被爆者の友人たちとともに所属しており、アメリカ

向けの輸出衣服縫製の仕事をしているのだった。かれは安定した沈着な人柄の青年で、僕はかれのおだやかな眼のなかに、克服され飼いならされた不安をしか読みとらなかった。かれは訥弁《とつべん》ながらも熱心に、かれとかれのグループの、白血病や結婚後の問題についての具体的な不安を語ったけれども。

そしてもうひとりの青年は、荒あらしい印象を全身にただよわせた肉体労働者で、かれは京都に婚約者をもっていたが、ある日、自分の白血球の数が増大したことを知って(それは結婚のための手続きとしての血液検査においてだった)、そのまま黙って婚約者から逃亡し、東京に出てきていたのである。かれの日々の仕事は、東京港周辺の倉庫のまえの野天作業場で、梱《こん》包《ぽう》の釘をうつことだった。それは真夏だったが、青年は三日間働くと、ビタミン剤やら造血剤やらをいっぱい買いこみ、四日目はぐったり寝そべったまま薬品の海にひたっているというのだ。炎天下の重労働であがなった薬品を、腕の皮膚がセルロイドみたいに硬くなり変色するほど注射して、それこそ死んだように寝そべっている四日目の一日が、三日間の躰の酷使を帳消しにしてくれるとは、やはりかれ自身も信じていなかった。青年は四日目の一日、すくなくとも薬品を支えにして休養しているという心理的な安定感をもつことができるのみであったはずだが、ただそれだけのことのために、かれは三日間、実際に自分の肉体を破壊しながら重労働していたのである。かれを愚かしいと呼ぶことはできない。青年はそのようなトリックによって、かれの内部の不安に対抗していたのだ。やがて青年が港湾倉庫の仕事をやめて長距離トラックの運転手になったという噂を聞いた。かれはますますファナティックに、自分の肉体を追いつめ、わずかに不安をまぬがれる《四日目》を求めているのだろう。

そして、この二人の青年の安定した生活と、危機的な生活のよってきたるものを区別する差異はといえば、前者が孤独でなく、後者は、まさにひとり狼であるということのみであった。僕はおだやかな衣服縫製の青年に、このファナティックな乱暴者を、その仲間にくわえてくれるように頼むことができなかったことをたびたび悔いの心において思いだす。しかし衣服縫製の青年にしても、かれが自分と仲間たちの問題で手いっぱいだということを、僕も梱包の釘うちの青年も知っていたのだ。

それが被爆者の子弟であるかどうかを区別することなしに、広島のすべてのハイ・ティーンを次の世代の原爆症の綜合的な調査がむすびつけ、かれらの共有すべきひとつの基盤を発見させること、それはもっと拡大すれば、金井中国新聞論説委員たちの原水爆被災白書が、われわれ日本人すべてに、広島を核として共有すべき基盤を見出さしめる役割を当然はたさねばならぬことと、原理において同一ではあるまいか。

重藤文夫博士の戦後の二十年の重みを理解するためには、原爆病院を経営しつづけてきたその政治的努力についてとくに注意しなければならないだろう。しかしそれをまったくぬきにして、このように小さなエピソードをぬってゆくだけでも、広島の現実を正面からうけとめ、絶望しすぎず、希望をもちすぎることもない、そのような実際的な人間のイメージがうかびあがってくるように思われる。僕はこのようなイメージの人間こそを、正統的な人間という名で呼びたいのである。二十年来、広島に固着している状況は、たとえ百人の正統的な人間群が、それに対抗するにしても十分とはいえない苛酷な状況であった。しかし、それでもなお、まったく勝算のない、最悪の状況に立ちむかい

うる存在とは、やはり、このように正統的な人間よりほかにはない。僕は、重藤文夫博士に、その正統的な人間の一典型を見るものである。

中国の核実験にあたって、それを、革命後、自力更生の歩みをつづけてきた中国の発展の頂点とみなし、核爆弾を、新しい誇りにみちた中国人のナショナリズムのシムボルとみなす考え方がおこなわれている。僕もまたその観察と理論づけに組する。しかし、同時に、それはヒロシマを生き延びつづけているわれわれ日本人の名において、中国をふくむ、現在と将来の核兵器保有国すべてに、否定的シムボルとしての、広島の原爆を提示する態度、すなわち原爆後二十年の新しい日本人のナショナリズムの態度の確立を、緊急に必要とさせるものであろう。したがって広島の正統的な人間は、そのまま僕にとって、日本の新しいナショナリズムの積極的シムボルのイメージをあらわすものなのである。

――〔六四年十二月〕――

広島へのさまざまな旅

一九六四年暮、僕はこのノートを書きはじめて以来の、広島へのもっとも短い旅をした。僕は広島で、数時間をすごしたにすぎなかった。しかし、広島への僕の数かずの旅がすべてそうであったように、僕は、人間の悲惨と威厳について切実な反省を強いられないではいない体験をした。僕にとって広島へのさまざまな旅はすべて一貫して、そのような旅であった。僕はこのノートを、そうした旅のあとの僕自身の反省のために、まず書いてきたのであった。

広島についてすぐ、僕は重藤原爆病院長から、被爆したひとりの青年が、白血病で死んだという、ごく最近の記録を聞いた。広島の外では、われわれは広島の具体的な悲惨について忘れていることができる。率直にいえば、原爆後二十年、いまやそれはとくに困難でない。しかし広島ではつねに現実の問題としてこのような悲惨がつづいているのであり、広島の悲惨のあまりにもあからさまな核を支えているのが、原爆病院である。重藤院長は、どのように暗くにがい心で、この若い死者を見おくられたことであったか。しかも、これはなお連続してゆくはずの悲惨の河のなかばの数しれぬ水死者たちのひとりの死なのである。

青年は四歳の夏、被爆したのだった。われわれは原爆が広島をみまった日に傷ついた、数知れない子供たちの写真を見てきた。『ひろしまの河』をつくる広島の母親たちのひとりである小西信子さんは、それらの傷ついた子供たちを腐爛地蔵と呼んだが、実際あのように数多くの激しく傷ついた子供たちの写真を、われわれの歴史もたびたびは可能としないだろう。あれら

の奇妙に静かな表情をたたえた子供たち、かれらの大半は、写真にとられて数日のうちにすべて死に絶えた。そして、やっとのことで生きながらえたひとりの子供が、ハイ・ティーンに成長したある日、白血病におかされている自分を見出したのであった。青年は、かれの二十歳を原爆病院のベッドでむかえた。

すでにたびたび、僕はその例をあげたが、白血病を治療する医師は、初期の段階において、まず一応、白血球の凄じい増加をくいとめ、いわば病気の《夏休み》をまねきよせることができる。原爆病院の医者たちの努力は、はじめ数ヵ月にすぎなかったこの《夏休み》を、二十年間の暗い苦闘のはてに、二年間にまでひきのばした。それを数十年間にまでひきのばすことができた時、われわれ人類は、白血病を克服したと誇ることができるのであろう。しかし、いまなお、白血病、この血液の癌は、圧倒的に人類より優勢である。二年間の《夏休み》のあと、青年は死とふたたびめぐりあわねばならず、その時、死は決してかれをとり逃すことがない。もし、ペシミスティックな心の持主が、この《夏休み》を一種の執行猶予《ゆうよ》の時間と呼んでも、とくにあやまりではないであろう。

しかし、青年は、かれの二年間を猶予の時とは見なさなかった。かれは敢然として、人間らしく生活し、社会的存在たることを希望した。原爆病院の医師たちは、青年のために、かれの病歴を秘して、就職口をさがした。この医師たちは、詐欺をおこなったのではない。もし、そうとわかれば、誰が白血病の青年を傭《やと》いいれよう？　医師たちは小っぽけな欺瞞にびくびくする、無能な清潔派でなかっただけのことである。青年は、ある印刷会社に就職した。かれは会社の仲間たちに愛される、善き社員であった。

青年の死のあと、原爆病院をおとずれた、ある高貴

の方が、なぜ、この二年間、青年を休養させず、働かせたのか？ と詰問したという。しかし、その高貴の方は、ひとりの青年が、かれの生涯の最後の二年間を真に生きるためには、ベッドに寝そべっているより、印刷機の音の響く場所で、同僚たちと共に働くことを必要としたことを、理解できなかったにすぎない。なぜなら、高貴の方とはついに働くことなく、贋《にせ》の生涯をおくるべく慣らされた人々の謂《いい》だからである。

　青年は、この二年間を本当に生きようとしたのだ。かれは有能な働き手であった。かれはまた職場での社会生活のすべてを十分にまっとうした。かれがどのように真実に生きようとしたか、贋でもなければ、ツクリモノでもない、真の現実生活を生きようとしたかは、青年がひとりの娘と愛しあうようになり、婚約したということで、いかにもあきらかであろう。恋人は楽器店につとめていて二十歳だった。

　この青年がどのように真の社会生活をおくっていたか、ということをものがたるエピソードがある。ライフ誌の記者が、明るい広島という記事を書くべく広島をおとずれたとき、重藤博士はこの青年を紹介し、記者は満足した。青年はそれこそ、明るいヒロシマそのものであったのだろう。

　しかし二年たって、充実した《夏休み》は終った。青年は執拗な嘔気になやまされるようになり、再入院し、関節という関節すべての激しい痛み、そして猛烈な嘔気という、白血病の患者の最悪の苦しみの果てに死亡したのであった。

　一週間たって、死んだ青年の婚約者が原爆病院をおとずれた。彼女は、青年を看護した医師や看護婦たちにお礼をいいにきたのだといった。彼女は楽器店につとめる娘らしく、よくレコード棚やバイオリンの陳列ケースにおいてある、陶製の一対のシカをお土産にし

た。二十歳の娘は平静でおだやかな挨拶をのこして去っていったが、翌朝、彼女は睡眠薬による自殺体として、発見されたのであった。僕は、大きい角をそなえて強そうなシカと、愛らしい牝のシカの、一対の置物を見せられて、暗然とし言葉もなかった。

くりかえすが死んだ青年が被爆したのはかれが四歳の時だった。かれは戦争に責任がなかったばかりか、原爆による、まさに理不尽な不意の襲撃を理解することすらできなかったであろう。その幼児が、二十年後に、みずからの肉体において国家の責任をひきうけたのであった。たとえ幼児であるにしても、かれがその国家の一員である以上、かれは国家の最悪の選択にまきこまれざるをえないのかもしれない。ひとつの国の国民であるということはそのようにも陰惨なものであるかもしれない。

しかし、自殺した婚約者は、いかにも象徴的な年齢、二十歳で、まさに戦後の子だった。それでいて、彼女は、みずからの意志において、この被爆した青年の運命に参加し、青年の死後、まさに彼女が青年にたいしてとりうる全責任をはたしたのである。国家は、青年にたいしてなにほどのこともできなかった。すくなくとも青年の絶望の穴ぼこは、国家全体をそこに充塡しても埋らぬ巨大さだった。しかし、ひとりの純粋に戦後世代の娘が、後追い自殺することでその暗い穴ぼこをみたしたのであった。この二十歳の娘のみずからの意志による選択の壮絶さは、現にこの国家に生きているすべての人間にショックをあたえずにはおかないだろう。絶望するほかない場所に追いつめられた青年を救済すべく、稚い娘がとった絶望的選択。

彼女はひとつの価値を逆転したのだ。国家というものの厭らしい欺瞞を、その犠牲となった弱者の姿勢において、しかし、じつは、国家の欺瞞、生きのこって

いる人間の欺瞞のすべてに対して、致命的な反撃をくわえ、そして恋人ともども、沈黙したまま、彼女たち独自の威厳にかざられた死の国へ歩みさったのである。他人どもを、容赦しない孤独なきびしさの死の国。いったんは彼女の恋人をその幼児期に不意撃ちし、まきぞえにした、国家の影の、もう絶対に容喙《ようかい》できぬ圧倒的に個人的な、ふたりだけの死の国。白血病の《夏休み》を勤勉に働いた青年のストイシズムも、娘が敢然として婚約者の死後の生活を認めないで自殺した決意も、決して欺瞞の国家、欺瞞の生者たちをうけつけない、断乎たる覚悟によって鎧《よろ》われているのである。陶器でつくった一組の、逞しいシカと愛らしいシカの置き物のまえでわれわれはただむなしく暗然とするほかない。おだやかな優しい思い出を、数かずの人々の心にのこして自殺した二十歳の娘は、ひとりの人間が、原爆症で死ぬ青年にたいしてなしうる最大限のことをしたのだった。自己犠牲などという意味合いはいささかもない、決定的な愛の激しさにおいて。そして、この激越な愛とは、そのまま逆に、われわれ生きのこっている者たちとわれわれの政治に対する凄じい憎悪に置きかえられることもありえた感情である。しかし、告発せず沈黙して死んだこの二十歳の娘は、われわれに、もっとも寛大な情状酌量をした。われわれには、くみとられるべき情状などありはしないが、二十歳の娘は、おそらくおとなしい威厳をそなえた性格だったので、われわれに憎悪の告発をおこなわなかったのだ。

この恋人たちの死について僕はひとつの推測をする。これはもちろん僕の空想の域をでないが、じつはそのように僕は信じている。すなわち、青年は二年間の《夏休み》を期して就職したとき、自分が全快して、仕事をはじめるのだと考えていたのではないだろう。かれは、医者たちがどのように誠実な嘘をついて、カル

テの秘密をまもったにしても、かれは自分が白血病であることを知っていただろうと思うのである。しかもかれは、白血病がふたたびかれを捕獲するまで、地道《じみち》に働くことをあえて望んだのであろう。

そして、そのような青年と恋愛をはじめ、婚約した娘もまた、その事情を知った上で、そうしたのであろう。そうでなければ、二十四歳と二十歳の婚約はいくらか早すぎるとみなすべきではあるまいか？　かれらは、身近にせまっている死の時をみこして、すみやかに婚約したのであろう。

そして青年にはついに死の時がおとずれ、娘は穏やかに覚悟の死を選んだのであろう。娘は、婚約者の死に出会って、悲嘆のあまりに死を決意したのでもなければ、絶望し、死よりほかに選びようのない場所に追いつめられて自殺したのでもないだろう。彼女はおそらく、白血病の青年を愛しはじめたときから、まらかの確実な死を眼のまえに見すえていたはずである。娘は青年の運命に参加し、自分自身をそこにまきこんだのであったが、それはこのようにもっとも徹底的なひとつの運命の選択であったのであろう。

広島上空の気象報告のために原爆機に先行した観測機の機長であったイーザリー陸軍少佐が、十二年後、テキサス州で郵便局を二つ襲撃して逮捕されたことはよく知られている。かれは精神錯乱の理由で無罪になったが、その精神錯乱とは、広島への罪悪感によるものだと米国復員局の精神病医が証言した。

イーザリーというアメリカ人の郵便局襲撃に際してすら、陪審員たちは、すなわち人類一般は、かれを有罪とみなすことができなかった。かれらは躊躇した。それは人類一般にとって、広島が、共通の罪悪感の根元であることを示している。

しかし、人類一般は、もっと恐しい罪悪感の赤裸々なあらわれに、出会わなければならないだろう、もし、ここにひとりの兇暴きわまる殺人犯があらわれて、かれをそのような犯罪にみちびいたものが、広島で被爆したことへの絶望感にもとづくとしたなら。われわれの誰がこの犯罪者を正視する勇気をもつだろう？ われわれが、現実には、このようにもっとも切実にわれわれの罪悪感の露頭を咬《か》むべき犯罪者をもたなかったのは、単に僥倖《ぎょうこう》と呼ぶべきであろう。そしてこの僥倖は広島の、あるいは絶望するほかなかった人々の、おどろくべき克己心によってのみ、もたらされたものであることを肝に銘ずべきであろう。

あの、白血病で死んだ穏やかな青年が、もし、二年間の《夏休み》を、勤勉に働くことのかわりに、一個の犯罪者となってしまっていたとしたら、と空想してみることは、われわれのぬくぬくとおさまっている心に、鋭いショックをあたえないではいない。青年はストイックに働いて日々をおくり、かれの死につづいてすぐ後追い自殺するほどにもかれに深い印象をうけた恋人を得た。それこそが、まさに異様なほどにも、常識的な状態をこえた、ひとつの稀有《けう》の達成であったのだということを忘れてはならない。

この青年とその婚約者とは、かれらがもし狂気や犯罪や道徳的な顚落《てんらく》に到ったとしても、なおかつ人間らしいとしかいいようのない、そういう最も深く、にがい絶望をまのあたりにした人々である。しかし、かれらは屈伏せず、ストイックに、最後まで威厳とともに生き、沈黙して威厳ある死を選んだのであった。

原爆を投下したアメリカの軍事責任者たちが、広島市民の自己恢復力、あるいはみずからを悲惨のうちに停滞させておかない、自立した人間の廉恥心とでもいうべきものによりかかって、原爆の災厄にたかをくく

ることができたのであろうことを僕はたびたび考える。しかし、もっと広く、われわれ人類一般が、このように絶望しながらもなお屈伏しない被爆者たちの克己心によりかかって、自分たちの甘い良心を無傷にたもつことができたのであることも、われわれは忘れてならないであろうと思う。

もっとも、広島からの噂に意識して耳を閉ざさない限り、甘い良心はいつまでも無傷ではいられない。僕は、この旅行のあと、眼と耳にふれた、ふたつの噂をもここに記録しておかねばならない。そのひとつは一月十九日附読売新聞夕刊のコラムである。《ご迷惑をかけました。私は予定通り死んで行きます。こういう遺書をのこして、広島の十九歳の娘が自殺した。十九年前母の胎内で原爆の業火《ごうか》を浴びた娘だが。その母は被爆三年後に死んだ。この娘も原爆症で、幼時から肝臓と目がわるかった。しかも母の死後父は家出し、現在七十五歳の祖母、二十二歳の姉、十六歳の妹のかぼそい女手四人暮しである。三人とも中学を出るとすぐ働きに出ねばならぬ生活状況だが、この娘もせっかくの特別被爆者手帳を持ちながら、ゆっくり入院治療するいとまもなかった。治療面での対策はあっても、安心してじっくり治療を受けさせる生活面での支えがない。被爆者対策のアナだろう。業苦と貧を背負わされた若い命は精も根も尽き果てた感じだが、予定通り死んで行きますの「予定通り」に表現を絶したものがある……》

また筑豊炭田からの噂、日本の消費生活繁栄の時代の、政治的かつ社会的な歪みと欠陥の極北である筑豊に、広島から追いたてられるようにして移り住んできた多くの人々がいること、被爆によって家族をうしない、最底辺の職業についた女性たちもまた、そこにふくまれている模様であるということ。ここには、どの

ように効果的に原水爆被災白書のための全国的な調査が進行しても、なおかつ、決して名のりでることのない、広島の女性たちの幾人かがひそんでいるはずである。

われわれ広島の外の人間は、このような噂によって、眼と耳に強い酸をそそがれたような覚醒の一瞬をもつにしても、すぐにそこから意識をそらしてしまう。広島のなかにおいても、被爆者よりほかの人々は、われわれとおなじようであるかもしれない。

ちなみに広島で白血病の青年が死に、その婚約者が後追い自殺したとおなじ時期に、東京でひとつの叙勲がおこなわれていた。勲一等旭日大綬章をうけた米空軍参謀総長カーチス・E・ルメー大将は広島、長崎への原爆投下作戦に、現地で参画した人物である。この叙勲について政府の責任者はこう語ったとつたえられる。《私も空襲で家を焼かれたが、それはもう二十年も前のこと。戦争中、日本の各都市を爆撃した軍人に、恩讐をこえて勲章を授与したって、大国の国民らしく、おおらかでいいじゃありませんか。》

この鈍感さは、すでに道徳的荒廃である。広島の人間の眼でそれを見れば、これはもっとも厚顔無恥な裏切りであろう。われわれは政治家や官僚の倫理感覚について、寛大だ。かれらが汚職でもしないかぎり、ジャーナリズムが、こうしたモラルの低下を攻撃することはない。しかしこのような言葉を発する政治家の昏の卑しさこそ最悪のものなのだ。

原爆病院の資料陳列室脇のひとつの部屋で、僕は重藤博士、金井中国新聞論説委員、『ひろしまの河』の小西信子さん、そして市内の個人病院の事務員として働く若い被爆者、村戸由子さんの四人のもっとも広島的な人々、すなわち広島の原爆をめぐって存在する諸問

題を、もっとも本質的に代表する人々に、テレヴィのための討論をおこなっていただいた。僕は討論の司会者の役をひきうけて、広島に来たのだった。

村戸さんをのぞいて、僕はすでにこれらの人たちにたびたびお会いしてきた。このノートの目的のひとつはこれらの人たちの生きる態度、ものの考え方を紹介することであった。これらの人たちの仕事のもっとも新しい発展をつたえるものとなった。僕はこの討論の場に立ちあうことができたことを喜びとする。そして、また、新しく村戸さんという、屈伏しない被爆者の一典型の声に接することができたのをここに記録できることを幸運に思う。

被爆したとき、村戸さんはほんの小さな子供だった。ケロイドが村戸さんの顔を変えた。そこで、成長した彼女の日々の希望は、過去の、傷ついていない自分の顔を、見たいということであり、彼女自身の言葉を用いれば、《うしなわれた美》を恢復したいということであった。健康のためというのではない、ただ、《うしなわれた美》をとりもどすための手術を、彼女はいくたびかうけた。その結果彼女が理解したのは、《うしなわれた美》が、ついに恢復されることはないということであった。それらの手術のあと彼女は、広島の家の奥深くひそんで、じっと沈黙して暮している、ケロイドをもった数多くの娘たちのひとりとして生きるべく前途を考えるにいたった。

このような、うしなわれた過去への指向と、それにつづく絶望の時は、いわば、人間をもっとも神経症的な深みに、近づけるものであろう。そしてそのような危機的な状態の人々は広島に数多いことにちがいない。そのような人々を狂気や自殺から救助する、積極的な手だてが、われわれにあるというのではない。われわ

れは、ただ、それらの人々が、しかもなお狂気におちいらず、自殺しないで生きつづけることを、心むなしく期待するほかない。

村戸さんはどのようにして、狂気や絶望のはての自殺や神経症的な隠棲から、自分自身を救助したか？　彼女に回心《かいしん》をもたらしたのは、原水禁世界大会の第一回目の集会であった。そこで彼女は、《苦しんでいるのは自分だけでない》という基本的にして本質的な発見をした。被爆後の暗く長い沈黙の日々のあと、広島の人たちがはじめて声を発する機会をえた第一回原水禁世界大会が、被爆者たちにとってどのように画期的なものであったか、それを僕はたびたび耳にしてきた。それは被爆者に人間的な自己恢復の契機をあたえ、同時に日本と世界の平和運動家たちの志にひとつの方向をあたえるものであった。平和運動の歴史について客観的な評価をおこなうことは、僕のような外部の傍観者だったものには困難であるが、ただ、第一回大会のように、被爆者たちに人間的変革を体験させる、そのような原水禁世界大会が、しだいに性格をかえていったことは事実であって、そこにひとつの頽廃を見出すことは決して根拠のない批判ではないであろう。いうまでもなく頽廃は、決して被爆者のがわにおこったのではなかった。

これを機会に村戸さんは過去を指向したり、現実との交渉をたって隠棲したりする、神経症的な状態から回心し、いわば現実と未来にかかわるようになった。彼女は被爆者たちの平和運動の一翼に参加し、外国に旅行し、フランスでは死をひかえたジョリオ・キュリイに会った。やがて白血病で死ぬジョリオ・キュリイは、村戸さんたち、いわゆる原爆乙女に対して、あなたがたが沈黙していても、自分はあなたがたのすべての苦しみを理解する、といった。彼女たち、原爆乙女

と呼ばれた彼女たちは、みな、村戸さんとおなじ回心を、《うしなわれた美》への懐旧や現在自分の顔を歪めるケロイドへの嫌悪、羞恥心を克服した娘たちであったはずである。われわれは、あえて壇の上に立って光をあびる彼女たちが、この回心を体験した人たちであること、そしてなおつねに、この回心をつづけながら、あえて原爆乙女と呼ばれることを承認している人々であることを意識していなければならないだろう。重藤院長が村戸さんとともに語った言葉、彼女をふくめて被爆した平和運動の参加者たちの意志は、すなわち、《自分たちの味わっている苦しみを、他の人間たちに味わわせてはならない》ということである。原爆乙女たちとジョリオ・キュリイはまさに十全におたがいを理解しあったにちがいない。

この日、テレヴィのフィルムをつうじて語ることを村戸さんは最後までためらっていた。それは彼女の回心が教条的に固定したものでなく、いわば日々つねに、くりかえし克服されることによってのみ支えられているのを示している。テレヴィの視聴者は、ひとりの若い娘のじつに美しい志にあふれた、凜然たる顔を見て感銘をうけたはずである。村戸さんは《うしなわれた美》という言葉によって、ケロイドに傷ついた広島のすべての娘たちの声において語ろうとしたのだ。このように、原爆のもたらした災厄といかにも正統的に戦う、そのような威厳にみちた被爆者たちによって、広島の原爆医療が、その片方の翼をになわれるとき、重藤院長たち医学者の努力は、もっとも効率よく機能するのであろう。

金井利博中国新聞論説委員の原水爆被災白書のプランの説明のためには、テレヴィ・フィルムの短い時間は適当でなかった。このプランは金井論説委員の独自

の人間観、文明観につながっていて、しかもそれらが広島における金井氏の二十年のジャーナリスト生活によって生みだされ、育てられたものであるだけに、それらと切り離して、原水爆被災白書の計画を説明することは、金井氏にとって不可能なことであるはずなのだ。

金井氏の考え方で、僕にとっても、このテレヴィ・フィルムをつくる過程にたちあって、より明確になってきたのは次の二点である。すなわち、アウシュヴィッツのナチス・ドイツによるユダヤ人虐殺の実態は、世界的に広く知られている。しかし広島は、アウシュヴィッツをこえるほどの人間的悲惨でありながら、しかも、ふたたびそのような悲惨の結果する危険が現にありながら(それは、国際政治のマキアベリスムについてシニックなものの眼には、そのためにこそ! であるかもしれないが)、決して十分に知られているというわけにゆかない。すくなくともアウシュヴィッツとおなじように、広島でおこなわれたことの人間的悲惨の実態は、広く正確に知られねばならない。

そして、もうひとつの焦点は、氏の文明観にかかわる問題であるが、戦争直後、戦争の悲惨を中心に置くとすると、日本人はそこから四方にむかって逃げだした。すなわち戦争の悲惨を遠巻きにするドーナツ型が、われわれの生活形態であった。ところが消費文明の繁栄の今日、人々は戦争の悲惨を底辺に置きざりにして上へ、上へと逃げ、そこにはオリンピックを頂点とするピラミッド型ができあがった。しかし、このピラミッドの内部の暗闇の空洞は、決してうずめつくされたのではない。広島の人間的悲惨はそこに存在しつづけているのである。原水爆被災白書の運動は、対世界的には、広島の人間的悲惨を、アウシュヴィッツがそうであるように広く確実に、周知徹底させようというこ

とだし、日本人内部の国民的反省としては、われわれの消費生活繁栄のピラミッドの空洞をうずめる作業でなくてはならない。そうでなければ、たとえば読売新聞のコラムがつたえる自殺した十九歳の娘の遺書どおり、いかなる救済も、逆転もおとずれないことを確かめた絶望感の持主たちの《予定通り》の自殺をくいとめるすべはないのである。

さて僕は昨年夏の広島で、金井論説委員の原水爆被災白書の提案を聞いたときから、この運動に注目しつづけたいとねがってきた。現在までそれは、すくなくとも金井氏たちの努力のおよぶ限りでは着実に発展しつつある。僕はこのノートに原水爆被災白書のプランを紹介する文章を書いてすぐ、金井氏からの手紙をうけとった。それは昨年の秋のはじめだった。この手紙はまず、金井氏がどのような心がまえにおいてあの夏の三県連絡会議の原水禁大会に出席したかを端的にかたっている。

《三県連会議にかぎらず、八・六平和大会でいちばん大胆な発言、率直な真実をかたる権利をもつ者は、被爆者であり、ことに死んだ被爆者でしょう。その空席を確認する儀式が一分間黙禱のたぐいでしょう。》

金井氏は《被爆者たちの人間的な呻き》において、被爆して死んだ者たちの声においてかたることをねがっているジャーナリストなのである。《原水爆被災白書を実現する具体策としていちばん困難な問題は、対保守政権の対策でしょう。根本的には、汚れた日の丸から清潔な勇気を、どうしたら引き出せるかということではないでしょうか。広島では、広島大学の教授たちが談話会というグループをつくっており、これは日本原水協系と三県連と核禁会議系との三者が仲良く集る数少ない会合です。この会の先日のスケジュールで、国連へ白書提出の提案について、席上、小生がもう一

度報告し、その結果、小委員会というものをつくって具体的なプログラムをねることになりました。》

《被爆者との意思疏通を根として、対保守、対マスコミの両対策から、国民運動としての裾野《すその》をどの程度ひろげるか。また、日本学術会議とか、厚生省、文部省、外務省、総理府方面へ働きかけて、国勢調査の附帯調査に織りこむための国会共同議決の獲得の問題。調査方法と、ケース・ワーカーに高い知性を燃えたたせる可能性など、いかにも問題は大きすぎます。小生などはなるべく側面的な協力者の立場にあって、日本の最高の知性の活動の組織化と、国民運動的な裾野の突きあげとの二重構造で、この白書運動が展開するのを見まもりたい気持です。実際には邪魔っけにならないよう小さな自分の力をわきまえて、できるだけのプログラムの見透しはつける義務があろうかと思われます。》

金井論説委員の提案をうけた談話会は、昨年十月、『日本国政府に対する要請』および『日本国民に訴える』という二種の文章を発表した。それは一九六五年という国勢調査の年にあたっての、原水爆被災者の国勢調査という力点を明確にし、被爆者のプライヴァシーの問題や、琉球民政府をはじめとする国際的なひろがりにまで言及して、金井提案をおしすすめ発展させているものである。いま、広島の外から広島をみつめているわれわれに必要なのは、この原水爆被災白書の運動に、われわれ自身を参加させることである。金井氏の言葉を用いれば、《被爆者たちの人間的な呻き》のがわに立ち、《被爆者の同志》となることである。

小西信子さんたちの『ひろしまの河』は今年初め十一号をだして、やはり着実につづいている。その巻頭の文章。《いま日本においては、あらたに平和をおびやかすきざしがあり、私たち被爆者を憂慮させている。

権力のあるものはその威容を誇示するために、キュウキュウとしている。われわれ庶民は誇示する何ものもない。ただ真実を訴える言葉のみである。》

いま原爆症の病床にある正田篠枝さん、占領下の一九四七年に、沈黙を強制されていた被爆者たちのなかから、原爆ドームをえがいた扉に《死ぬ時を強要されし同胞の魂にたむけん悲嘆の日記》という歌をそえた、歌集『さんげ』を非合法出版して、原爆のもたらした人間的悲惨の最初のスケッチをおこなった、この不屈の歌人の詩と歌も、ここに掲載されている。詩は、ルメー将軍への叙勲をはげしく批判したものである。そして悲痛な問答体の二首の歌。ここにもられた、ひとつの論理的な対話は、短歌という形式のもっとも凝縮された一典型であろうと思う。そこに漂よっている苛酷なにがいいユーモアは肺腑をつらぬく。

原爆にて盲目となりし二十歳の娘われ死なば与へむこの眼球を
われ死なばこの眼与へむと言ひたれど被爆眼球は駄目といはれぬ

そして《あとがき》は原爆ドーム取り壊し問題についての次のように論評しているが、その論理は直接、原水爆被災白書の主張につらなるもので、この白書の運動が、広島で横の発展をすみやかにとげつつあることを示す一例であろう。《原爆ドーム取り壊しの問題は、以前からくすぶっていたが、最近、平和公園区域の土地が整備されて、いよいよ具体的な問題として、取りあげられるようになった。ドームの附近は、三・三平方メートルが二十万円もするから、ビルを建てた方が市の財源になるとか、原爆は世界に知れ渡っているから、ドームはもうこわせとか、死んだ人のことを思い

出すから、等々である。「こわせ」という人に対しては「馬鹿」と大かつしたい気持ちになる。私たち被爆者は、人類のうえに再び、あの日の惨禍を繰り返してはならないと誓い人類の平和の歴史をきずくためのとうとい史跡としなければならないと思っている。原爆が世界に知られていても、それは威力として知られているのみで、広島の人々がどんな地獄絵を繰りひろげ、十九年経ったいまもなお放射能障害に悩まされているかは、まだまだ知られていない。ドームの存在は世界的視野に立って考えるべきである。》

つねに控えめな重藤博士は、テレヴィ・フィルムにおいても多くをかたられたのではなかった。しかし、しだいに確実となる決意をこめて、被爆者から生まれた人たちが健康かどうかということをあかしだてたい、といわれたこと（それはこのような調査がひきおこすであろう不安との微妙なバランスにたっての言葉であり、それはまた、談話会の声明の、被爆者のプライヴァシーということにつらなっての言葉である）、世界の強国が核兵器をもって勝ちほこるにしても、それは長い歴史の上で、かれらの国の決定的な汚点となるであろうこと、日本に、この汚点を絶対許容しない志をもった政治家があらわれて、核兵器を保有せず、それに反対する国家としての首尾をまっとうしてくれることを希望する、という意味のことをいわれたのが、僕に深い感銘をのこしている。僕は、広島への数かずの旅において、たびたび重藤博士にお会いしたが、これは重藤博士があえて直接、政治に言及された、ただひとつの例であった。

――〔六五年一月〕――

エピローグ　広島から……

　この四月、僕は、被団協の原爆被災体験資料収集と出版の事業に対して、知識人による協力委員会の結成を呼びかける、一通の手紙を書いた。それは次の文章である。

《原爆後二十年目の夏をむかえようとして、被爆者たちの唯一の団体である日本原水爆被害者団体協議会が、ひとつの事業をすすめようとしています。それは、原爆をめぐるすべての資料、被爆者たちの手記を収集し、確実に保存し、やがては出版、翻訳しようとする、まさに切実な事業であります。それはまず、この戦後二十年にわたって、もっとも苛酷な生きのび方を強制された、被爆者たち自身にとって、切実な事業ですし、同時に、われわれ、被爆しなかったすべての人間にとって、あの二十年前の原爆が人類を破壊すべき最後のそれであったにしても、あるいは明日の原水爆がなお現実に殺戮の武器として使用されることがあるにしても、切実きわまる必要をもった事業であると思います。

　被団協は、かつて日本原水協と深く密接にむすばれていました。いうまでもなく、こうした強力な政治運動体に属していることで、被団協に、ダイナミックな活動のための手と足とがあたえられる、ということはあったにちがいありません。しかし、同時に、被団協の被爆者たちが、かれら独自の主体性において、切実に要求していた事業が、つねに第一に実行にうつされるということは不十分であった、ともいわねばなりません。それはいま、被団協があらためて単独に歩みはじめようとして、まず、このように基本的な命題にとりくまねばならぬことを考えれば、あきらかであろう

と思います。

被爆者たちが、手記を書きのこすということ、原爆に関わるすべての資料を整理、保存しようとすることは、いわば最もストイックな自己証明、あるいは自己救済の意志による事業です。しかもそれは、われわれ、被爆しなかったすべての人間の、今日の自己認識、明日の運命にむすびついている事業であって、すなわち、われわれは被爆者たちの計画を、畏敬の念とともに側面援護すべきだと考えるのであります。

一般に、ひとりの知識人が、個人的に、その書斎のなかで、自分自身と人類の運命について考えようとすれば、かれはつねに、二十年前、現実に原爆を体験した人々について思いださざるをえないはずです。そして、かれの個人的な志が、そのまま被爆者たちの志につながるような、そうした方法はないものかと考えるはずであろうと思います。

知識人が、ひとつの運動にコミットする際に、かれ自身の個人的な志が、直接かれの協同したいとねがう対象の志につながるまでに、様ざまなクッションがはさまれて、ついには、自分の個人的な志の行方がわからなくなってしまう、というようなことはたびたびありました。また、自分が一体どこまでコミットしているのか、自分の期待はどこまで達せられ、自分はどこまで責任をおっているのか、それが不分明となってしまうようなこともたびたび体験されたところです。

そこでいま、ひとりの知識人が、原水爆の脅威と悲惨について、個人的にいだいている思想と志とを、まったく直接に、被爆者たちの生活と志とにつなぐこと、しかも、かれの期待がどのように果たされ、かれがどれだけの責任をおったか、ということを明瞭に見きわめることのできる条件において、原爆後二十年の夏の、被団協の事業に側面援助をおこなう集りを提唱したい

のであります。》
この一九六五年夏にむかって、様ざまな側面から、二十年前の最悪の悲惨を発掘し再認識する努力がおこなわれている。そしてその、もっとも基本的な根幹をなすものが、原爆をめぐるすべての資料、被爆者たちの手記の収集、整理であろう。いったんジャーナリズムの場に発表されたものですら、われわれはそれらを、数しれない印刷物の氾濫のうちに、往々にして見うしなったままである。しかも、これらの書物は、まさに繰りかえし不能の条件のもとに書かれた、じつにかけがえのない稀なる書物なのであるが。

たとえば、われわれは、被爆後の人間世界の報告として最良の作品のひとつである『原爆の図』を記憶している。しかし、おなじく丸木位里氏、赤松俊子氏が、一九五〇年夏に刊行した、『ピカドン』という小さな絵本のことを記憶している人々が、果たしてどれだけいるだろうか？　オレンジ色の紙表紙に、ひとりの老婦人の肖像が描きだされたこの絵本は、すばらしく衝撃的な内容をはらんでいる。僕はここにおさめられた六十四葉の絵と、それに附された短いが確実な文章のすべてが復刊されることを望みながら、そのおおよその内容を紹介する。

《ヒロシマの三滝の町の八十のおばあさんはピカでおじいさんに先だたれ、孫の留吉に、ひるも夜も、若い日織ったはたの糸のように、ピカの話をかたりつづけています。

「まるで地獄じゃ、ゆうれいの行列じゃ、火の海じゃ。鬼の姿が見えぬから、この世の事とは思うたが」

「ピカは人が落さにゃ落ちてこん」

五年たった今日まで、おばあさんは、このはなしを、きりもなく日毎夜毎、雨につけ風につけ、思い出してはかたり、思い出してはなげきつづけております。

「戦争は終りに近づいていました。みんなもう戦争はいやでした。ずるずるひっぱられて、軍や政府の言いなりになっていました。……」》

おじいさんとおばあさんは、その朝、荷車をひいて、建物疎開でこわされた家の木材をもらいに行く。そして家に戻り、行水をしているうちに被爆する。《八時でした。ピカッと光りました。それは、今までだれも見たことのないピカでした。おばあさんはドンともガンとも感じないのに、天井も屋根も一しょにおちて来て、床ははね上り、あいだにおさえつけられていました。》

爆心地には、上体の雲散霧消した犠牲者の《足だけ二本、ぴったりとコンクリートの路の上にはりついて、つっ立って》いる。また、不思議なことに《電車の中で、娘さんが手さげをしっかりにぎったまま、傷もなく、黒こげの兵隊さんと頭をつき合せて死んでいるのが》発見される。しかし、《爆心地の話をつたえてくれる人は、いません。》この肺腑をつらぬく短章にそえられた絵は、暗い空、倒れた裸木、そしてただ荒涼たる焼野原である。

《浅野泉邸の池では、死体のあいだを、生きた鯉がおよいでいました。》

《羽の焼けたつばめは、空をとべなくなって、チョンチョンと地面をあるいています。》

《気がついてとび出してみると、敬礼姿のまま、戦友たちが立っている。「オイッ」と肩をたたいたら、ざらざらと戦友はくずれおちました》という、一瞬灰になった兵隊たちの肖像、また、《病気の兵隊の家では、若いおくさんが、子供を抱いたまま、大きな材木の間にはさまれていました。隣のおじさんが助け出そうとしても、一人や二人の力では、どうすることもできません。赤ちゃんだけでも、早く！ 早く！ いいえ、

一緒に死にます。主人もどうせ生きていません。この子を残して……、それよりおじさん早くにげて下さい。》赤んぼうだけ生きのびさせ、自分は焼け死んだといった自己犠牲の插話よりもなお、この若い母親の選択には胸をうつものがあるではないか？

《罹災者に食糧の配給がありました。行列の中におばあさんの孫もいました。孫のまえに、素裸の娘さんがいました。娘さんは五人前のカンパンを受けとったとたんに、ばったりと倒れてうごかなくなりました。》

《その頃、人の血を吸うはえが発生しました。七十五年間は、草も木も生えない、だから人も住めない、といううわさがひろがりました。》

《いのちびろいした、とよろこんでいた人たちが、からだのあちこちに斑点がでたり頭の毛がぞっくりぬけ落ちたりして、だんだん死んでゆきました。》

《ひきつった手に、おしりの肉を植える手術をした三滝作業班のおかみさんは、夫をうしなっても気丈に働きました。秋になり冬になると、今でも植えた肉が、じゆじゆっとちぢんで、ひどく痛むのです。》

そしておじいさんが衰弱死したあと、おばあさんは、毎日絵をかきはじめました。《のこされたれは明るい美しい絵です。おばあさんは今日も、「ピカは山崩れたーあちがう、人が落さにゃ落ちてこん」といいながら、真赤な花や、かわいい鳩を画いています。》

原爆の的確な記録であるばかりでなく、ファンタスティックな魅力をそなえたこの小さな絵本は出版されて、当時、かなり多くの読者の眼にふれたが、おなじ年の夏、広島で企画されたもう一冊の本は、印刷され製本されながら、しかも、ついに刊行されることがなかった。占領軍がそれを、あまりに被爆の現実をなまなましくえがきすぎた本だとし、反米的だとして、発

行禁止処分に附したからである。一九五〇年、それは朝鮮戦争のはじまった年であり、ひとりのアメリカ人の新聞記者が広島をおとずれて、盲目の被爆者にこう訊ねた年であった。《いま朝鮮に、原爆を二、三発落せば、戦争は終ると思うが、それについて被爆したきみはどう思うかね?》

発行禁止された書物は、そのまま広島市役所の倉庫にむなしく埋れて、この四月に到るまで発見されることがなかった。いまあらためて広島市はその再刊を計画している。それはまさに被爆後二十年にあたって再刊されるにふさわしい書物である。かつての編纂者は刊行の言葉として次のように書いている。

《これは五年前の広島においての痛ましい体験のいつわりなき記録の一部である。応募一六〇編、いずれもこれを読むものをして血涙をしぼらしめるものがあったが、被爆当時の環境、実態、距離的関係等の観点から原文のまま十八編と、特色ある体験のぬきがき十六片をここに収めた。他の原稿は平和都市広島の至宝としてやがて産まれるべき平和記念館に保存されるはずである。

人類の誰しも経験したことのないあの大受難に堪え、あらゆる苦悩と悲しみのどん底に生き抜き、そして立ち上った人達のこの聖なる手記は、二つの世界の激しい対立の嵐吹きすさぶ中に、天来の平和の訴えとして人の子の耳を傾けさせないであろうか。》

実際にこれらの手記が書かれたのは被爆後三年目のことであった。あの悲惨な体験を一六四人もの広島市民たちが、どのような意志において文章に書きしるし追体験することを望んだか? 爆心より二千メートルのところで被爆した広島文理大学教授の文章にもっとも赤裸々な切実さにおいて、それはあきらかであろう。

《もう戦争はいやだ。もう戦争はいやだ。これは広島原爆体験者の悲痛な、心の底からの叫びである。筆舌には及び難い平和欲求の真の絶叫である。たとえ如何なる場合でも、あんな残酷な体験は、もう決して世界の何れの人にもさせないようにして欲しい。これを世界に向かって訴えたい。No more Hiroshimas という標語は、今日国際状勢の上で、最も高く揚げらるべきものである。太田河畔平和塔の辺りに低く淋しくただよって居るべきではない。》

この文章には、かれらのこうむった原爆の悲惨が究極的につぐなわれるためには、それがすなわち、もう決してそのようにも残酷な体験が人間に課されることがないということへの確証とならなければならぬ、という被爆者の一般的な心情が表現されているとともに、被爆後三年にしてすでに、原爆体験者の心底からの叫び声が、《太田河畔平和塔の辺りに低く淋しくただよって居る》のみであるかのように感じられていたことを示しているものであろう。

学童疎開中でかろうじて助かった当時小学三年生の少年は、かれの父親をうばい母と弟を傷つけたものについてこう書いている。《原爆、原爆、この爆弾こそ父のいのちをうばった悪魔なのだ。しかし原爆はうらめない。原爆のため広島は立ちあがったのだ。ノーモア広島。ノーモア広島。原爆で死なれた人達は私達の犠牲になったともいえるであろう。この犠牲者達はとうとい犠牲であり私達はこのとうとい犠牲者たちに見守られて平和への進路をあゆむべきである。》

ここには、米軍占領時の広島において初等、中等教育の教師たちが、どのようにして原爆の悲惨を正当化すべく試みたかということをうかがわせるものがある。同時に、この少年自身が、かれの幼い頭に重すぎる矛盾の種子をつめこんで悪戦苦闘しているさまもあきら

かだ。この少年にとって原爆とはどのような論理の手続きをへても許容できるものではない。ところが少年は《しかし原爆はうらめない》と書くのである。この一行は唐突にわれわれの胸を噛む。

　ここにおさめられた、二十年前の最悪の夏の朝の記録をつらぬいて、もっとも特徴的なるものは、原爆後の市民の沈黙の印象である。不可解な大怪物は一瞬、市街を制覇した。それに対する、あまりにも弱小な傷つける人間たちの基本的な反応が、茫然自失した沈黙であったとして、それは不自然だろうか？

　爆心地より百メートルのところで被爆しながら、偶然、地下室に降りていたために、同僚たちのうち唯ひとり生きながらえた燃料配給統制組合事務員の観察。《みな石段に腰を下して一所にかたまっている。片眼がだんだん見えぬようになったという女、気分が悪くなったという男、頭が痛むとつげる者、皆それぞれに外部の負傷と内面の故障をもっている。しかし苦しんで声を立てる者はいない。殆んど皆だまっている。》

　どのような沈黙よりも、もっと苛酷に徹底した沈黙、それは人間が発する《言葉にならないうめき声》であろう。ひとりの婦人が記録する。《私は木も石も飛び越えて気狂いのように鶴見橋の方へ向かって走った。私はそこで何を見ただろう。橋の下の流れに無数の人がうごめいているのだ。男か女かさえ分らない。一様に灰色に顔がむくれ上って、髪の毛は一本一本逆立ちになり両手を空に泳がせながら、言葉にならないうめき声を上げて我も我もと河へ飛び込んでいるのだ。》

　もうひとりの若い娘の観察には、なお複雑な心理展開があって、被爆した人間の深い内部に根をおろした沈黙の性格をよりあきらかにする。《向側のコンクリートの塀は所々大穴があいていた。私はその下に低く黒い影がズラリと並んでいるらしいので近よった。男

女、子供、年の見分等つきそうもない。殆んど全裸で並んで坐り、いい合わせたように顔や、身体は褐色に膨れ上っていた。既に目のつぶれた者も居る。ある人の膝の上の幼児の背中は、いたんで黒ずんだびわの皮をグルリとむいたように、皮膚はベロリとたれ下り、私は思わず顔をそむけた。じっとして無気味な沈黙を守り、生死の程も定かならぬようにおもえた。この人達とトラックに同乗することを考えると私はゾッとした。》

しかし彼女のつつましいエゴイズムもごく短い期間のみ持続したにすぎない。やがて意識をうしなった彼女がまる一昼夜して意識をとり戻したとき、《私は目がみえなくなっていた。手を上げようとしたが右手は重くて自由にならなかった。左手先でソッと顔に触れた。額、頬、口まるで豆腐と蒟蒻《こんにゃく》をつきまぜたような感じで鼻もないようにブクブクに膨れ上っていた。私はフトあの石塀の下の化物のような姿を思い浮べ戦慄した。》この瞬間、彼女自身もまた暗い沈黙の輪に加わるほかなかったであろう。

そして彼女の内部には、おなじ広島の被爆者への連帯の感情が生まれた。彼女はすでにゾッとしてひきさがるかわりに、被爆者たち仲間と、ひとつの運命に同乗しているのである。《私は或る年、原爆診療団が来られるというのでその病院へ行った。そして様々の原爆の痕跡を留めた人々の中に入った。三次の奥だという四十位の婦人は、目も口も引きつり、ケロイドで正視もできぬ醜い形相となり、未婚だという若い娘の美しい半顔は、中央を境に頬から首にかけて、赤黒いケロイドに蔽われ、首は自由にまわらぬらしい。ある人の手は三本指がくっつき小さく硬直したままだった。いろいろと話合った揚句は、同じように戦争の残酷さ、生きたことの忌々しさ、無念さを語り、涙を浮べるの

であった。私はまだましなので、慰める言葉もなかったけれど痛ましくも哀れで、その光景は今も焼けついたように私の眼底から離れない。何とか出来ないものだろうか。恐らくその人たちは命ある限り暗い人生を送るのだ。》

学徒動員で市外の工場に働きに行っていた十七歳の学生は、破壊された広島市へ家族をもとめて黒い雨のなかを帰る途中、《生埋めになった子供たちのかすかに聞こえるうめき声に心を打たれて》その救出に参加する。終日、生徒たちの救護と死体処理に働きつづけた中学教諭は、かれの苛酷な労働の一日の終りをこのように記録する。《わずかに洩れる焚火のかげには、行儀よくならべられた屍体と、同じようにふくれた顔、ぼろぼろのシャツ、うめき声、深い眠りとがあるだけであった。二、三の生徒は既に救護所の方へ送られていたし、残る者も船で似島及び宮島線沿岸の病院に収容され、そこで看病されることを確かめ、四時半、一切を救護班の人に依頼して、広瀬橋のたもとに、私等の帰りを待つ生徒の収容に向かった。出来れば彼も亦、この収容班に救護を依頼したかったから。然し私等がそこに到着した時、一つの見知らぬ年老いた屍体を見出しただけで、生徒の姿は遂に何処にも探し出すことは出来なかった。私等四人は黙々と学校に引き返えした。夜明け近い星のまたたくもとで、わずかに焼け残った門柱のかげに、背を合わせて深い眠りに就いた。》この疲れきった寡黙な教師たちの、にがい、にがい、にがい眠り……

『原爆体験記』に手記をよせた一六四人の広島市民たちは、いまどのような日常生活を送っているであろうか、かれらの幾割が健在であろうか？　手記が書かれたあとすでに十七年の歳月が過ぎ去ったのである。かれらが、その体験した悲惨をつぐない、独自の価値

づけをおこなうために、そしてかれら自身の荒あらしかった生に積極的な意味を見出すために発した、切実きわまる叫び声は、死んだ書物として反古のように、この春まで、広島市役所の倉庫に積みあげられているのみだった。一六四人の被爆者たちは肉体の内と外の苦痛をおかして叫び声をあげたが、巨《おお》いなるものの手が、たちまちかれらの口を圧しふさいでしまったのである。どのようにオプティミスティックな推測をする者も、ここに手記を寄せた市民たちの大半がなお健在であろうと信ずる根拠はもつまい。かれらのうちの、この春までにすでに死んでしまった者らは、自分のいったんあげた叫び声に沈黙の封印を強制されたまま、無念の死をとげた人々である。かれらの充たされなかった志を誰が十全につぐないえるだろう?

僕はいま、ヒロシマ・ノートを閉じようとする。一九六三年夏の広島をおとずれ、翌年夏の広島を再訪して、僕はこのノートを書きたいとねがいはじめた。僕はこのノートに、次のようなさまざまのタイトルをかぶせようとしたが、それらはおのずから、僕がこのノートでめざしたことを表現しているように思われる。

《広島で人間を考える》

《われらの内なる広島》

《いかにして広島を生きのびるか》

僕は昨年出版した小説『個人的な体験』の広告に、《すでに自分の言葉の世界にすみこんでいる様ざまな主題に、あらためて最も基本的なヤスリをかけようとした》と書いた。そして僕はこの広島をめぐる一連のエッセイをもまたおなじ志において、書きつづけてきたのであった。おそらくは広島こそが、僕のいちばん基本的な、いちばん硬いヤスリなのだ。広島を、そのように根本的な思想の表現とみなすことにおいて、僕

は自分が日本人の小説家であることを確認したいのである。

僕がはじめて広島を訪れたのは一九六〇年の夏だった。その時、僕はまだ広島を真に理解しはじめてはいなかったが、唯、ひとつの予感をいだいたことは確かだった。僕は中国新聞に次のような一節をふくむ小さな文章を書いた。《僕は今日、広島を訪れて原爆記念祭に出席した。それは僕にとって貴重な体験である。いますでに僕はそれを感じる。この体験の重みはしだいに大きくなり僕を深く支配するであろう。僕はこの十五年間に青春を迎え、そのなかばをすごしたが、僕はもっと早く広島を訪れるべきであったと思う。それは早ければ早いほどよかった。しかし今年になっても決しておそすぎはしなかったのである。》

この、予感はあたっていた。広島は、五年後のいま、僕にとってもっとも重く、もっとも支配的な存在となった。僕はたびたび、じつに息苦しく、辛い夢を見る。陽ざかりの真夏の広場に、阿波人形みたいな頭をしっかりもたげ、緊張した小柄な中年男が寝間着をきこんで立ち、蚊のなくような声で演説をする。夢のなかの僕はかれの声を聞きながら、かれが数ヵ月後、原爆症による不意の衰弱死をすることを知っているのである。

しかし僕が広島で見た人間的悲惨は(ついに旅行者の眼でかいま見たにすぎなかったにしても)、そのもっとも絶望的なものまで、すべてプラスの価値に逆転することができるという勇気はないが、すくなくとも、じつにたびたび僕に日本人の人間的威厳のあきらかな所在を確かめさせるものであった。

最悪の絶望、いやしがたい狂気の種子が胚胎《はいたい》するところに生きつづけている、決して屈伏しない人々に僕は出会ったのだったし、決して救済できない苛酷な運命のレールを走っている青年に、みずからの運命を参

加させた、そういう戦後育ちの優しい娘の噂を聞いたのだった。そして、とくに確実な希望があるというのではない場所で、つねに正気でありつづけ、地道な志をいだきつづける人々の声に接したのであった。僕は広島で、人間の正統性というものを具体的に考える手がかりをえたと思う。そしてまた、僕が人間の最も許容しがたい欺瞞というものを眼にしたのも広島においてである。しかし、僕がわずかに見きわめることのできたもののすべては、それと比較を絶する巨大さの、暗闇《くらやみ》にひそむもっとも恐しいものの、小さな露頭にすぎない。

『ひろしまの河』十一号に、奥田君子さんはこう書いていられる。《……焼けてやけてぼろぼろになった物を身につけて何百人という人が足を引きずるようにして診療所を目ざしてたどり着かれたのでした。みなさんに様子を聞きたいと思いましてもどうなったものやら、「ピカッと光りドンと音がして家はたおれて、人は火だるまとなったのでわからぬ」と、みなさん申されました。わたくしらは夢中になって聞いておりましたが、なんとたとえてよいでしょうか、途中で、その人たちはばたばたたおれて死んでいったのです。『往生要集』と、思う外はございませんでした。》

往生要集。人間の歴史の永いつらなりのあいだ、さまざまな世界の終りの悪しき夢がつねに民衆の心に宿ってきた。かつて宗教的な説話にひそんでいた世界終焉のイメージは、二十世紀後半のいま、空想科学小説において継承されている。そしてS・Fが提出する終末観のうち、もっとも恐しいものは、人類の血と細胞に荒廃がはじまり、人間すべてが醜怪な変形をとげて、ついに人間でない、なにやら異様なものになるというイメージであろう。たしかに中世の疫病や戦乱も、民衆に世界の終焉の実相を、かいま見させるものであっ

たにちがいない。しかし、これらの民衆は、かれらの不幸の背後に神を想定することもできたし、かれらの絶滅後、かれらとは別の民衆が、土地を耕やし海にすなどることを、心の片隅で思い浮べる余裕までうしなうことはなかったであろう。十九世紀以前の終末観には、なんとなく猶予の感覚がそなわっているように思われる。かれらはすくなくとも、人間として、人間の形と名において世界の終末をむかえるはずだったのだ。

しかし、放射能によって細胞を破壊され、それが遺伝子を左右するとき、明日の人類は、すでに人間でない、なにか異様なものでありうるはずである。それこそが、もっとも暗黒な、もっとも恐しい世界の終焉の光景ではないか。そして広島で二十年前におこなわれたのは、現実に、われわれの文明が、もう人類と呼ぶことのできないまでに血と細胞の荒廃した種族によってしか継承されない、真の世界の終焉の最初の兆候であるかもしれないところの、絶対的な恐怖にみちた大殺戮だったのである。広島の暗闇にひそむ、もっとも恐しい巨大なものとは、すなわちその可能性にほかならないであろう。僕は原爆資料館でオオイヌノフグリやハコベの葉を見て心底おびやかされたことをもまた、五年前にはじめて広島を訪れた時の文章に書いた。原爆後の広島の土に芽生えた、あの愛らしい二種の越年生草本にもたらされた、じつに本質的な破壊の印象は、いまもなお僕を圧迫する。あのように荒廃したものを、十分に恢復させることは、もう決してできない。もし人間の血と細胞があのように荒廃するなら、それはすなわち世界の終焉であろう。われわれがこの世界の終焉の光景への正当な想像力をもつ時、金井論説委員のいわゆる《被爆者の同志》たることは、すでに任意の選択ではない。われわれには《被爆者の同志》であるよりほかに、正気の人間としての生き様がない。

僕は原水爆被災白書の運動に参加する。そして僕は、重藤原爆病院長をはじめとする、真に広島の思想を体現する人々、決して絶望せず、しかも決して過度の希望をもたず、いかなる状況においても屈伏しないで、日々の仕事をつづけている人々、僕がもっとも正統的な原爆後の日本人とみなす人々に連帯したいと考えるのである。

――〔六五年一月―五月〕――

II

被爆者の自己救済行動

この三月、冬の終りの曇り空の夕暮の東京で、被爆者たちの街頭行進に出会った人々は、その異様な静謐と穏やかさに、ひとつの不安を感じたことであろう。その不安は、単なる偶然によって核爆弾を経験することのなかったわれわれ、そして最終戦争の核爆弾をしばらく猶予されているにすぎぬのかもしれないわれわれの、根源的な恐怖に根をおろしているところの不安だったということもできるだろう。あの夕暮の街角ではそうした自分自身の内奥に入りこんで不安の根を確かめることがなかったにしても、人々はあのほとんど沈黙した行進から感じとった不安の実体を、記憶からぬぐいさることの困難を突然に見出す時があるだろう。もし沈黙した人間の内部が、そこにひそめられた圧力によって声を発するものだとしたら、あの小さな集団こそは、もっとも轟々たる音をたてる街頭行進をおこなった筈である。しかし被爆者たちは穏やかに静かに行進して、かれらが一九四五年夏から二十二年余にわたって日々、体験しつつあるところの苛酷きわまるものを声高に示すことはなかった。かれらの内部の声は、日本人全体と日本の政府に、十分に聴きとどけられたであろうか？　被爆者の「原爆被害者援護法制定三月請願行動」は、かれらが二十二年余の忍耐の後、いかなる政治的党派にも依存せず、かれら自身の力によって、日本人全体と日本の政府に対して訴えかける、自己救済のための行動であった。この行動の背後に、これまで被爆者を「病気と貧困の悪循環」のうちに、ま

た原爆症の脅威のうちに放置した、政府への憤りがこめられていたこと、また政府に対して具体的、実質的な働きかけをおこなう力に欠けていた進歩的諸勢力への不信が横たわっていたこと、そして厚生省の実態調査がかえって援護法制定の時期を遅らせるのではないかという(政府は時がたって被爆者が死にたえるのを待っているのではないか、という具体的な実感のある疑惑の声は、まことにわれわれを怯ませるものだ。誰がいやそうでないと反証できよう？　援護法制定までに、確実に数多くの人々が「病気と貧困の悪循環」のうちに斃れるだろう)、ビューロクラシーへの懸念がぬぐいされなかったこと、それらはあきらかであった。しかし、被爆者たちは結局、かれら自身の自己救済が政府による原爆被害者援護法を絶対に必要とすることを見きわめた上で、つねに冷静に忍耐強く請願行動をおこなったのであった。かれらの街頭行進の穏やかな静謐の内側に激しく緊張しているものの構造はきわめて複雑だったといわねばならない。われわれ日本人全体と日本の政府はそれを十分に感じとり得ただろうか？

　三月行動後、その主体となった被爆者たちは「被爆者はかつてない主体性と団結を示した」と、われわれ外側からそれを観察したものの眼にいかにも正確に見える自己評価をくだしながらも、また「私たちが主体的な決意をもって、準備活動を積み重ねてたち上るならば、戦後二十二年の今日の時点においても、国民の良識によって支持される」と世論に希望を託しながらも、その政治的成果については、次のように痛切さと勇気とを示す言葉をのこして、全国にひそむ三十万を越えるかれら自身の同志たちのもとへ疲労困憊した躰をはこび去ったのであった。

　私たちの当初の目的である、「援護法の早期制定」

と、「そのための援護審議会の即時設置」の政府確約のとりつけという点からは、今回の行動の政治的成果は、大変不満足なものであった。しかし、事態に何らの進展もなかったということでは決してない。「実態調査」を七月までに完成させたいという、坊厚生大臣の言明、実態調査の結果をみて生活問題を検討する、着手できるものから検討するよう各大臣に連絡するという佐藤首相の言明等、被爆者対策がのっぴきならぬ問題として浮かび上がってきたことは事実である。今後の問題点は、一つは実態調査の集約を極力急がせ、その結論の出し方を、被爆者と世論の圧力で監視することであり、一つはそれと併行させて着手できる項目から具体策を準備させることである。このようにして昭和四十三年度予算に援護法の必要予算を盛りこませなければならない。もち論この壁はなお厚い。しかし、壁は夾雑物をとり払って前面に据えられている。

　被爆者の三月行動があざやかに確認する機会をあたえたのは、被爆者たちが原爆後二十二年余の今日、原爆に受動的に関わっていると共に、つねに被爆者たちがあの一九四五年夏の体験は、いったいどのようなものであったのかと、より真実に迫る認識をもとめて、原爆に能動的に関わっているということであった。それは単に被爆者の自己救済のためにのみでなく原爆後のすべての人間のためになされている、原爆とかれら自身の意識的な関係づけである。

　井伏鱒二氏の『黒い雨』について、若い保守派の批評家が、それは《原爆をとらえ得た世界で最初の文学作品である》と権威をこめて書いた。《原爆について書かれたものは無数にあるが、私にはそのどれもが文学になっているとは思えなかった。そのすべてが「原爆」という観念、あるいは「悲惨」という情緒に依存

して、この未曾有の体験を見据える眼を持てなかったからである。しかし井伏氏は、平常心という一点に賭けることによって、はじめてこの異常事の輪郭を見定めた。》

この熱烈な言葉が若い批評家の、原爆体験と今日の被爆者へのアクチュアルな関心に支えられているかといえば、事実はその逆だ。この批評家が原民喜の作品を忘れさっていることにも驚くことはない。(三月行動の始まる日、自殺した被爆者たちの群のひとりたる詩人の花幻忌が行なわれた。) 批評家が『黒い雨』をこのように最上級の讃辞でかざるのは、かれの一箇の戦後日本人としての原爆体験へのうしろめたさ、気懸りさが、「平常心」という観念・情緒を見出すことによってぬぐいさることができるのに気がついたからにすぎない。かれのプチ・ブルジョワ的な「平常心」によって他人事として「この未曾有の体験を見据える眼」をもって、たとえば被爆者の三月行動を無視しても、平静でいられる言訳を発見したからにすぎない。

被爆者の『黒い雨』に対する評価は、当然のことながらそうした身ぶりだけ大きい空虚な言葉とは無縁のものであった。井伏鱒二氏自身が、『黒い雨』を批評する被爆者の声に接したことをのべている。それは、しかし井伏鱒二氏が、アクチュアルな文学者として、原爆に関わった仕事をした後、あの若い批評家の単なるいじましい自己慰安を動機とした讃辞などとは比較を絶した、真の反応として受けとるにあたいする批判であった。なぜなら、その時はじめて『黒い雨』は原爆体験の真実とダイナミックな関わり方を示したのであったからである。

被爆者たちは、かれらの原爆体験の真実に近づこうとする。原爆について書かれた一冊の本を、かれらが読む。被爆者は絶対につねに「いや、これは違う、自

分が体験したのは、もっと恐しいことであった」というであろう。それは、被爆者が、その一冊の本を乗りこえることによって、より一歩、原爆体験の真実に近づいたことを意味するのである。『黒い雨』は、そうした乗りこえ運動にとって、きわめて高い足場である。『黒い雨』を読んで、「いや、これは違う、自分が体験したのは、もっと恐しいことであった」と被爆者がいう時、かれは自分の原爆体験へのきわめて高いジャンプを達成しえているのである。井伏鱒二氏はアクチュアルな文学者として、そのような被爆者の乗りこえ運動に役だつことを決して不名誉とは考えないであろう。井伏鱒二氏は、『原爆被害者を守るための援護法制定に関する要望書』の署名者である。

僕が原爆に能動的に関わっている被爆者たちを見出すのは、そのようにしてかれらが、一九四五年夏の原爆体験の真実に向ってくりかえしている乗りこえ運動によってであるが、それは、被爆者たちの三月行動にもっとも顕著な性格としてあらわれたものであった。三月行動の中心にある原爆被害者援護法制定の請願には、確かに今日を生きる被爆者が、受動的に原爆に関わって、どのように苛酷な現実生活を経験しなければならないかを切実に反映する声が響いている。原爆によって押しつけられ、縛りつけられた悪しき状況をどのように生きているかの簡潔であるが同時に総合的な表現がある。

僕はこの数年間、いくつかの広島に関わる文章を書いてきたが、そのルポルタージュの制作の過程で僕が出会った問題の、緊急で本質的なものはすべてここにつくされている。この請願書は一九六〇年代後半のもっとも重要な原爆被害に関する文書となるであろう。それは被爆者自身が、この二十二年間に忍耐しつづけた、加速度的に強大になる脅威を、それを克服して生

き延びようとする人間の眼から見きわめ、それに対処するための方策の、国家に期待すべき最小限を、まとめあげた文書である。

僕が最初に広島に旅行したところ、原水禁広島母の会のメンバーで、まったく豪胆で辛辣でユーモラスな雄弁家の老婦人に会ったことがある。彼女は毎月五千円の漢方薬を服《の》むが、それは自費によるしかないということであった。《温泉治療、はり、灸、マッサージ等の特別な治療方法も、被爆者の医療として採用して下さい》という項目が僕に思い出させるのは、化学薬品は原爆症に対抗しえないという確信である。（それは核兵器を作った科学が、原爆症には決め手を発見しえない、という認識にもとづく絶望的な現代文明不信と、その深部において結びつく確信であって、老人の気まぐれなどというものではない。）

また、《沖縄在住被爆者》についての項目において、《当面国費による現地への医療調査団の派遣、被爆者の本土での診断・治療を制度的に保障するとともに、現地に専門医療機関を設置し、担当医師および行政官を本土で教育し、被爆者に本土と同様の健康手帳を交付して下さい》という請願に接する時、僕の耳によみがえるのは、一九六五年春、訪れた沖縄で、《日本人はもっと誠意をもってもらいたい。いつもアメリカのご機嫌をとっていて、人間の問題を放置している。もし、やるつもりがあるなら、すぐにもやってくれ、すぐさま行動に示してくれ。それがみんなの心です》、と叫ぶように不信の心をこめていった、沖縄在住の被爆した一婦人の声である。また、沖縄に原爆症について知っている医者がいないために放置されて死んだ被爆者たちの噂や、病人ひとり出せば経済的に破綻するといわれる沖縄の医療保障の不備の問題、また、わざわざ本土の原爆病院に送ったのに、家族の生活を支える必

要から、病体をむちうって労働するために沖縄に帰った被爆者の噂である。なお十八日に佐藤首相と会った被爆者代表が、首相から得た回答のひとつはこうだった、《この問題は沖縄でも陳情をうけた。関係大臣に僕の方から連絡する。》

また、《被爆二世》について、《保護者または本人が申請したとき、被爆二世に対して健康手帳を交付して下さい》という項目があり、それに関連して、《原爆孤老、小頭症被爆者などのために福祉施設を設置し、終身収容して下さい》という項目がある。一九六四年夏の広島で、重藤原爆病院長は、「次の世代の原爆症の問題」について、この遺伝の問題については被爆者も医者も決してそれにふれたくないという気分があるが、「法律の援護の窓」は開いておきたい、と語った。この微妙な心理的背景をもった課題が、いまはっきりと請願の一主題としてうちだされたことは、事態がそこまで深刻化したことを示すものといわねばならないであろう。被爆者たち自身が、このもっとも悲痛な不安の声を公けにしたのである、その声は確実に受けとめられねばならない。

十五日午後、久保講堂で開かれた、ほとんど被爆者たちのみの、激しく昂奮した声が発せられることもあるが、そして笑声はついに一度もおこることがなかったが、いかにも穏やかでなごやかであり、しっとりおちついた雰囲気の集会、まことにひとつの苦しみの体験によって結ばれた「家族」の集会のように感じられる被爆者国会請願大会で、ひとりの温和な婦人が堺市の被爆者団体によせられた一通の手紙を朗読した。

《……妻月子は長崎の原爆にて被爆者となりましたが、本人は今日まで病気一つした事がなく元気に働いて居りますが長男広幸が昭和三十六年四月頃発病し診断の

結果、白血病と云ふ事でしたが、同年十一月二十三日耳原病院にて死亡しました。この時広幸は小学校三年生でした。それから最近まで何事もなく原爆病と云はれる白血病の事も忘れていました。所が二男の雄二が、今年小学校三年になり又最近元気がなく顔色が青いので病院の診さつを受け、長男広幸の事も話した所やはり白血病にも似ているので大きな設備のある病院で見てもらうように云はれ、月子も私も目の前が真っ暗になりました。私の家には長女二女と居ますが、長女は十六歳で現在なんともないのに、男子ばかりそれも小学校三年と同じ年頃となって、こんな病気になるとはどう云ふ事でせう。やはり原爆が原因でしょうか。それに月子は毎日御国の為めに徴用で兵器所で働いたのに、その為めに一家がこんな不幸になるなんて、と国をうらんでいます。医料の事でおうかがいしますが、被爆者本人だけで、家族は何の医料保護もないのでしょうか、もしあれば、手続其の他お知らせ下さい。長男の時も隔日毎に輸血し輸血代は現金でした。私もその日の生活がやっとです。二男雄二は明日、大阪の、阪大病院へつれて行きます。原爆が原因なれば我々の幸福をうばわれ子供をうばをうとしているアメリカ政府に対して何等かの保障をする様にうったへ終戦二十年後まで今だに原爆の犠牲者が出ている事を全世界の人々に伝へ原爆のおそろしさを再度認識してもらいたいと思います……》

この手紙につづいて少年の母親からの手紙がある、

《……あれから一週間はやの様に過ぎて今は熱も引き食事も進む様になり一安心しましたものの今度はひ臓がそうとう大きくなっているので今にもはりさけそうになっています。病気は私達の心配もそこのけてやって来ます。心休まる日とてない毎日です。万の一つの間違で助かってほしい。医学の進んだ今日でも仲々白

血病は良くならないとか、ただ先生の力と医学を頼よりに生きている患者の為、又被爆者の為にも一日も早く良い特効薬が現らはれてほしいものです……》少年は、両親の同僚たちの献血や募金で死と闘ったが、父親の手紙を朗読した婦人は、少年がついに死亡したことをのべて口を閉じたのである。

この少年の死と長男の死を償うことができる者がいないように、じつは本質的には被爆者が、原爆に関わって受動的に耐えしのばざるをえないところのことを償いうる者はいない。それは倫理的な、あるいは心理的な意味あいにおいてはもとよりのことであるが、あからさまに現実的、肉体的な意味において、誰ひとり被爆して生き続ける者をつぐないうる力を持たない。それは、他人の眼から見るかぎり正常な肉体と感じられる被爆者にもまたむすびついてゆく問題である。『世界』に載った平岡敬氏の文章を再録すれば、《疲れやすい、全身がだるい、かぜをひくと癒りにくい、根気がなくなる、物忘れがひどくなる——こんな症状を訴える被爆者は多い。「ぶらぶら病」とか「ひろしま病」とか呼ばれる症状である。精密検査をしてもとくに異常は認められない。病名のはっきりした病気と違って、症状を訴えてもなかなか理解してもらえないだけに、本人にとっては耐えがたい苦痛である。広島大学原爆放射能医学研究所の志水清教授は、このような原因不明の症状を「予備能力の低下」ということばで説明する。つまり、抵抗力のない、〝原爆でヒビのはいった身体〟ということだ》という記述が、端的にそれを示している。もう一度重藤原爆病院長が語った言葉を思いだす。それは被爆というような未曾有の苛酷な体験のあとでは、いかなる症状も原爆と無関係であるとはいえない、ということであった。現に『原爆被爆者援護法制定三月請願行動の終結にあたっての御挨

拶』という手紙をうけとった者はそこに次のような文章を読むであろう、《この状況で行動を終結することは、まことに無念の思いに堪えませんが、四日間にわたる東京集結行動は、すでに被爆者の体力の限界をこえるものがありました》これは単なる修辞の問題ではない。被団協の代表理事会への今後の行動スケジュールの組方の点で、《強い意見として出されている》のは、《東京集結行動日程は最大限三日とし、健康管理に万全の備えをすること》である。

そのように被爆者を真に償うことができず、しかも被爆者の存在そのものが、過去のわれわれの国家の責任と、未来の人類すべての運命に深くむすびついているとすれば、われわれがまずなさねばならぬ最小限のことはなにか？　それはわれわれ日本人が、被爆者と共に生きる人間であることを、われわれ自身の根本的な生き方において確認し、われわれの政府が、国際的にその「志」として示すことである。そしてそのもっとも端的な方法が『原爆被害者援護法』の制定であることを、被爆者たちはかれらの、危険を内蔵した肉体によって街頭行進し、坐り込むことによって示したのである。

そこにはすでに、受動的に原爆に関わって生きる被爆者が、能動的に原爆に関わるものであり、かれらの自己救済の運動が、すべての人間を救済する運動に、そのままつながっているものであることがあきらかとなっているが、久保講堂で、その被爆した同士であり、同志である仲間たちに語りかけた様ざまな話が、たびたび、かれら穏やかな被爆者たちが、いかに「志」をこめて能動的に原爆に関わっている人々であるかを感じとらせる声を発したのであった。

東京の被爆者たちの団体である東友会の、たびたび

怒りをこめて吃りがちになるが、その話ぶり自体にはどのように激しても沈着な人間の印象のある初老の被爆者は、自分が被爆者の運動に加わっているのは、世界国家になるまで戦争がつきることがないにしても、それまでの間、自分の子供たち孫たちが、現在よりもなお惨めになることを防ぐためだ、と語った。自分ひとりの問題としてならば、本当に苦しんだ人間は黙っているものだ。自分は静かに生きておりたいし、長崎の爆心近くにいた自分の周囲で死んだ人々の所へ早く行きたいだけだ、と丸い眼鏡をかけて赤っぽい顔をした、実直そうな、この被爆者が語った後、マイクから怒りの叫びのように不意に響いたのは押えつけようとしても噴出する怒りにみちた嗚咽の声だった。僕はその声に震撼される思いがした。この被爆者において、原爆に受動的に関わる激甚な悲しみと、それに能動的に関わる「志」とのあいだに、引き裂かれた心に統一をもたらした意志は、まことに強靭なものであったにちがいない。

また広島から上京した枯れた風格のある老人は、被爆の際に片眼をうしない、後の片眼は今となっては被爆によることのあきらかな白内障におかされて「ポンコツ」の肉体であって、二十二年生きのびたことが不思議なほどである、と落着いて語った。自分は近く死ぬであろうから、その前に、この三月行動に加わったのであるが、孫たちの遊ぶ姿を見て、かれら小さき者のためになにごとかをなしとげたかったのである。そのように語る老人に僕が見出したのは、むしろかれは自分を原爆による死者たちと自己同一化しているのであり、死の世界から地上にしばらく滞在して、生きている者たちのために三月行動をしているという感覚であった。被爆者たちの自己救済のための三月行動において、僕はおよそエゴイズムとはまったく逆の心のみ

しか見出すことはなかったのである。

もし日本人全体が被爆者たちの自己救済の行動を援助して、かれら被爆者たちと共に生きる国民であることを確認しないとすれば、われわれはやがて、あの人たちの自己救済の行動は、じつはわれわれ自身を破滅からまもるための献身だったのだと、遅すぎる認識にいたる日を持つであろう。

〔一九六七年〕

原民喜を記念する（講演）

昭和二十年八月六日に原子爆弾が落とされて、原民喜も傷ついたのですが、その年の暮には、もう『夏の花』という非常に優れた小説が書かれていました。そして翌年の一九四六年に『近代文学』に送られて、それを出版するかどうかで、いろんな心配ごとや公算があり、結局『三田文学』に掲載されたわけですが、四六年に『夏の花』のような小説を出版するということが、どういう勇気を必要とすることであったかということは、われわれが、いま思い出しておかねばならないことです。

ちょうど同じ頃、正田篠枝という歌人が、『さんげ』という歌集を出版しています。この歌集は、広島で被

爆した人たちが、どういう体験をしたか——原民喜が『夏の花』で書いたような内容を短歌に託して表現したものですが、その歌集を出版しようとすると、非常に難かしい問題が起った。というのは、この頃アメリカ軍も、日本の役所も、原爆の被害はもう終ったという公式発表を出しており、そういうときに広島の被爆について正確に物語っている作品を発表することは、占領軍によって禁止されていたからです。そこで正田さんは、広島の刑務所で一五〇部位印刷し、秘密出版として人から人へ、手から手へ渡す、という方法をとった。そのとき、正田さんは、どういう考え方でその本を出版したのだったか。数十万の人が広島で死んでしまったのだから、自分はこの歌集を出して死刑になっても仕方がない、と思った、そういってこの歌集を出しておられます。結局この歌集は、広島の人たちがうまく隠して読んだため、占領軍の手にも入らず、正田さんも死刑になることがなくてすんだのですが、このように、広島について真実をのべるということが、昭和二十年から二十五年位までの間きわめて危険なものだったということは、記憶にとどめておくべきじゃないかと思います。

そういうわけで、原民喜の『夏の花』は、『近代文学』の方々が正確な状況判断をされてすぐには発表されなかった。そのため原民喜は駐留軍にとがめられることもなかったわけですが、ちょうどそのころ、ジョン・ハーシィという人の『ヒロシマ日記』という本が出版され、広島でどういう悲惨が行なわれたか、ということが、いくらか一般の眼にふれたわけです。そして二十二年三月にトルーマン・ドクトリンが発表され「冷い戦争」が新しい段階に入った。そのとき、いくらか原爆の威力というものについて表現した文章を出版することが可能となったと考えていいのじゃないか

と思います。このように、危険な時代に発表された非常に真実を伝えている作品として『夏の花』があるということを、われわれは考えておくべきだと思います。

ぼくは広島で『夏の花』が発表されたことが非常に自分を力づけるものだったということを、話してくれる被爆者の若いインテリの人たちに、たびたび会いました。正田さんの『さんげ』の場合も、ケロイドで非常に醜い顔になった一人の少年が、学校へ行きたくないといったけれど、『さんげ』を読んで自分は醜いけれども、これはとがめられるべきことではないということを発見して学校へ行くようになった、と正田さんのところに手紙がきたとある本に書いてありました。なぜこの子供が、原爆でケロイドを持っているということが、よくないこと、悪いことだと感じていたか、ということは考えてみるに価することじゃないかと思います。すなわち公式的にみますと、講和条約が行なわれる時まで、広島の人たちは自分自身について自由に発言する力を押えられていたのです。第二次大戦の終結において、最も大きな犠牲を払った広島の人たちは、戦争が終ったあと、取り残された人々という感じを一般に持っていたのではないか。この少年だって、そういうコンプレックスをもっていたのではないか、と思います。

一九五五年に、原水爆禁止世界大会が初めて広島で開かれました。そのときに広島の人たちを演壇に上らせて話させるかどうかで、いろんな論争が行なわれたのですが、被爆者を表に出してしゃべらせると、学問がないから何をいうかわからない、という広島の有力者たちもいた。しかし、当然、被爆者たちが何人か壇に立って話す機会を与えられたわけですが、そのときに壇に立って話した人も、壇の下でそれを聞いていた人も本当に生きていてよかったと思った。十年間生き

てきて、自分たちの体験を訴えることが出来て、本当によかったと感じた。そういうことがいろんな記録にのっている。『生きていてよかった』という映画がありましたが、あの「生きてよかった」という言葉は、被爆者たちが初めて自分たちの行為で、自分たちがどういう状況におちいらせられたのか、ということを話すことができた——そういうときの言葉だったわけです。

そう考えてみると、こういう暗黒の時代というか、広島の人たちが全く沈黙を強制されていた時代に、自分たちが受けた悲惨について正確に伝えている小説が出版されたということは、そういう人たちを非常に力づけるものであったに違いない。そういう点で、この『夏の花』は、歴史的な意味のある小説だと考えておくべきだと思います。

もうひとつ、広島の人たちの心に残っておりますのは、原民喜はどういうときに自殺したか、ということだと思います。朝鮮戦争が始まる直前に原民喜は、広島ペンクラブで行なわれた平和講演会で、平和というものを訴えたわけですが、そういう声は全く表面上は効果がなくて朝鮮戦争が起ってしまった。そしてその翌年の三月、原民喜は自殺してしまったわけです。

こういうときに、われわれ生き残っている人間はどうしてよいかわからない。原爆で被害を受けた人たちが何十万人といて、その人たちが肉体的に恢復することが、ほとんど不可能なわけでしょうが、気分的にだって、精神的にだって、自分たちの存在が平和というか、原爆禁止にこれだけの力をもったという確信をもつことができれば、少なくとも非常にストイックにではありますが、一人の被爆者の精神のバランスがとれるかもしれない。

しかし、そういうことが全く無意味であったとわか

ったときには、激しい絶望感というか、毒に満ちた屈辱感というものが、心の中にわくにちがいない。そこで彼が自殺してしまうとすると、われわれはどうしてよいかわからない。こういうことが原民喜だけで終ったわけではなく、最近もベトナム戦争とか、中国の核武装とか、そういう核実験廃止とは違う方向に時代が動くたびに何人かの非常に悲惨な死者が広島で出ている。そういうことを、われわれ生き残っている人間というものは、いつも考えていなければならないんじゃないかと思います。

『夏の花』という小説は、非常に美しい小説で、明確にあの日どのようなことが行なわれたかということを記録した小説ですが、最後の終り方が非常に特殊な終り方をしている。一人の作家が被爆を体験して、広島の郊外へ避難する――そういう一部始終を書いたあと、また何十行かがつけ加えられているのです。それはどういう内容かというと、一人の知人がいて、その知人が自分の妻が被爆したのでそれを探しに行ってもなかなか見つからない、見つからないけれども、また彼女が死んでしまったに違いないところへ立帰ってくる。そういうところで、突然終ってしまう。小説としては、何となく完結していないというか、閉じていないというか、開いたままだという感じがする。

これは、どういうことか。『夏の花』の非常に奇妙な不安定さというものをもったあの末尾というものは、どういう意味をもつものだろうか、ということを、僕はいつも考えるのですが、それは結局あの小説が実際に書かれたあと二十年間、あの小説の非常に不安定な開いたままのラストというものは、現実的にも問題の上でも閉じられなかった、開いたままだったのだ、というふうに考えるべきじゃないかと思います。僕は原爆について考える場合に、原爆というものが人間にど

う悲惨をもたらしたか、ということをまず考え、それからまた原爆の威力で力対力の政治が行なわれていて、原爆の威力というものを、けっして力をもっている人間、権力をもっている人間が放棄しないということに、広島の被爆者が、どういう深い憎悪感、絶望感をもっているかという、その二つの点から考えると、最も妥当だと思いますが、この小説は、その二つの、原爆の悲惨についても、原爆の威力というものが放棄されないことへの絶望感ということについても、二十年間ずっとつづいている、終っていない小説だと思うのです。

すなわち、あの『夏の花』にあらわれた被爆者たちは、原爆直後の第一次原爆症の死者たちでありますけれども、そういう人たちが死んでしまったあと、アメリカにしても、日本の医者たちにしても、原爆の障害というものは終ったといったけれども、そうじゃなくて、二十年間同じような死者がつづき、原爆の悲惨というものがつづいてきたわけです。したがってその点でも、『夏の花』の問題というものは、二十年間終ることがなかったんだと考えていいんじゃないか、と思います。

それと同時に、自分たちの頭の上に原子爆弾というものを落されて、あの人たちがあんなに悲惨に死んでしまった、あんなに悲惨に苦しんでいるからという理由で、そういう威力のある武器についてあの威力を見よ、というふうな宣伝が行なわれる。そういう原爆の威力によった力の政治も二十年間終っていないわけです。そういうものが終るかどうかということの見通しさえない、そういうときに、広島で被爆した人たちは非常に深い絶望感というか深い憎悪感を持って当然に違いない。そういうものが、現在二十年間なおつづいている、そう考えるべきじゃないか。したがって、こ

の小説『夏の花』が一番最後でまだ開いたまま終っている、すっかり小説が閉じられてしまわないままで終っている、と感じられるのは、非常に象徴的で、現在に至ってもこの小説は、われわれに広島の悲惨、また原爆の威力に対する失望感というか、絶望感というものは、現在なおつづいているということを改めて考えることを、促すものでないかと思います。

こういうふうに二十年前に最も熱かった問題、最も緊急だった問題というものを扱っていて、しかも二十年間それがいつまでも亡びないで、またいつまでも古びないで、常に今日の問題であるというような小説は、非常にめずらしいのじゃないかと思います。そういう小説、『夏の花』を書いた作家として、原民喜という すぐれた作家のことを、われわれは記憶していなければならないと思います。

〔一九六五年〕

原民喜と若い人々との橋のために

生前の原民喜の思い出を、その文学への敬愛の心にかさねている人々は数多い。しかもなお、戦後世代の一読者にすぎぬ僕が本書(新潮文庫版『夏の花・心願の国』)を編集するについては、とくに若い読者にむけて語りかけたい、二つの理由があった。

そのひとつは、若い読者がめぐりあうべき、現代日本文学の、もっとも美しい散文家のひとりが原民喜であると僕が信じていることである。原民喜は、文体についてこう考えていた。また人生についてこう考えていた。

《明るく静かに澄んで懐《なつか》しい文体、少しは甘えているようでありながら、きびしく深いものを湛《たた》えている

文体、夢のように美しいが現実のようにたしかな文体……私はこんな文体に憧《あこが》れている。だが結局、文体はそれをつくりだす心の反映でしかないのだろう。

…………

昔から、逞《たくま》しい作家や偉い作家なら、ありあまるほどいるようだ。だが、私にとって、心惹《ひ》かれる懐しい作家はだんだん少くなって行くようだ。私が流転のなかで持ち歩いている「マルテの手記」の余白に、近頃こう書き込んでおいた。昭和二十四年秋、私の途《みち》は既に決定されているのではあるまいか。荒涼に耐えて、一すじ懐しいものを滲《に》じますことができれば何も望むところはなさそうだ。》

ここに収録された作品群によって、原民喜の文体についての考えが、まことにそのまま実現されていることを、驚きとともに認める人々は多いであろう。原民喜は、自己批評の力においてもすぐれた作家であった。また、原民喜の生涯は、まことにここに予感されたままに進んだ。対人関係において、臆《おく》する幼児のようであったという原民喜は、しかしその生涯の全体の軌跡として、したたかなほどに確実なかたちをえがいている。原民喜は内部において強い人間であった。

さて第二の理由は、原民喜が原子爆弾の経験を描いて、現代日本文学のもっとも秀《すぐ》れた作家であることである。僕は原民喜の戦前の作品を、すなわち原爆以前の作品をすべてはぶいて、本書を編集した。その点についての批判はあるだろう。しかしなぜそのようにしたか、という僕の考えをのべてあらかじめその批判への僕の態度を示したい。

とくに若い人々は、作家にとってその文学の主題が、いくつでもありうると考えるかもしれない。しかし真の作家にとっては、かれの生涯が唯一であるように、生涯をかける文学の主題もかぎられたものなのである。

深いか浅いか、それのみが問題だ。より深めるために、勇気を持った作家は、あえてかれ自身の主題を選びぬき、自分を豊かにするかもしれぬ他の可能性を切り棄てすらするだろう。

原民喜は、一九四五年八月六日広島で原爆を被災した。それ以後かれは文学の主題の根本に、原爆被災をおいた。それは、かれがその後生きぬいてゆくべき生涯の根本に、原爆被災をおいたということでもあった。かれが生涯の作家生活に書いたすべての文章のうち、もっとも激しく決意をあらわすと思われる文体によって、原民喜は次のように書いている。

《原子爆弾の惨劇のなかに生き残った私は、その時から私も、私の文学も、何ものかに激しく弾《はじ》き出された。この眼で視《み》た生々しい光景こそは死んでも描きとめておきたかった。……

たしかに私は死の叫喚と混乱のなかから、新しい人間への祈願に燃えた。薄弱なこの私が物凄《ものすご》い飢餓と窮乏に堪《た》え得たのも、一つにはこのためであっただろう。だが、戦後の狂瀾怒濤《きょうらんどとう》は轟々《ごうごう》とこの身に打寄せ、今にも私を粉砕しようとする。……

まさに私にとって、この地上に生きてゆくことは、各瞬間が底知れぬ戦慄《せんりつ》に満ち満ちているようだ。それから、日毎《ごと》人間の心のなかで行われる惨劇、人間の一人一人に課せられているぎりぎりの苦悩――そういったものが、今は烈《はげ》しく私のなかで疼《うず》く。それらによく耐え、それらを描いてゆくことが私にできるであろうか。》

原民喜は確かによくそれらに耐え、それらを描いて、戦後日本文学に記念すべき作品群を残した。本書におさめられている作品をつづけて読みとおすならば、そこに有機的な長篇小説の構造と呼んでもいいものが、強くひとすじ流れていることに気づくだろう。わが国

に伝統的な私小説に似かよったかたちをとっているところの、一篇、一篇の短い小説が、ほとんど重複するところなくつながって、次つぎに大きい全体をあきらかにしてゆくことに、いわば西欧の小説世界を思わせる性格に気づくだろう。原民喜は、かれが書かねばならぬものの、すべてをよく見きわめていた。そして、書かねばならぬものの、すくなくとも大かたを書き終えるまでは、決して死ななかったのである。

原民喜が書かねばならなかったものの全体の根元に、原爆被災の経験があったことはいうまでもないが、根源にあるそのありようは、じつに独自なものであった。原爆被災の経験は、かれの生涯および文学の中核に、非常に強烈な磁気をおびて突き刺さった。それ以後かれが書いた文章は、すべてその磁気との、全身をあげての力関係を根幹のダイナミズムとし、しかもその硬《かた》い岩盤から清冽《せいれつ》な水が穏やかに湧きおこるように、美しい散文がつむぎだされたのである。

この根本の磁気の力が働くと、一九四五年八月六日以前の原民喜の生涯もまた、原爆被災への予感をくっきりと浮びあがらせた。被爆の前年、作家がうしなった妻、その生涯のもっとも大切な人間であった妻の思い出も、この大きく凶々《まが》しい予感を色濃く浮べてのみ語られるのである。

原爆被災のまえに死んだ妻は、天上の星のことごとく墜《お》ちる夢におびえた。原爆被災のあと、ひとり生き延びつづける作家は、かえってその夢と妻の思い出こそを支《ささ》えのようにしてはじめて、かれの体験した現実の天変地異を、見さだめてゆくことができた。あたかもかれとその妻は、時をこえてつねにひとつの経験のもとにむすばれつづけるようだ……　妻への美しく哀切な鎮魂歌のように書かれたひとつづきの作品群が、われわれにあたえる深く現実的な感銘は、そこに由来

するだろう。原民喜は、この現実世界でもっとも恐しく酷《むご》たらしいものを描いたが、この世界でもっとも良く愛すべきものをもまた、それにかさねるようにして描いたのである。それも強大な原爆被災の経験の磁気につねに生身《なまみ》の自分をさらしつつ……

そのような過去のみならず、未来を描くにあたっても、この磁気が働いたのはいうまでもなかった。かつて妻の見た夢とおなじく、新しく作家がひとり見る夢も、天変地異の爆発の、一瞬に凝縮したような恐しい夢である。夢に眼ざめて眠れぬ床でかれが考えてみるのは、冷えきった地球と、火の塊《かたま》りをたたえた地球である。その火の塊りはまた原子力の火でもあるだろう。人間は、この世界はどうなるのか、人々は破滅か救済か、なんとも知れぬ未来に息せききってむかっているのだが、と原民喜は遺書のように書いて、人間一般につらなる、かなえられなかった個人の希求を語ったあと、自殺して行った……

核兵器が人間にもたらした脅威、悲惨は、そのおおもとの核兵器が全廃されるまで、つぐなわれ、ぬぐいさられることはない。われわれは、原民喜がわれわれを置きざりにして出発した地球に、核兵器についてなにひとつその脅威、悲惨を乗り超《こ》える契機をもたぬまま、赤裸で立っているのである。破滅か、救済か、なんとも知れぬ未来を遠望しつつ。僕がなぜ原民喜の作品群を若い人々へ橋わたしすることに、やはり人間一般につらなるような個人的希求をいだいているか、それを僕がこれ以上語る必要があるであろうか？

つけくわえたいことはただひとつ、原民喜の自殺についてである。やはり特に若い人々へむけて僕の考えをのべておきたい。編集者として仕事をした原民喜のために、仏文学者渡辺一夫は『狂気について』という文章を書いた。あらためてそれを標題とするエッセイ

集が刊行された時、原民喜は喜びをあらわした。《もっと嬉しいのは、この書があの再び聞えてくるかもしれない世紀の暗い不吉な足音に対し、知識人の深い憂悩と祈願を含んでいることだ。僕は自分のうちに存在する狂気に気づき、それをどう扱うべきか常に悩んでいるものだが、(「狂気」なしでは偉大な事業はなしとげられないと申す人も居られます。それはうそであります。「狂気」によってなされた事業は、必ず荒廃と犠牲を伴います。ヒューマニストは「狂気」を避けねばなりません。冷静が、その行動の準則とならねばならぬわけです)と語る著者の言葉はしっくり僕の頭脳に沁《し》みてくる。……戦争と暴力の否定が現代ぐらい真剣に考えられねばならぬ時期はないだろう。血みどろな理想は決して理想ではないし、強い人々だけが生き残るための戦争ならなお更回避されねばならない。なぜなら、(生存競争弱肉強食の法則を是正し、人類文化遺産の継承を行うのが、人間の根本倫理)だからと語る、これらの言葉は、一切が無であろうかと時に目まいがするほど絶望しがちな僕たちに、静かに一つの方角を教えてくれるようだ。》

原民喜は狂気しそうになりながら、その勢いを押し戻し、絶望しそうになりながら、なおその勢いを乗り超えつづける人間であったのである。そのように人間的な闘いをよく闘ったうえで、なおかつ自殺しなければならなかったこのような死者は、むしろわれわれを、狂気と絶望に対して闘うべく、全身をあげて励ますところの自殺者である。原民喜が、スウィフトとともに、人類の暗愚への強い怒りを内包して生きた人間であったことと共に、ほかならぬそのことをも若い人々に銘記していただくことをねがって、僕は本書を編んだ。

〔一九七三年〕

『原爆体験記』を読む

昭和二十五年夏、広島市は、一冊の本を出版しようとしていた。二十三年に被爆者から体験記を募集し、約一六四篇あつまったものから、三十四篇を一三〇ページにまとめた『原爆体験記』という小冊子がそれで、印刷され製本されたものの、ついに発刊されることはなかった。

被爆の様子が生なましすぎ、反米的だとみなした米占領軍が、これを配布禁止に処したからである。昭和二十五年、その初夏に朝鮮戦争がはじまっていた。あの戦争において、米軍は核兵器を使用しなかった。しかし、作戦家たちの頭にまったくその可能性がひらめかなかったかといえばそれには疑問の余地があるであろう。この年の夏に、アメリカ人のジャーナリストが広島をたずねて、被爆後、盲目となったひとりの老人に、こういったということだ。朝鮮でも、原爆さえ使用すれば、戦争はたちまち終結すると思うが、きみはどう思うか？　老人は答えた。私にはそれに反対するどんな力もない。しかし、もしそういうことがあれば、アメリカが戦争に勝つにしても、世界中に、もうだれひとりアメリカを信用する人間はいなくなるでしょう。

僕はいま、この体験記出版のために手記をよせた、六百人の被爆者たちが米占領軍の配布禁止命令によって心にうけた傷のことを、暗然とふりかえられずにはいられない。なぜ六百人もの被爆者たちが、当時まだ三年前のことにすぎなかった、もっともいまわしい体験を、あえて思い出して手記を書いたのであったか。それは、かれらの昨日の最悪の体験、つぐないがたい悲惨の体験が、すなわち今日および明日の平和な日常

生活をそのまま確立するものだと認めることで、それにプラスの価値をあたえようとする意思につらぬかれてのことであっただろう。過去の苛酷な体験を現在と未来において価値あるものの領域にくみいれることができたとき、われわれは初めて、自分のあじわった不幸をみずからつぐなうことができたと感じ、立ちなおり、自己回復する方途を見出すのである。

とくに、およそつぐないがたい自己破壊のあとの広島の被爆者にとって、それは激しい希求にたかめられていたはずである。爆心より二千メートルの地点で被爆した、手塚良道氏の手記が、そうした心の構造を、いかにも端的に表現している。

《もう戦争はいやだ。もう戦争はいやだ。これは広島原爆体験者の悲痛な、心の底からの叫びである。筆舌には及び難い平和欲求の真の絶叫である。たとえ如何なる場合でも、あんな残酷な体験は、もう決して世界の何れの人にもさせないようにして欲しい。これを世界に向かって訴えたい。No more Hiroshimas という標語は、今日国際状勢の上で、最も高く揚げらるべきものである。太田河畔平和塔の辺りに低く淋しくただよって居るべきではない。》

ところが新しい戦争がはじまり、そして被爆者の声は、叫び声は、たとえ印刷されてもその配布を禁じられるとすれば、すなわち被爆者のノー・モア・ヒロシマという訴えの声が、まさに太田河畔平和塔の辺りに低くさびしくただよっているのみだとすれば、あらためて被爆者たちの感情がいかに暗く重くなったか、それは今日われわれが知らぬふりをしてすごすことのできる問題ではないであろう。

今年、広島市は被爆後二十年の夏にあたって、この不運だった書物を再出版するという。これはじつに秀れた体験記であり、それは現在われわれが入手するこ

とのできるいかなる被爆体験記にくらべても、もっとも独特である。僕はこの本が広く読まれることをねがい、再刊にさきだってその内容を紹介するものである。

『原爆体験記』は三ページのグラビアと、筆者たちの被爆場所を克明に記入した広島地図を巻頭に掲載して始っている。この被爆地点の地図の製作は、記録者たちが生存して正確に証言したからこそ可能であったわけであろう。かれらの記録の本文とあいまってこれはもっとも重要な資料である。現在、こうした地図の製作を思いたつにしても、それはほとんど不可能であり、日ましに確実に不可能となってゆく。この地図に付された原爆被害の概況によれば、

焼失区域　約四百万坪

死者行方不明　約二十万人(推定)＝当時
　　　　人口三十一万二千余

重軽傷者　約三万一千人

焼失家屋(半焼共)　約五万七千戸

倒壊家屋(半壊共)　約一万五千戸＝当時
　　　　戸数七万六千余

である。こうした数値も現在、広島について書かれている、さまざまな書物を比較すればすぐわかるように、たいていあいまいで、確実なそれをたしかめることは困難である。ここにあげられた数値は、より正確な一資料であるにちがいない。被爆の際の数値がいかに漠然としか知られていないかの一例に、最近、邦訳の出た『オッペンハイマー事件』では広島の死者が七万人と語られていたものだ。

手記の編者たちは次のように問いかける。

《……原稿は平和都市広島の至宝としてやがて産まれるべき平和記念館に保存されるはずである。人類の誰しも経験したことのないあの大受難に堪え、あらゆる苦悩と悲しみのどん底に生き抜き、そして立ち上っ

た人達のこの聖なる手記は、二つの世界の激しい対立の嵐吹きすさぶ中に、天来の平和の訴えとして人の子の耳を傾けさせないであろうか。》

人の子の耳とはすなわちわれわれの耳である。この刊行の言葉が書かれてから十五年、《天来の訴え》はなお十分に聞きとられたというのではない。むしろ、まったく聞きとられていないとさえ感じられることがあるではないか？　あるいは、聞きとったところのことを忘れようという意志さえ働いているようではないか？

爆心から百メートル、すなわち、ほとんど直下で、たまたまコンクリート建の地下室に降りていたため同僚のうち、ただひとり生き残った野村英三氏は、被爆直後の人々の状況を次のように描写している。

《片目がだんだん見えぬようになったという女、気分が悪くなったという男、頭が痛むとつげる者、皆それぞれに外部の負傷と内面の故障をもっている。しかし苦しんで声を立てる者はいない。殆んど皆だまっている。》

晴れわたった夏の朝、不意に出現して広島市を一瞬に潰滅させたもの、その巨大な奇怪なもののまえで、かれら傷つける人々はおびえつくし、黙りこむほかになかったであろう。二十八歳の娘として被爆した金行満子氏も、おなじ沈黙を記録している。

《向側のコンクリートの塀は所々大穴があいていた。私はその下に低く黒い影がズラリと並んでいるらしいので近よった。男女、子供、年の見分等つきそうもない。殆んど全裸で並んで坐り、いい合わせたように顔や、身体は褐色に膨れ上っていた。既に目のつぶれた者も居る。ある人の膝の上の幼児の背中は、いたんで黒ずんだびわの皮をグルリとむいたように、皮膚はべ

ロリとたれ下がり、私は思わず顔をそむけた。じっとして無気味な沈黙を守り、生死の程も定かならぬようにおもえた。この人達とトラックに同乗することを考えると私はゾッとした。》

このゾッとする気持、自分とおなじ被爆者たちへの拒絶的な、閉じた心、それはやがて次のような、にがい認識にかわってゆく。自分もまた、あの沈黙の輪にむすばれた人間だという認識。

《まる一昼夜して私は意識をとり戻した。そして私は目がみえなくなっていた。手を上げようとしたが右手は重くて自由にならなかった。左手先でソッと顔に触れた。額、頬、口まるで豆腐と蒟蒻《こんにゃく》をつきまぜたような感じで鼻もないようにブクブクに膨れ上っていた。私はフトあの石塀の下の化物のような姿を思い浮べ戦慄した。》

やがて彼女は、あのゾッとする気持とはおよそ逆の、しかもそのゾッとする実感に充分に裏うちされた、より年若い娘の被爆者への切実な共感をもつにいたるのである。彼女は顔にケロイドのある少女とめぐり会う。

《いろいろと話合った揚句は、同じように戦争の残酷さ、生きたことの忌々しさ、無念さを語り、涙を浮べるのであった。痛ましくも哀れで、その光景は今も焼けついたように私の眼底から離れない。何とか出来ないものだろうか。恐らくその人たちは命ある限り暗い人生を送るのだ。》

被爆によって顔かたちのすっかり変ってしまった、もうひとりの婦人、北山二葉氏の証言。

《私は木も石も飛び越えて気狂いのように鶴見橋の方へ向かって走った。私はそこで何を見ただろう。橋の下の流れに無数の人がうごめいているのだ。男か女かさえ分らない。一様に灰色に顔がむくれ上って、髪の毛は一本一本逆立ちになり両手を空に泳がせながら、

言葉にならないうめき声を上げて我も我もと河へ飛び込んでいるのだ。》
《左の耳は耳たぶが半分ほどに縮まってしまい、左の頬から口と喉へかけて、手のひらほどのケロイドができ引きつってしまった。右の手は第二関節から小指まで幅五センチ位のケロイドができ、左手は指のつけ根の所で五本の指が寄り集ってしまった。私は生れもつかぬ不具な体となり、幼い三人の子を抱えて、これから先どうして生きて行けばいいのか途方にくれてしまった。》
この手記に加えて、宇都信氏の次のような文章を読むとき、われわれのだれが平静でありつづけることができるだろう?
《時世の推移に伴い社会の耳目は原爆犠牲者の醜き容相に対する憐憫の情は何日か消えて、寧ろ蔑視の白眼を向けるように変った……》
時世の推移、この体験記が書かれたときは、まだ被爆後三年の月日が流れたにすぎなかった。その当時すでに、被爆者のがわに、このような観察があったのである。われわれ広島の外の人間は、こぞってわれわれの目は蔑視のそれではない、と自己弁護するだろう。しかし、すくなくともわれわれは、この二十年間、自分たちが広島の被爆者たちの顔を、憐憫でもなければ蔑視でもない、連帯の感情において見つめつづけてきたのだという勇気と資格までは、確実にもたないはずである。
『原爆体験記』の第一部は一般人の手記であり、第二部は学生、児童のそれにあてられているのであるが、ここには、二十世紀においておそらく、もっとも苛酷な現実にめぐりあわざるをえなかった子どもたちの記録がある。ここに手記を発表することのできない子ど

もたち、おなじ運命をもっと苛酷に体験し、死んでしまった子どもたちについては、市立中学教諭伊達克影氏の手記がつたえている。伊達教諭は当然、自分自身も深く傷つきながら、生徒たちの救護に没頭し、やがて破壊された校庭の土の上に腰を下して、深く深く眠る。その疲れはてた肉体の、深くにがい眠り。

《わずかに洩れる焚火のかげには、行儀よくならべられた屍体と、同じようにふくれた顔、ぼろぼろのシャツ、うめき声、深い眠りとがあるだけであった。》

門田武という十四歳の中学生は、動員されて造船所に働いていた。被爆後かれは家族をもとめて、死者たち負傷者たちのなかをさまよい歩く。焼けのこった電柱に書きつけられた数知れない伝言に、もうひとつ自分の伝言を書き加えながら。

益信之という十七歳の工専学生は、やはり学徒動員でかりだされていた近郊の工場から、黒い雨のなかを家族をもとめて、市内へ帰ってくるのであるが、その途中、幼児たちが生埋めになった施設の前にさしかかると、ひとまず家族さがしを中止して、その救助に参加した。

《子どもが沢山生埋めになって泣声は聞えるのだが助け出す事ができない……　かすかに聞えるうめき声に心を打たれて、援助する……》

そして、やっと自分の家にたどりついてみると、それはまったく破壊をまぬがれてはいたが、ただ弟がひとり茫然と坐りこんでいるだけである。かれは弟に、母さんは？　とたずねる。弟は、家のすみの血潮が点々とついているところを示したまま、なにもいわなかった……

自分自身被爆しながら、しかも他の被爆者を救助しようとした少年の肖像がもうひとつある。それはとくに今日、われわれ日本人の胸を、深く複雑に揺さぶる

ものであろう。橋本くに恵氏の手記が次のようにつたえている。

《……通りすがりらしい十四、五の少年がひょいとかけ寄って来て私をのぞき「権現サンとこキュウゴショ(救護所)できとるよ。行くか?」言葉のなまりのたどたどしさからすぐ半島の子どもと知れた。罪のない民族の偏見を越えた真心にすがりつくような想いでうなずくと、少年は殆んど私を負うようにして権現下の救護所へ連れて行ってくれ、名も告げず所も言わずいつの間にか風のように人込みに紛れてしまった。》

逆に、こうした救護活動に加わらなかったことを自分に咎めている少年の文章も、また感銘なしとしない。不島勝文という工専学生は、被爆して逃げる途中、死者たちと負傷者の群れにいくたびも行きあう。そして、動ける人たちだけが、重傷者をあとに逃げだそうともがくのに接して《人間本来のエゴイズム》を見出す。そのうちかれは逆に、赤十字看護婦たちの救護活動を見て胸をうたれるのだが、しかし、かれはそれに加わろうとはせず逃げのびてゆく。少年もまた自分自身を救助するために《人間本来のエゴイズム》に賭けたのであろう。そのこと自体、だれも咎めることはできない。しかし少年はあの日以来《消えさらぬ悔》にとりつかれているのである。そして悔恨は少年に次のような覚悟をもたらした。

《おそらくあの人達は昇天してしまったであろう。私は広島の平和という一事があのショックによって必ず作られると思う。我々原爆体験者は常にあのみじめな人達の昇天した現実を胸にひめ決して忘れないだろう。》

おなじような確信を、小学三年生で疎開中に被爆した佐佐木光憲少年もかたっている。かれの原爆への感情は、当時の広島の小学校の教室に、いわば模範答案

としてもちこまれたものであったろう。原爆という最悪の悲惨をどう理解し、どう意味づけていいか、途方にくれている広島の子どもたちにたいして、このような教育しか可能でなかったのであろう。それは、この『原爆体験記』の配布禁止命令とあいまって記憶されるべきである。

《〃原爆〃〃原爆〃この爆弾こそ父のいのちをうばった悪魔なのだ。しかし原爆はうらめない。原爆のため広島は立ち上ったのだ。》

いま、十五年間倉庫に積まれて陽の目をみなかった、この体験記が再刊されようとする。僕はここに選ばれたもののみならず、原稿六百篇の目録と、これらの手記の筆者たちが、現在、どのように生きているかという丹念な調査結果とが、あわせて印刷されることを望んでいる。これらの手記が書かれて以来、十七年の月日がすぎた。この十七年が体験記をよせた六百人の被爆者たちにとって、どのように長い十七年であったかをわれわれが知る時、おそらくこの『原爆体験記』はたとえようもなく重い書物として認識されるだろう。

〔一九六五年〕

なにを記憶し、記憶しつづけるべきか？

忘れさる、とはどういうことであるか。いったい、われわれは、どのようなものを、どのようにして忘れさるのであろうか？　もし、率直な人間なら、忘れさる、ということは、すなわち、忘れたい、と思うものを、意識して、忘れさることにすぎないと認めるはずです。すくなくとも、子供たちの無垢の心においてでないかぎり、重要な思い出が、ごく自然に、無意識裡に、われわれの記憶の表面から消えさってゆくということはありますまい。われわれは、ただ、忘れさろうと努力してのみ、ついに忘れさることができるのでしょう。

個人について、記憶と忘却の仕組みは、かくのごとくです。まして、個人をこえて、そこに集団あるいは社会がかかわってくれば、こうした忘却のメカニズムは、もっと明瞭であり、露骨です。とくに、今日のような、マス・コミュニケイションの時代においては、社会がひとつの事実あるいは真実を忘れさるということは、それを忘れさろうとするあらわな努力が、宣伝の形をつうじておこなわれてはじめて可能になるとみなすべきでしょう。みんな忘れてしまったのだ、きみひとりが記憶していて、なんになる？　という臆面もない誘惑の声が、われわれのまわりをとりまくのを、たびたび感じるではありませんか。また、それを記憶していることは、きみ自身にとって、都合の悪いことではないのか？　という声が聞えてくることもあり、それは、より説得的です。

しかし、われわれが、きわめて孤独な状態において

であれ、自分自分を窮地におとしいれかねない不都合なそれをであれ、絶対に忘れてはならぬ、記憶しつづけねばならぬことがあるはずで、ぼくはそれがあると信じます。いま、ここに公刊されようとする一冊の書物こそは、まさに、われわれが、たとえ苦痛とともにであれ、あえて記憶しつづけねばならぬ事実と真実を、異様な緊張度において提示する書物であります。ここに記録された人間的悲惨は、われわれに激しいショックをあたえます。そのショックはわれわれにとって決して耐えやすいものではない。しかしあえてなお、われわれはこれらの手記を熟読しなければならないと思います。われわれ、あの戦争を生きのこったすべての日本人にとって、これを忘れさることは、広島の死者たちへの、また、いまなお苦しみつづける生存者へのもっとも恥ずべき裏切りであろうと思います。もし、われわれの政府が、それを記憶しつづけ、それを忘れたふりをしないだけの誠意を示すなら、われわれの政府は、国際的な孤独におちいるはずであるかもしれません。しかし、それはおそらく、あの戦争の終末以来、われわれの政府のかちえるもっとも名誉ある孤立なのではありますまいか?

この書物『原爆体験記』は、もともと、昭和二十五年夏、広島市が、出版しようと志したものでした。二十三年に、被爆者たちから、原爆の惨禍の体験記を募集し、約一六四篇あつまったものから、十八篇とぬきがき十六項を、一三〇ページにまとめた小冊子がそれで、実際に印刷され製本されたものの、ついに発刊されることはありませんでした。その理由は直接に、占領軍によって配布禁止に処されたからです。占領軍は、この、率直に事実をかたり、ひかえめに真実をのべた手記集を、《被爆の様子が生なましすぎ、反米的だ》とみなしたといわれています。

昭和二十五年、それはどういう年だったか？　この年の初夏、朝鮮戦争がはじまっていました。いまとなってみれば、あの戦争に核兵器が使用されなかったことを誰もが知っています。しかし、当時、この戦争には絶対に核兵器が使用されないであろうという確信を、われわれ一般の民衆がもつことができたというのではありませんでした。また、あの戦争の作戦を担当した米軍の将軍たちの頭に、核兵器使用の可能性が、まったくひらめくことがなかったかといえば、それには疑問の余地があると思います。

僕は広島で聞いたひとつのエピソードを思いだします。この朝鮮戦争勃発の年の夏、ひとりのアメリカ人記者が広島をおとずれて、被爆後、盲目となった老人にこう訊ねたというのです。朝鮮でもまた、広島・長崎同様、原爆さえ使用すれば、戦争はたちまち終ると思うが、きみはどう考えるか？　老人は、答えました。

《私にはそれに反対する、どんな力もありません。しかし、もしそういうことがあれば、アメリカがこの戦争に勝つにしても、世界中に、もう誰ひとりとして、アメリカを信用する人間がいなくなるだろう、ということだけは、私に、わかっています。》

僕はいま、この体験記出版のために手記をよせた、一六四人の被爆者たちが、米占領軍の配布禁止命令によって心にうけた傷のことを、暗然とふりかえらずにはいられません。手記執筆の当時、まだ三年間のことにすぎなかった、あのもっともいまわしい災厄の体験を、かくも多くの被爆者たちが、なぜ、あえて思いだそうとし、手記を書こうとしたのであったか？　かれらこそが、あの災厄を意識して忘れさり、沈黙する資格のある唯一の人々でありましたのに。かれらが、これらの手記を平静な、おだやかな気持で、いかなる苦痛もなしに、書きすすめることができたと誰が信じま

しょう。しかもなお、これらの手記が実際に書きあげられたということは、どういう意味をもつのか?
僕は次のように考えます。すなわち、それは、これら広島の被爆者たちにとって、かれらの昨日の最悪の体験、つぐないがたい悲惨の体験が、どのようにすれば、価値あるものに転化できるか、と模索することからはじまったのにちがいない。どのようにして、被爆体験にプラスの価値をあたえるか。それは、かれらの体験が、そのまま今日および明日の平和な日常生活を確立する理由となっていることを認めることによってでしか、ありえないでしょう。過去の苛酷な体験を、現在と未来において価値あるものの領域にくみいれることができたとき、はじめて、われわれは、自分のあじわった不幸をみずからつぐなうことができたと感じ、立ちなおり、自己回復する方途を見出すのではありますまいか。

とくに、およそつぐないがたい自己破壊のあとの広島の被爆者にとって、それは祈りといってもいいほどの激しい希求にたかめられていたはずです。そして、かれらの希求を達成するためには、ただひとつ、かれらの体験が、直接に明日の平和をみちびくためのパイプであることを確認するほかにない。そこで、数多くの被爆者たちが、かれら自身の傷口を再び切開し、指をいれてかきまわすような苦痛をあえて忍耐して、これらの手記を書いたのでしょう。それは広島の悲惨を体験しなかった、すべての人間への切実きわまりない緊急の手紙でした。

ここで、僕がくりかえしつかう《平和》という言葉にいらいらされる人々がいられるかもしれません。この言葉はいまや、手垢にまみれているように、そして、あいまいで滑稽な雑音にまといつかれているように感じられるかもしれない。もちろん、いや、そうでない、

平和という言葉はつねに清新だ、と反撥される人々も多いでしょうが、じつは僕自身もまた、平和という言葉にうんざりしている人間であるといわざるをえません。戦後二十年、平和という言葉は、たびたび汚水をくぐってきました。様ざまな意味づけがおこなわれ、我田引水の好餌となり、嘲弄され、そして、その実体は、真の意味は、うやむやのうちに、この現実世界から葬りさられようとしているようでもあります。現在、いかなる文章において使用される平和という言葉が、もっとも信頼すべきこの言葉本来の重さと美しさをそなえているか？　こうした疑問はおそらく、決して特殊な少数者のものではないはずです。平和について考えてみることのある人なら、誰もが一度は、この疑問にとりつかれたにちがいありません。

しかし、この書物におさめられたすべての文章における言葉、《平和》は、絶対にそうした疑問をよせつけない。ここには、おのおのの手記の筆者の、ひとりの人間としての自己回復の志にみちた、まさに痛切な《平和》という言葉の使用があります。かれらの平和という叫び声は、じつに混りけのない人間的な純粋さ、率直さ、そして、のっぴきならぬ切実さの響きにおいてまっすぐわれわれの胸をつらぬき、もし、こうした叫び声を嘲弄的に受けながすものがいれば、すなわちその人間が卑劣でしかないことを、われわれに納得させる独自の力にあふれています。

《もう戦争はいやだ。もう戦争はいやだ。これは広島原爆体験者の悲痛な、心の底からの叫びである。筆舌には及び難い平和欲求の真の絶叫である。たとえ如何なる場合でも、あんな残酷な体験は、もう決して世界の何れの人にもさせないようにして欲しい。これを世界に向かって訴えたい。No more Hiroshimas という標語は、今日国際状勢の上で、最も高く揚げらるべ

きものである。太田河畔平和塔の辺りに低く淋しくただよって居るべきではない。》

ところが、かれら被爆者の自己回復の希求を踏みにじるべき新しい戦争がはじまり、かれらの叫び声は、たとえ印刷されたにしても配布を禁じられるとすれば、すなわち、被爆者の痛切なノー・モア・ヒロシマという訴えの声が、実際に太田河畔平和塔の辺りに低く淋しくただよっているのみだったとすれば、被爆者たちの感情がいかに暗く重くなるほかなかったか、それはわれわれが今日、知らぬふりをしてすますことのできる問題ではないと思います。

この書物のために手記をよせた広島市民のうち、おそらくは数多くの人々が、この書物を公然と陽の光のもとにおいて見ることとなしに、すでに死去されたはずです。手記が書かれてから、十七年の月日が流れたのですし、かれらの体験がどのように苛酷なものであったかが、あまりにもあきらかである以上、誰がこれらの手記の筆者たちの、今日の健康を楽観的に信じることができましょう？　いま、原爆後二十年の夏を期して、この書物が再刊され、こんどこそわれわれの手に入るのですが、しかし、すでに死んでしまった筆者たちの、その死にあたっての無念さ、憤り、絶望感については、すでに誰もそれをつぐなうことはできません。しかも現在にいたるまで、核兵器の廃止の見とおしは立っていない。見とおしが立っていないばかりか、現実は逆に悪化しつづけている。いまやわれわれの地球は核兵器の花ざかりだ。そうした時代に、いったん発した核兵器廃止の叫び声を、暗い倉庫の一隅にとじこめられたまま、ひとり死んでゆかねばならなかった被爆者の絶望感の深さを、われわれ生きのこっているものがおしはかることなどできるでしょうか？

死に瀕しているひとりの被爆者が、自分は、原爆を

体験してそのために死ぬ最後の人間であり、自分の死が、明日の民衆のために、戦争の悲惨と恐怖とをすっかり解消する効力をもつのだ、と信じて死ぬのでなく、自分はこれからくりかえし核兵器によって殺されつづける人類の、最初のグループに属しているひとりにすぎないと考え、自分の体験した悲惨と恐怖を一切つぐなえないまま、その生涯をすっかり無意味に感じて絶望のうちに死ぬとすれば、われわれは、かれの酷《むご》たらしい死のまえに言葉をうしなうほかありますまい。

十五年前、この書物に加えられた不当な仕うちは、もっぱら占領軍にその責を帰すべきことでした。しかし、いま、ここに公刊される体験記を、もし、われわれが再び不当にあつかってしまうとしたら、その責はすなわち、われわれにあります。しかも、それこそとりかえしのつかない深刻さにおいてわれわれにあります。率直にいえば、僕は、いま公刊されるこの書物の新しい運命について楽観しているわけではありません。今日、数しれない書物の洪水のうちにあるわれわれは、この書物もまた、いったん心を打たれはするものの、すぐさま忘れさろうとするのではないか？　これを読みおわったあと、すぐさま、この手記の筆者たちの叫び声を忘れることによって心の平衡をとろうとしはじめるのではないか？　様ざまの筆者によって記録される、原爆直後のうちひしがれた市民たちの絶望的な沈黙の印象、それを極点とする人間的悲惨の総量にたじろいで、この書物の記憶から逃れようとしはじめるのではないか？　また、こうした災厄のさなかに発揮される、めざましい人間的努力、人間の威厳の感覚のまえに、自分を恥じるかわりに、この書物の記録するすべてを無視することで傷つかずにすませようと、つとめはじめるのではないか？　僕はそれがおおいにありうることであると考えないわけにはゆきません。実際、

われわれはこのようにして、じつに多くの真に価値ある書物を殺戮してきたではありませんか。しかも、核兵器の現状に関わるかぎり、われわれは原爆を体験したすべての人々に対して、まっすぐ面をあげてなにごとかを答えるべき資格はもっていないのですから。

これらの手記の誠実な編者たちは次のように問いかけています。《人類の誰しも経験したことのないあの大受難に堪え、あらゆる苦悩と悲しみのどん底に生き抜き、そして立ち上った人達のこの聖なる手記は、二つの世界の激しい対立の嵐吹きすさぶ中に、天来の平和の訴えとして人の子の耳を傾けさせないであろうか。》

人の子の耳とは、すなわちわれわれの耳です。この刊行の言葉が書かれてから、十五年、天来の訴えは、十分に聞きとられたというのではありません。むしろ、まったく聞きとられていないというべきかもしれない。あるいは、聞きとったところのことを忘れようという意志の力が、世界じゅうに広く一般的に働きはじめているとさえいうべきかもしれません。そうした今日、公刊されようとするこの書物の運命について、悲観しないといえば、嘘になるでしょう。そこであらためて僕は、忘れさることが、つねに忘れさろうとする意志によってのみ可能であり、忘却の結果は忘れさった人間の責任にのみかかわるということに注意を喚起したいのです。

われわれがこの書物を読み、この書物にみなぎっている人間的な叫び声を忘れさってしまうとしたら、それはわれわれが、今日の核兵器の問題のはらんでいる悲惨と恐怖とにおびえるあまり、意識してそれを回避したとみなすべきだということを、僕は強調しておきたいと考えます。その場合、すべての責任はわれわれにあり、そうしたわれわれを、弁護できるものはいな

いでしょう。それこそは戦後二十年の歴史において、広島・長崎をもつ日本人がみずからに対しておこなう、最悪の背信行為というべきではありますまいか？

この書物は、今日のわれわれに、もっとも本質的に記憶し、記憶しつづけねばならぬ唯一のものの所在を、教示します。すなわちこの書物こそは、われわれ日本人の戦後二十年の、もっとも基本的なモラルの根底にかかわっているものです。ここにもられた叫び声に耳をとじてはなりますまい。それはなによりもわれわれ自身の精神の健全のために必要な叫び声です。

〔一九六五年〕

原爆後の日本人の自己確認

どのように大きな国家的、あるいは世界的体験であれ、それがそのまま大規模な民衆に共有される「経験」となることがありうるのではない。そのためにはどうした手続きが必要とされるか？　体験は、個人の内部深くはいりこみ痛みつづけ抵抗感をあたえつづける棘のごときものとなり、そこで個人的な追究の核となって、その個人の、結局は人間としての構造の一部となる。それはまことに個人的な体験となる。したがって、ひとつの大きな社会的体験が、きわめて数多い人間的体験へと多様化されないではいない。もっと現実にそくしていえば、ある時刻、ある場所で、ひとつの社会的な総体が体験するものは、その瞬間から、各個人に

よって多様性と共に体験されるのである。

原爆投下によって一瞬に死につくした厖大な数の死者たちにとってすら、それら個々の死は一様ではない。それを生きのびた後に、激しく苦しんで死んだ人々の死はさらに一様ではない。原爆を体験した人々のうち、多様な生をなお生きつづけている人々の、この現実に関わって過去から喚起される、あの時刻、あの場所での体験は、それこそまことに多様である。

そしてまた自分が現実に原爆を体験したのではないが、ともに核時代に生きる人間であることにはかわりのない様ざまな場所の、様ざまな年齢の日本人が、それぞれのきっかけを把握し、それを深めてゆき、あの時刻、あの場所にむかってゆく、その仕方はそもそもの最初から多様である。

しかもなお、それらすべての個人の体験が個人的な内部の暗闇において追究されつづけ、その意味が問われつづけてゆくうちに、しだいにひとつの方向性をそなえてゆく。多様性をもったままで、したがってひとつのイデオロギーによって統一されるというかたちによってではなく、しかもきわめて確実にひとつの動かしがたい方向づけをおびてゆく。そしてそこにはすでに明瞭に、大規模な民衆によって共有される「経験」としての実在があるといわねばならないであろう。この『原爆の日に想う』という『世界』八・一五記念原稿の企画にむけてよせられた文章の数かずは、いかにも多様であるが、それでいて明確に、唯一の方向づけをそなえていると感じられるものである。唯一の方向づけとはなにか？　政府筋を中心とする核兵器の本質への欺瞞の宣伝が広くゆきわたってきたかにみえる今日、じつは逆に、原爆体験が、日本人の共有する「経験」となりつつある、ということなのである。日本の民衆が、それぞれに個人的な多様性をうしなうことな

しに、しかも「原爆後の日本人」としての自己を確認してきつつある。ということなのである。

それはいうまでもなく単に、過去の事実の記憶の仕方における一貫性ということにとどまらない。それはわれわれみなが、それぞれの多様性をもちながらも、しかし確実に同一の特異な状況のうちに、すなわち核時代という状況に生きているという事実の認識の仕方における一貫性である。また、未来の核戦争にたいする想像力というかたちで、現在のわれわれをとりまくものを見きわめる。その態度における一貫性である。

被爆者たちが孤立し、追いつめられつづけていることと、広島の今日の見かけの繁栄の陰においてのみならず、それより他の地方においてはさらに深刻に被爆者たちの現実生活のひずみがあらわになっていること、その極点に沖縄があって(韓国における被爆者を考えるとき、問題はさらに鋭く剝き出されるのであるが)、わずかながらも沖縄の被爆者の数人の頭上に明るんだ光が、かえってその周辺の被爆者たちをくるみこむ暗黒をきわだたせてみせること、すなわち被爆者たちの今日の状況が、本質において改良されてきているというのではない。しかしその当の被爆者たちを核として、日本人のきわめて広い層にわたって右にのべた種類の、原爆後の日本人たることを自己確認する努力がおこなわれていることをここに見出すのである。しかも被爆者たち自身が、単に「被爆者たち」という一箇の言葉でもってしては包みこむことのできない多様性をそなえた人々であることは、特に注意されねばならないであろう。かれらをその出発点においてとらえている共通性といえば、原爆投下直後から、傷ついたかれらが、かれらにとっていったいなにが起ったのか、ということを認識するための意識を働かせることは決してやめなかったということのみかもしれないほどである。

ある被爆者は倒壊した家屋の下に他人の子供を見殺しにしたことをこの戦後つねに考えつづけてきた。《あの坊やの遺言どおり、どうすれば復讐ができるのだと二十数年考え続けて来た。そして私は死ぬるまで考え続けて行くことであろう》とかれがいう時、誰がかれの言葉の真実性を信じないだろうか？　原爆後、かれは、端的に復讐というよりももっと広く深く、人間とはなにか、という問題に思いをひそめることを持続してきたのだということをもまた、誰が疑うだろうか？　やむなく見知らぬ子供を倒壊した家屋のもとで焼死するままにまかせた人間としての自分を見つめる眼でもって、かれは原爆そのものを見すえ、核時代の世界そのものを透視するのである。

もうひとりの被爆者は、じつに異様なまでにも微細な部分にわたる記憶をそなえた人物であるが、それはかれの記憶の質に関わるというよりも、やはりかれがこの二十三年間つねに、原爆被災時の記憶を更新しつづけてきたこと、いわばつねにあの時刻、あの場所に実在する自分を再現しつづけてきたことを示すであろう。かれの観察には被災の現場の光景と人間の言動に純粋なユーモアすらも見出さしめる力がある。このような現実に密着した観察力によっておのずからあらわにされるユーモアとは、なによりも鋭く、そこに同時に実在する人間の悲惨をくっきりと浮びあがらせるものである。人間とはなにか、という根源的な問いかけこそは、人間の悲惨のうちのユーモアを、人間のユーモアのうちなる悲惨ともどもに照しだす問いかけである。《みんなで、どんな時でも、どんな所でも原爆の恐ろしさを、そのむごたらしさを語らねばならない》というかれの言葉は、そうした根源的な問いかけの祈念をこめて発せられている。

「復興」した広島、長崎を見つめながら、《地方に散

った被爆者は忘れられた被爆者の中の〝忘れられた存在〟である》と考える被爆者がいる。かれは《原水禁運動のテーゼは政党系列をはなれ、被爆の原体験にかえることであり、政治以前の人間的希求であるという立場を堅持し運動の中核となることを決意した》人物であって、そうしたあらゆる運動の外にいる先にのべた被爆者たちとことなっているが、かれのそうした決意こそは、やはりこの二十三年間を、日々原爆を見すえつづけてきた人間の決意であることにおいて直截にかれらの内部とつながるものである。そのつながりかたの根源に、やはり人間とはなにか、という不断の問いかけがあることはいうまでもない。

被爆によって頭髪がぬけ紫斑のできた躰で《顔を見合せて、お互いの姿を笑い合っても、それは力の無い絶望的な笑いだった》当時を回想する被爆者は、もっとも深い絶望感とそこからの回復を仔細に記録して、その頂点に《兎角健康が勝れず、独り殻の中に閉じこもって苦しんでいた》かれが、おなじ地方の被爆者たちの会に加わって努力しはじめた事実、また被爆後に生れでた子供にはげまされる言葉を置く。その夫人による詩は、広島に永く芽ばえることのないといわれながらもすみやかに回復した樹木にちなんで、子供たちを名づけたことを語っている。この詩が喚起する深い感動は、こうした《いのり》のうちにこそまことに深い絶望感とからみあった真の希望が実在することによるであろう。これはつねに眼前にある原爆を見すえながら、人間とはなにかを考えつづけてきた人間のいだく絶望感であり希望にほかならない。それはさきにのべた、悲惨とないあわされたユーモアを見出す精神のタイプとともに、ユマニスト的なものの見方、ものの考え方に属する、といわねばならないであろう。

自分は被爆しなかったが、むしろそれゆえにこそ被

爆者をまじかに見つめ、いわば想像力の世界においてはつねに自分を、もうひとりの被爆者に擬する考え方をつらぬいてきた婦人の証言がある。彼女がつねに原爆を眼の前に見すえつづけざるをえなくなった契機は、《原爆を受けなかったのが幸運であれば、死んだ者、今も後遺症で苦しむものは不運なのであろうか》という疑いが、彼女をとらえて以来であった。彼女が被爆者とならなかったことの理由は、確かにその母親のいうとおり「運」の問題とでもしかいいようのないものである。「運」とはなにか？　別の言葉でいうならば、それは「不条理」ということであろう。彼女が「運」の良い人間と呼ばれて、かえって不安と疑いにおちいったのは、「不条理」の影のもとの無力な自分を見出して、やはり、人間とはなにかという課題を考えはじめざるをえなくなったからにちがいない。そしてその「不条理」にいささかでも抵抗しうる人間的な力をもとめること、「運」あるいは「不条理」を人間の力によって拒否すべくつとめること、それを彼女は日々もとめながら生きてきたのであるし、いまそれを《平凡な主婦にはそれなりの平和運動への参加のしかたがあった筈だ》というかたちで表現しているのである。

もうひとりの婦人は現実に被爆しなかったばかりでなく、被爆者たちを実際に目撃したのでもなかった。戦時に地方で少女期をおくった彼女は、「原爆の写真」をつうじてはじめて原爆とそれのもたらしたものに、ふれたのであった。《人間の残忍な側面とそれを受ける人間の悲惨さと告発を意味するこの強烈な記録は私に戦争の本質を理解させるために何よりも直接的に訴える力をもつに十分だった》という、戦後すぐ体験した鋭敏な感受性を回想する言葉は、彼女が母親となり教師として働くいま、原爆の記録映画を見ていだく次の感慨にてらしあわせるまでもなく、やはり、戦争と

はなにかという反省に関わる、よりもっと根源的に、人間とはなにかと問いつめつづける態度のはじまりであったというべきではあるまいか？　《日本人が日本人に対しておこなったこの屈辱、ごまかし、みじめな政治感覚、歪曲された被爆者への思いやりに私の心は暗くなった。》

つづけて、この婦人は《私が今一人の人間としてできることは》という。《おしよせる戦争への危機を知らぬ若い世代に自己の良心と平和への願いをこめて、沈澱しようとする無気力さの中から一人でも多くの生徒に心の出会いと正しい現実認識の能力を養育することだと決心している。》それはビキニ水爆実験による「死の灰」の事件を契機にして、核時代に意識的に無防備なまま生きることとの圧倒的な危険を具体的に認め、そして大国の核兵器を軸とする力の政治に抵抗する婦人たちの集りに参加するにいたる、もうひとりの婦人の態度とかよいあうものである。彼女たちはそれぞれに多様な側面から原爆についての認識をえた。そして彼女たちは、人間とはなにか、という根源的な問いかけにさかのぼることによって、まさにひとつの方向づけに到る。そしてまた、おのおのの多様な生き方をつうじて、原爆とそれのもたらしたものの意味を問いつづけ、それへの抵抗を試みつづけているのである。

《広島はひとつの理念と感傷によって作りあげられた人工的な都市なのである。そして広島をもつわれわれは、いいかい、したたかな、あいまいな、それゆえ現実的な意味での平和を許さない。われわれにとって、平和確立の努力は将来の世代を戦争やその恐怖から救おうというものではなく、理想化された平和を対比させて現実の平和的状況あるいはそれへの努力を否定することになってしまっている》という広島へのアプローチの仕方もまた、あるいは沖縄から困難な具体的障害をのり

こえつつ被爆者を原爆病院に運んだ記録や、山口県に被爆者福祉会館をつくりあげた記録ともども、次のような婦人の言葉と共に、あらためて議論のテーブルに喚起されてしかるべきであろう。《原爆記念日、テレビから聞えるアナウンサーの哀調を帯びたことばにただ涙することを拒否し、それを越えたところで被爆者との距離を埋める努力をすることこそその日にふさわしい行事であり、我々の義務であると思う。》

それはまた今日の高校生の世代についていて《かれらにとって、体験の神話化は逆に抵抗感覚を麻痺させせかれらをして政治的関心から逃避させてしまうかもしれない。われわれはこのことを「核アレルギー」論と裏腹に考えねばならないのではないか》という言葉と共に議論のテーブルにむかえられるべきであろう。

さてここに引用した文章のほとんどすべては、その全文が『世界』に発表されるものからである。これらより他にも、まことに多くの秀れた論文がこの企画にむけてよせられたことをここに記しておきたい。それらからの引用をあえておこなわなかったのは、論文の全体と照合される可能性なしに引用された部分だけで理解されることを望まない、筆者たちの存在を考えてのことにすぎない。ここに発表される文章群と、それらを囲む、より数多くの文章群が鮮明にかたっているのは、すでに冒頭にのべたところの、原爆体験が、いまや被爆者のみならず、きわめて広い層の日本人の「経験」となっていることである。単なる体験でなく、いったん個人の内部の暗闇をくぐりぬけて「経験」となったところのそれは、その個人の生涯を支配しつづける力となるであろうばかりでなく、他者へ、とくに次の世代の他者へと伝達可能な性格をそなえている筈である。次の世代への原爆体験の伝達ということが、望む望まぬにかかわらず核時代に生き延びねばならぬ

次の世代のために、いまやもっとも必要な行為である以上、「経験」化された(それはもっとも具体的に思想化された、といいかえてもよい)原爆への認識をこのようにも広い層の書き手の文章に見出すことは希望をあたえる。

そしてまた、おなじく冒頭にのべたように、それらの「経験」がいかにも豊かな多様性をそなえたものとしてつくりあげられ、それらの多様性をたもったまま横につながっていることを見出しうるのも、希望の兆候と呼ぶべきであろう。ひとつのイデオロギー、単一の宣伝によって作り出された「経験」あるいは思想は、別のひとつのイデオロギー、別の単一の宣伝によって転覆可能である。しかしおのずから多様性をおびてあらわれた、核兵器中心主義の世界への民衆の抵抗の姿勢を、つき崩すにたるほどにも強力な力は容易に見出しえないであろうからである。

〔一九六八年〕

III

核基地に生きる日本人
――沖縄の核基地と被爆者たち――

人類がいまや自分自身で死滅しつくすかもしれぬ可能性を、核兵器の出現によってそなえた以上、死滅するか、あるいは自分自身を救助するかは、人類の日々の選択の問題だ、というサルトルの「大戦の終末」にあたっての言葉は、戦後二十二年、まともに受けとめられてきただろうか？　この言葉の、具体的にさし示す危機は、ますます増大して世界の現実を覆っているにもかかわらず、あるいはそれゆえにこそ、強権の担当者たちは、この警告を民衆に忘れしめようとし、民衆もまた束のまの安佚をねがって、それを忘れていることを望んできたのではなかっただろうか？

世界的な規模による核戦争のみならず、アメリカの戦略家たちのいう、局地的な核戦争においてもまた、ヒロシマ、ナガサキの人々をのぞいてわれわれは一般に、かつてそれを経験したことがないのであるから、核戦争の脅威を認識し、それを恐怖し、その兆しに抵抗するためには、核戦争にたいする想像力の発揮が必要である。この想像力を強く持つもののみが、核戦争の脅威を認識し、それを恐怖し、その兆しに抵抗することができる。そして核戦争にあらがって生きのびる、ということに今日と明日の民衆の生き方の基本的な条件がある以上、核戦争への想像力とは、今日と明日の民衆がそなえるべき、人間としての根本的な資質というべきであろう。

なぜヒロシマ、ナガサキが記憶しつづけられねばな

らず、そこにいまなお埋れている真実が更に発掘されつづけねばならぬか、といえば、それは世界で核戦争の現実をみずから体験した人々がそこにのみ、なお生きのびているからにほかならない。われわれの核戦争への想像力を検証する現実的な力をそなえた人々がそこにいるからにほかならないのである。ヒロシマ、ナガサキについて具体的に考えつづけることによってのみ、われわれは核時代を「なおも生きのびようとする」民衆としての根本的な資質を確かめうるのである。

逆に「核アレルギー」というような、その成りたち自体からいかがわしい鈍感な言葉によって、核保有国の強権ともどもわが国の強権が、われわれにむかってなそうとしているところのことは、こうした核戦争の脅威への想像力を鈍らせ、ついには除去することである。すなわちわれわれから、今日と明日の民衆としての根本的な資質をとりのぞくことである。われわれを、「なおも生きのびようとする」民衆から、一挙に大量殺戮されるべき民衆に退化させようとすることである。「核アレルギー」宣伝の鈍感な手は、いまや原点にさかのぼってヒロシマ、ナガサキそのものにさえふれようとしている。厚生省による被爆者たちの調査とその結果の発表の仕方は、そのような臆面もない意図をひめながらおこなわれたものであった。

日本の本土に住む被爆者たちすらが、正当に援護されていないことは、昨年来の被爆者たちの、やむにやまれぬ自己救済のための行動がそれを示している。日韓条約によって保障の道をとざされた南朝鮮の被爆者たちが、日本大使館にむかってかれら独自の運動をおこしたことも、まことに当然であろう。そしていま核時代の日本人ということを本質的に考えようとする時、そこから眼をそらしてはならぬのが沖縄の被爆者たちだということに疑いをはさむ者がいるであろうか？

かれらは広島、長崎に出稼ぎにゆくか徴用されるかしてそこで働いているうちに被爆した人々である。そしてかれらは戦火に焦土となった故里にかえることによって、かれらの犠牲によってかちえた新しい憲法からはもとより、本土の被爆者たちにはなんとか準備された、あらゆる医療施設と保障から切り離されてしまった。かれらは原爆症についていかなる専門知識をそなえた者もいない場所で、戦後を生きてきた。しかも、かれらは核兵器基地と同じ土地に戦後二十二年を生きてきたのである。

沖縄の日本人の今日における状況を、サルトルの言葉にそくして表現するならば、それは次のようであるだろう。沖縄の人間は、自分たちが死滅しつくすかもしれぬ可能性を、核基地の存在によっておしつけられているにもかかわらず、かれらが死滅するか、あるいは救助されるかは、アメリカ国防省の日々の選択の問題であって、沖縄の人間はそれについてなにをすることもできない。

沖縄在住のアメリカ軍人とその家族たちの、沖縄島からの待避訓練について、決して自分たちには緊急の避難の可能性のない沖縄住民の口から仔細に聞くことは、異様なショックをあたえられずにはいない経験である。かつてハンス・モーゲンソー教授が、もし中国大陸における核兵器に対抗するために、日本のような狭い島国が核武装することがあれば、それはあきらかな自殺行為にほかならない、と語ったことがある。その言葉を思いだしながら沖縄の現状を見るならば、現に核基地をもつ沖縄は、それが核武装した中国をなおも封じこめるべきアメリカの極東戦略の最前線の基地としてそこにある以上、まさにモーゲンソー教授のいわゆる自殺行為をおこなうべく島ぐるみで待機している状態にほかならない。なぜ、そのようなおぞましく

も愚かしい危険が、あえておかされているのかと問うとすれば、そこにはグロテスクなほどあからさまな力の論理による答がかえってくるほかはない。沖縄で「自殺」するのは沖縄の日本人であり、そこに基地をおくアメリカ人たちではないという答が。

しかしここで道徳的な非難をこうむるべきは単にアメリカ人にとどまらない。沖縄戦においてすでに大量の沖縄の民衆を、文字どおり「自殺」させ、国をあげてそれを償うかわりに、二十二年間にわたってなおも沖縄の民衆を、もっと徹底的な「自殺」のせとぎわに放置しているのが、われわれ本土の日本人である。沖縄の核つき返還というヒントは、右のような状況にある沖縄の民衆にたいして、あらためて本土の日本人が、そのようなあなたがたの位置を日本人の名において公的に認めよう、ということであった。「核つき返還」は、沖縄の日本人の、早急の日本復帰をもとめる心が、本土ぐるみ日本に核兵器をもちこもうとするエゴイズムだ、新憲法下の日本に対する裏切りだと、自分たちを恥じる表情において語る沖縄の知識人がいた。しかし「核つき返還後」も当然のことながら、沖縄は依然として核基地である。沖縄の民衆が「自殺」のせとぎわにたたずまされている状況にはかわりがない。しかも今度はすべての日本人にとって、あの人たちを自殺させようとしているのは、われわれの本意ではない、という弁明の言葉がありえない、ということだけが事態の変化である。もし「核つき返還」というような強権のヒントに乗っていったとすれば、自己批判すべきは沖縄の知識人のみではなかった筈である。

さて右のような事実を身辺に見つめながら、しかもみずから核戦争を体験したことによって、具体的な核戦争の感覚をそなえている、沖縄の被爆者たちはどのように今日を生きているのか？　ある状況への想像力

をもつということは、自分をその状況に生きる人間に同一化することによって、その人間の眼にのみくっきりと見える世界の新しい眺めを見ることであろう。核基地に生きつづける被爆者という、およそもっとも典型的に現代をあらわしている人々はどのような日本人なのか？ かれらの眼に可能なかぎりわれわれの眼を同一化して、沖縄を見、沖縄につらなる日本を見、そして世界の全体を見るということが、今日の日本人として、核戦争に関わる、もっとも尖鋭な想像力を働かすことである。これらの沖縄の被爆者たちと、ぼくは、佐藤・ジョンソン会談の直前およびその進行中に話しあったのであったが、気質としてはいかにも一般の庶民であるかれらは、こぞって佐藤・ジョンソン会談に、近い日本復帰の夢をたくしていたのであり、かれらの言葉にあらわれる「復帰」とはそのような目前の期待の上になりたっていたものである。それを佐藤・ジョンソン会談が一挙に蹂躙したことについてはすでにいうまでもない。

ひとりの被爆者は石垣島の、漆喰でかためた赤瓦の小さな屋根が、竹をわたしておさえたカヤぶきのもっと小さな屋根と、古い石垣によってへだてられている一郭の間に、まさに濃紺の海がまぢかにせまっている一郭の空地にじかに腰をおろして、言葉少なくその生活を語った。かれは銭湯の罐《かま》たきである。われわれはかれが浴槽を掃除した後、罐に火をたきつけて一服している昼さがりに銭湯の裏口で話しあっていたわけである。そこは宮古島はじめ離島から石垣島に移民してきた人々の多い、貧しい区域の銭湯であった。

石垣島と宮古島のほぼ中間の小さな島、多良間島にうまれたかれは、海軍から長崎の魚雷工場に派遣されて働くうち、被爆した。大村海軍病院に六ヵ月入院した後、多良間島にかえって農業をおこなう。しかしか

れの躰には数多くのガラスの破片がはいりこんでいて農業の重労働には耐えることができない。二度にわたって広島の原爆病院へガラスの破片をとりに行った後、島の農地を棄てて石垣島にわたった。銭湯の罐に重油を燃やす現在の仕事につく前には、コンクリート・ミキサーの仕事という、やはり重労働をやっていたのである。四十五歳のかれには被爆後に生れた五人の子供があって、月に百ドルの生活費が必要である。妻と娘がパイン工場に働いて生計の不足をおぎなっている。被爆者手帳は、石垣島の八重山病院において有効であるが、かれはそこへ行くかわりに近くの病院に毎月、六、七ドルをかけて自費でゆく。それは沖縄本島でも、折角本土からきた専門医による被爆者の集団検診の通知が当日より遅れてとどいたりすることによってもあきらかなように、被爆者を治療するがわに患者の便宜をはかる充分な受けいれ態勢がまだできあがっていない、という事情によるのであろう。ぼくがこの被爆者と会った翌日、八重山諸島に八名いるという被爆者たちの最初の集会がもたれた。かれはその集りが事態を改善する力をもつことに期待をかけながら、つねづね躰がだるく、眼まいがすることを訴えていた。

石垣島のもうひとりの被爆者は、やはり長崎の工場で働いているうち被爆した五十一歳の農民である。島の飛行場に近い、フクギの群生の下で裸馬が静かに草を食っている石垣の内の、床の高い農家をぼくはたずねたのであるが、直接かれに会うことはできなかった。パイン畑、砂糖キビ畑、ともに五反、水田六、七反、それに牛を三頭、馬一頭、豚を二頭飼っているこの農家は、石垣島ではおよそ中流の上の農家と呼ぶべきであろうが、子供たち三人がそれぞれ学生であってその費用がかさむうえに、働き手はかれひとりであって昼間、家におちついていることなどはできないのである。

農閑期にはパイン工場に働きにゆく。医者が、この被爆者の肝臓に障害を発見して、広島の原爆病院にゆくことをすすめている。しかしかれが島を去れば、農業経営はたちまちゆきづまるのであるから、かれは日夜、肝臓障害をおかして働きつづけるほかはない。肝臓のほかにも、秋口には、打撲傷をおった背と胸が痛む、また足の骨には罅《ひび》が入っているのである。

石垣島は米軍基地のない島だ。かれら被爆者が、一応は沖縄本島の核基地から離れて暮すことができているのは、かれらにせめてもの平安をもたらす条件かもしれない。しかし海辺の銭湯の罐たきと、肝臓障害をもつ農夫の妻とが、ともに日本復帰にむかって、かれらの生活の行きづまりの打開と原爆に関わる健康異常の解決についての、すべての期待をかけているのを見るとき、ぼくは言葉をうしなわざるをえなかった。石垣島から海をへだてて沖縄本島を見つめ、そこから日本本土を見やり、そしてまたそこからアメリカを見やる被爆者の眼。かれらの幾重にも屈折せざるをえない眼に日本復帰の動きはどのように遠く小さな可能性としてうつっていることだろうか？　しかもなお沖縄が核戦争にまきこまれれば、すなわち石垣島も戦場である。佐藤・ジョンソン会談の共同声明を読んだ日、ぼくは石垣島の銭湯の罐たきと、肝臓障害のある農夫の妻の味わっているであろう苦い失望と果てしなく巨大な無力感のことを考えて茫然とした。

那覇の、輸入された木材が高く積まれている港の周辺の長屋、民謡研究所というものがあって昼の間もずっと蛇皮線の響きのたえることがない路地で、タクシー運転手が、被爆者であるその妻の侵された健康の歴史を語る。かれらが結婚して数年たち妻が妊娠してからも、彼女が広島で被爆したことをかれは知らなかったし妻がそれを意識することもなかった。しかし九ヵ

月めに早産した妻が、それから四年間も寝こんでしまうという突発事をつうじて被爆の事実とそれにもとづく異常が、妻にもまたおとずれていることをかれは知ったのであった。妻もまた、いわゆる黒い雨に濡れたこと、それを気にやんだ母親からドクダミをつづけて飲まされたことを思いだして、原爆症というものの存在をはじめて意識にのぼせた。そしてその認識は、若い妻に早産した子供への被爆の影響について深く考えこませることになり、運転手の夫がその傍につきっきりでいなければなにをしでかすかもわからないようなノイローゼに彼女をおとしこんだ。いま、妻はノイローゼからたちなおって、夫は運転手の仕事に出ることができるが、その闘病の最悪の時期に、かれらは「財産」のありったけを医療費につぎこんでしまった。心臓に欠陥のある妻は、その治療をもつづけなければならないのであるが、支払いがとどこおるままにいまはそれを中絶している。眼まいと貧血になやみながら、沖縄にいつでも直接にみてもらうことのできる原爆症の専門病院ができることを望み、急に症状が悪くなったさいのために(それは子供の躰におこるかもしれぬ異変についてもまたおなじである)本土の原爆病院へおもむく手続きが簡単であることをねがい、そのためにはやはり日本復帰しかない、という結論に、被爆者とその夫は到達する。

那覇の中心街、国際通りは本土からの観光客たちのための高級時計や香水やワニ皮製品などをあつめた豪華な店舗のつらなりであるが、そこからわずかに入れば、若いガジュマルの木のかげに小さな家屋群が押しあいへしあいしているような、貧しい街並である。その家並のひとつの入口から穏和な顔をつきだしてぼくをむかえいれた小柄な老人は、かつて長崎電気軌道の工手だったと語った。被爆したあと、沖縄もまた戦い

によって全滅したと聞かされて、かれは廃墟のうちに妻子をとむらうべく帰島したのである。沖縄でかれは米軍基地の大工《カーペンター》の仕事をやっていたが足に怪我をして、わずかな補償をもらった後いまは、さいわい生き残っていた家族の厄介になっている。最近は腕がしびれはじめて、それが原爆症によるものではないかと疑われるが沖縄では確実のことがわからない。足の負傷のために正座するよりほかできなくなった老人は、まっすぐ膝をそろえて坐ったまま、そういって日本復帰を望むのである。

沖縄において確たる法による保障というのではないが、本土の原爆医療法にもとづき、『沖縄在住被爆者の医療等に関する実施要綱』による、被爆者の医療保障の第一歩がふみだされたのは一九六六年七月一日のことであった。一九六七年の二月から被爆者手帳の交付もはじまったし、すでに本土の専門医による三度の検診がおこなわれた。しかし、右にあげた具体的な例が示すように、沖縄の任意の被爆者がその原爆症と呼ぶほかにはない症状について、すぐさま病院におもむき妥当な処置をうけるということが可能であるまでに、状況が打開されたというのではない。大きい不自由のうちになお放置されているとしかいいようのない被爆者たちが、この九月末日現在で、沖縄に二三七人いるのである。しかも沖縄の被爆者の実数は、この数の二倍にものぼるのではないかという推測がなされている。それは被爆者への理解のゆきとどかぬ沖縄で被爆したことを周囲にかくしている者、軍関係の雇傭者で被爆者であることが軍にわかれば解雇されるかもしれないと危惧している者がいるからだといわれる。

あるひとりの被爆連(沖縄原子爆弾被害者連盟)の中心人物は、たとえ被爆者手帳をもらっても、沖縄においてのようにそれによって直接にうける便宜は限られて

おり、ただ被爆者だと周囲に知れわたることの不都合のみが大きい場所では、黙って申し出ずにいる被爆者の数が多いことも当然であろう、といっていた。そして日本復帰によって沖縄の被爆者が、本土の被爆者とまったく同じ保障をえることになれば、一挙に、数多くの被爆者たちが名乗りでるであろうと予測するのである。

ぼくはまた、被爆連の人々をもっとも力づけている本土の動きが、被団協の人々による原爆被害者援護法の制定のための請願運動であったことをもまた、ここに記しておかなければならない。沖縄の日本人への本土からの連帯ということがしばしばいわれる。しかし、少なくとも沖縄の日本人のうち、ヒロシマ、ナガサキで被爆した人々に、真の連帯の感情を確認させる運動を現におこしているのは、本土の被爆者たちにほかならなかったのである。そして、この請願運動に対してかなり冷淡であるわれわれの厚生省は、永年見棄てられてきた、そしていまやっと最初の段階の注目をあびているにすぎない沖縄の被爆者たちが、本土の被爆者たちをつうじて援護法にかけている期待をもまた、はねつけようとしているのだということを、ぼくはここにつけくわえたい。

さて沖縄の知識人たちが、核基地に生きていること、及び「核つき返還」という風評について示した態度は一様ではなかった。ある作家が、「核アレルギー」という言葉をしばしば肯定的な気分において用いるのに気づいて反問すると、かれは自分が核基地に住み、しばしば原子力潜水艦が入港しているのを見ながら、いかにも鈍感になって危機感をもたないことをひけめに感じており、その逆の、核兵器の脅威に敏感な、醒めている状態を「核アレルギー」と呼んで、ひそかにそれに肯定的な価値をあたえていたのであった。また、

ある復帰運動家は、自分にとって戦後の生活は、つねに核兵器と共にあったのであるから、「核つき返還」かそうでないか、ということについて特に心理的な重荷を見出すことはないといって、ぼくを挑むように見つめた。

そしてぼくはそのような様ざまな意見にふれながらも、つねに自分の内部におこるそれとしては同一の反応を見出したのである。すなわちぼくは、沖縄の日本人が死滅しつくすかもしれぬ可能性を、核基地の存在によって押しつけられているにもかかわらず、かれらが死滅するか、あるいは救助されるかは、アメリカ国防省の日々の選択の問題であって、沖縄の人間はなにをすることもできない、という先にのべた認識にくりかえし思いいたったのである。しかもそれは戦後(あの酷たらしい沖縄の民衆の犠牲によって終った沖縄戦以後)二十二年間つづき、今後もいつまでつづくかわからない状況であるという認識である。

その認識はぼくに、まことに底冷えのするような感覚をもたらした。それは本土の人間である自分においていつのまにか重要な欠落が生じていたのだという感覚が、濃く重くわきおこってきたということである。核戦争についての想像力を十全にもつことをねがいながらも、核基地沖縄という存在を、ひとつのクッションとして本土の外に見出しているために、自分の核戦争への想像力にはあきらかな欠落の部分が生じていたのだということを思い知らされる感覚。そしてぼくには、それが自分のみならず日本人一般に広くわけもたれている、核戦争への想像力の欠落部分を示す感覚ではないかと思われたのであった。

「核アレルギー」といういかがわしい言葉が、沖縄の真面目な知識人には、まともな反省をあたえたように、「核つき返還」という臆面もないヒントもまた、

それを嫌悪と共にはねつける本土の知識人にも、自分の核戦争への想像力についてあらためて検討する契機をあたえるものではなかったか？　核に関わる言葉は、しばしば両刃の剣である。

ぼくはいま沖縄の日本人の、核戦争への想像力をまなんで、それを自分の、核戦争への想像力としたいと考えている。そして憲法による庇護なしに、核基地に抵抗する沖縄の日本人の動きに、すくなくとも憲法はもつ本土の日本人として呼応しなければならぬと考えるのである。それをしなければぼくは沖縄の被爆者たちに再びまっすぐ顔をあげて相対することはできないが、それよりもなお、沖縄が核戦争によって潰滅する時、本土の日本列島はその難をまぬがれるだろうとする曖昧な安心感の、なんと恥かしくも愚かしい虚妄であることかと思うからである。

〔一九六七年〕

あらためて、それが人間であることと……

七〇年暮れ、ぼくは原爆病院の重藤文夫院長に、幾年ぶりかでおめにかかることを目的として広島をおとずれた。先生は四十代のはじめに、御自身も被爆されつつ、その瞬間から、つねに現場の医師として、二十五年、「原爆のもたらしたもの」と地道に確実に闘いつづけてこられた。「原爆をもたらすもの」との闘い、というようないいかたを先生がされることはなかったが、二十五年の持続は、まさにそのためにも、もっとも実質的な、人間の行動であった。われわれは、それを銘記しなければならぬであろう。荒涼たる、二十世紀後半を、砂漠で酔っぱらっているようにではなく、

さめた意識において生きるために、自分でできるだけのことをするつもりであるならば。

先生にみちびかれて、つねに新しく充実してゆく病棟（いや、それは遅々たる歩みだという、原爆病院内外の批判者には、誰がその歩みをおしとどめているのか、その抵抗にさからって誰が一歩ずつ、前へ踏みだしているのか、を観察してもらいたいと思う）、新しく建てられベッド数も増やされた病棟を、そこで闘病していられる被爆者たちにたいして、現実的に無力かつ怠惰な日本人として、一般化してみても、また個人としてみても、怯みこむような思いでぼくが歩いた。

ぼくが、かつてヒロシマの経験に立って、ものを見、ものを考え、できるならその発展としてわずかながらにしても行動したいと、『ヒロシマ・ノート』に書いた時、自分が被爆者ならあいつを刺してやりたい、と同世代の批評家がのべたことがあった。自分が被爆者なら、という想像力のたてかたについては、ぼくはかれのいうところを受けとめた。その批評家が、いま、わが国の首相と歓談するという報道に接するたびに思うのは、およそヒロシマの経験に立つことがないばかりか、それを裏切りつづける首相にたいして、あの批評家が今でも、自分が被爆者なら……と考える想像力をもつであろうか、ということである。しかしそのような繰り言とは別に、ただぼくとしては、自分が被爆者ならあいつを刺してやりたい、という言葉のみを、なまなましくよみがえらせつつ、本質的にはなにひとつ変化していない状況にかこまれるようにして、廊下を歩き、段階をのぼった。重藤先生はそのようなぼくを励ましてくださるようでもあった。

その先生と、多くは老年の被爆者とのあいだに短い会話のやりとりがある。その情景はぼくに数年前の、まったくおなじ記憶をよみがえらせた。二十五年の激

務が、この数年のあいだにも、先生に年月のあとをきざみこむことがなかったといえば、それは真実ではないであろう。先生はまことに骨おしみせず精力的であるが、すでに六十代の後半にいられる。しかしまことにぼくは五年前の夏、三年前の秋の先生と被爆者とのやりとりを、あらためてそこにそのまま見ているような感じにおそわれつづけるのであった。

そのような感慨のうちにおいて、ぼくは数年来、文通がありそしてとだえた、幾人かの被爆した患者の人たちの、今日の消息を先生にたずねた。それらの方々は、白血病を発したところの入院患者ではあったのであるが、先生の答えは、それらの方々がみな、すでになくなられた、という声低い報らせなのであった。ぼくにどのような言葉がありえたろう。

ぼくの記憶するかぎり、これまで先生がみずから進んで被爆者の死について語られたことはなかった。生涯を臨床の医学者としてすごされてきた、そしていまなお、また未来にわたってもそうでありつづけられるであろうところの先生は、死のがわに立つ人間でなく、つねに生命のがわに立っている人間である。

しかし先生は、この二十五年にわたって、いかに数多くの死者たちを痛苦の心において見おくってこられたことであったか？　先生が、七〇年になくなられた被爆二世の白血病者について言葉少なく語られる。また、あの死者、この死者について言葉短く語られる時、ぼくはひそかに、かつて大戦のさなかにアラゴンが匿名で刊行した文章の一節を思うのであった。《私が力弱い声で叫ぶのはその死者たちの何人かに頼まれたからであり、私は彼等の名において語るのである。》

もっとも先生の言葉は、それが被爆した死者のために語られるそれであれ、着実に生きつづける被爆者の今日と明日のためにのみ、発せられるのであった。被

爆二世と白血病の課題であれ、先生は、被爆二世の不安を科学的にとりのぞき、被爆二世へのありうべき差別の不当を実証的にあきらかにするために、注意深く、それにとりくんでこられたのである。そして、原爆病院内外での、豊かな実践をつうじて、先生の、この課題への対し方は、しだいに実際的な計器のような言葉によって表現されるようになってゆく。それは被爆二世にたいしていかなる想像力も働かさず、官僚制の殻に閉じこもる者らを拒み、同時に被爆二世にたいしてセンセーショナルにとびつき、その後の責任はとらぬ者らをはねつける力をそなえた言葉である。

すなわち被爆者手帳を持っている親の子供に白血病がもし出たとしたら、その被爆二世は、原爆病院で治療することができるような実際的なとりきめが、なぜできないのだろうか、という言葉である。ヒロシマ、ナガサキをどれだけの人間が経験したか、ということについての基本的な調査がおこなわれていない。（昨年の国勢調査にそれを求めた者らは、それはぼくをふくめてでもあるが、敗北した。）したがって、たとえば被爆者にとくに白血病が多くあらわれるかどうかを、科学的な基盤に立って証明することは、じつは厳密な意味にかかわるかぎり不可能なのである。すくなくとも次の第三の核攻撃の時のいたるまで、人類は、核攻撃という歴史最大の戦争犯罪の証拠を湮滅《いんめつ》することに成功しえているとさえいうべきであろう。そしてそれは、いうまでもなく人類のうちの多くのものが、その証拠湮滅を希望するからである。

このような状況において二十五年、持続しつづけるヒロシマ経験に立ち、重藤院長は、現実に地道に、その手によっておこないうるところのものの領域をおしひろげ、おしひろげた範囲の、その内側のいちいちを確実にして行かれた。それのみがじつは、人類全体の

今日のありように対する、核攻撃という戦争犯罪の証拠湮滅を拒む者の、有効な反撃として、実在しているというべきなのであろうか。

いや自分ひとりがなにほどかのことを達成したのではない、と先生は執拗にいいつづけられることであろう。事実、広島には、先生をはじめとする多くの人々の現実的な努力のつみかさなりによって、着実に、具体的な実績がつまれている。いま広島をおとずれる人々は、たとえば、治療センターと運動場のついている、一五〇人を収容しうる被爆した老人のための看護センターが、すでに機能しはじめているのを見るであろう。そこに、被爆して家族をうしなった孤独な老人たちが生き延びて、かれらの日々の生活を積極的におこなう場所が、確保されていること、それは端的にいって、いかにも確実な、核攻撃という戦争犯罪の証拠を提示することにほかならないではないか。

たとえそこに収容されている老人たちが穏やかに寡黙であり、そのセンター長でもある重藤先生が、およそかれらにもまして、穏やかに寡黙である、現役の臨床医家であって、直接的に、今日の新しい核攻撃という戦争犯罪の準備について反撃するたぐいの言葉は、発せられないにしても。

世界全域の規模からいえば、日本は小さく、広島はなお小さく、そこに建てられた被爆老人のための養護センターは、まことにケシ粒のようである。しかしそのケシ粒にしっかり足を踏まえた重藤院長を見る時、たとえかれが沈黙して患者の脈をはかっているのみであるにしても、われわれはこの老年の医師が、かれひとりで、世界のありとあらゆる人間たちの、いちいちの行為にたいして、ソレガ人間デアルコトト、何ノ関係ガアルカ？ と充分に訊ねうるところの存在であることを知るであろう。もしそれを知るための想像力す

ら、われわれがそなええぬとしたら、ついにわれわれは、第三の核攻撃にむかう大勢に屈しているのである。その時いかなる希望がありえようか？

七〇年には、しばしばこの世界の終末を暗示するような状況が、なまなましくあらわれた。その多くにたいして、われわれの国家、日本は、その権力機構のすべてをついやしても、無力であることが、しみじみ感じられた。また、われわれ日本人が、その全体によって支える力で、それらに立ちむかう様子もないことが、異様に気の滅いる実感において自覚された。

しかしその七〇年に、ぼくはまた、そうした大状況での破滅への行進にたいして、どのように見ても徒手空拳の少数者たちが、広い皮膚に刺さった微小なトゲのように、しぶとい抵抗ぶりを示したことをもまた、観察しえたように思うのである。それらは、絶望的な状況への、人間のもっとも絶望的な敗れ方の実際を、まえもって躰で示すような行動ですらあった。

公害にたいする少数者の集団の抗議、コザでおこった「暴動」の示す、日米共同声明の巨大な壁への棄て身の抵抗、それらのうちにわれわれは、絶望的な実態をくっきり浮びあがらせる鋭い照明を見出す。しかしわれわれは「経済大国」日本によって踏みにじられる抗議団からの小さな叫び声のうちに、また「軍事大国」アメリカ、日本によって圧しつぶされた群集の沈黙のうちに、あのまぎれもない、ソレガ人間デアルコト、何ノ関係ガアルカ？という声を聞きえぬであろうか？ぼくはその声こそを、ヒロシマ経験に立っての同じ問いかけの声につなぐことによって、はじめて大いなる破滅の予兆の前に、小さな希望を語りうるのである。

〔一九七一年〕

一九四五年夏に「明日」を見る

コバルト・ブルーの川につらぬかれた赤茶けた廃虚を、人びとがゆっくり歩いている。急いでどこへ行くことがあろう、また、急いでどこへ去ることができよう。人間が、文明の果てに経験するところの最後のものが、そこにあり、それを経験してしまった人びとが歩いている。

ぼくは安保条約の自動延長にうつるところの、固定期限切れの日に、この映画を見ていた。朝、新聞は「選択の時代に入る」という見出しを一面トップにかかげた。選択の時代、それは人間の歴史が、はじめて核兵器をもちいる戦争をおこなった転機にあたって、フランスの哲学者が、これから人間は、生延びることを選択することによってのみ、絶滅をまぬがれるところの、そのような時代を生きるのだ、とのべた言葉を自然に想起せしめるものであった。

そして事実、明日から安保を、日本人がみずから選択して(廃棄することを選択しないで)、生きつづけようとすることは、直接に核兵器のまがまがしい力と力の現場に体をのりいれ、それも片方の核兵器を自分の肩にせおうようにして生きてゆくことであった。そこで、赤茶けた廃虚をゆっくり歩く人びとに、明後日の自分をかさねるような、急いでどこへ行くことがあろう、また、急いでどこへ去ることができよう、と瞼も昏も肩もかぎりなく重くなる気持において、ぼくはこの映画がくっきりと把握している時間と、今日の時間とのあいだにくし刺しになりながらスクリーンを見つめていたのである。

核爆発直後に、日本人カメラマンがとった黒白版フ

ィルムが、昨年はじめて米国からかえされた時、その無削除公開をもとめる声をさかしげに冷笑して、なんという鈍感な者たちか、目をおおわしめるようなむごたらしい画面を見なければ被爆の悲惨を感じとれないのか、と批判した匿名家がいた。

この匿名家が書きつづけている週刊誌コラムは、被爆の悲惨を敏感に受けとめ、それを想像力によってつねに再生しつづけることを望むような人間が書いているコラムでなく、そのような人間の運動をささえるところのコラムでもないことが明瞭な、札つきのコラムである。しかもなおそこに、被爆者のむごたらしい写真を見なければ被爆の悲惨を感じとれないのか、と逆手からの揺さぶりをかけるようなことを書いて、削除フィルムをまかりとおらせる強権の工作に奉仕したその匿名家の、もっともいやらしい恥知らずの「鈍感」さは、それこそが目をおおわしめるものであった。

ぼくはこの映画を見つつあらためて、二十五年前に広島・長崎でなにが人間におこなわれたのか、ということについて、自分がどのようにつとめてもなお鈍感にしか感じとりえず、あいまいにしか想像しえなかったところの真実そのものを、その二十五年前の現場にひきずりこまれ、焼けただれたかわらや敷石に頭をこすりつけられるようにして、受けとったことを告白しなければならない。核爆発の経験とは、そのように、一般の人間にとってもっとも感じとりがたく、想像しがたい経験である。しかもそれは、今日を生きる人間のすぐまぢかにもういちど立ちあらわれるべく時限装置つきで埋れているところの経験である。

あなたがたは時限装置をはずしたか？　と、核爆発の光と爆風から背におぶった幼児はまもりえたが、自分自身は全身に火傷をおった若い母親の、こちらを見つめている目がいうように思われた。いいえ、とぼく

はひるんでつぶやく、時限装置のバネを自分で巻くようなことをわれわれはつづけております。

ある若い国会議員は、日本人も「自爆」を覚悟して核兵器体制にくわわらねばならぬ、と陽気に主張している。いまも小説を書いているこの男が、どれだけ具体的に、自分の経験としての被爆を想像する力をもっているか。すべての日本人ぐるみの「自爆」という言葉を格好よく使いうる人間は、およそもっとも鈍感で、もっとも想像力に欠けた日本人の典型ではないか。しかもなおかれは国会議員であり、保守党の明日の星である。

この画面からわれわれを見すえる目、被爆の傷もろとも半身をあらわにしてカメラにむかっている人びとの目、それは核攻撃直後に、抵抗しえぬ被写体としてそこに立たしめられつつ、カメラマンを見つめかえす目である。いまわれわれが、自分を核攻撃の加害者たちとかさねあわせ、まさにそのような存在として、画面から見すえられていることを自覚するのは、およそ当然な成りゆきであろう。それゆえにこそ、いまあらためてわれわれはこの映画を見ねばならず、この画面から見すえられねばならないのでもあろう。

核爆発が影響したレントゲン乾板を画面で示している壮年の医師は、二十五年後の今も広島で活動を持続していられる、重藤文夫博士の被爆直後の姿である。映画の説明が、かなり不用意にのべるところの「放射能の後遺症の……後の世代まで残る確実」性について、科学的な実証性において不確かな予断をはらいのけ、しかもなおあとにのこる事実を見つめて、国と日本人すべてが、まともに責任をとりつつそれに立ちむかわねばならぬところのことを、いまも被爆者たちにつきそいつつ地道に執拗に確かめつづけていられるところの重藤原爆病院長の、そのような人間としての出発を

提示している一九四五年夏のシーンである。われわれのたれが博士のように、一九四五年夏の光景を見つめつつ、いやこれはわれわれの「明日」でない、と否定する資格をもとう？

〔一九七〇年〕

敗戦経験と状況七一

国家がなすべきこと、われわれが国家の名においてなすべきことが、なされていない。そのかわりに、わずかな数の、ときにはただひとりですらもある、独自な市民が、ただ地道で持続的な努力によって、その巨大な欠落部分をうずめようとしている。国家がなにもしない、あなたがたも国家の名においてなにもしない、そこで私どもが、穴ぼこを埋めているのです、過労にほとんど黒ずんでいる顔を伏せるようにして、暗くもあり、激しく燃えあがるようでもある、強靭な眼をした者が、穏やかに、しかし、はっきりとそのようにいう。われわれは、かれをつうじてこの国家にかわる新しい国家のイメージを見るのか？　かれが痩せて筋ば

った、いまはきわめて活動的であるが、いったんばったり倒れれば、もう再び起きあがりえぬのではないかと疑わせる躰の等身大に表現しているのは、いかなるかたちの国家でもない。それは人間を、ここに人間がいるということを、二葉亭の言葉をかりれば人間とはこのように働くものだということのみを表現している。

僕はいくたびかそのような独自の人間にめぐりあってきた。とくに広島と沖縄において、そのような真の人間たらざるをえなかった人々を見ることがあった。もっとも、こうした人間がいるかぎり、日本という国家は大丈夫なのだ、というたぐいの考え方があるとして、僕はそれに同意することはできない。いいえ、日本という国家と直接に関係はないでしょう、あのような人間の苛烈な経験の光を耐えてきた眼に、日本という国家は、いかにも相対的なものにしか映らないでしょう、と僕はいいかえすほかにないであろう。あのような人間がいるかぎり、日本人は大丈夫なのだ、という声にたいしてもまた僕は、いや大方の日本人は、かえってあのような人間を押しつぶそうとかかっているのじゃありませんか、といわなければならない。

それでは、そのような人間は、われわれにどのような直接のインパクトをあたえるか？　それは、人間とはあのようなものだ、そして自分自身は人間として、どのようであるのかという怖しい自省の力である。そこにうまれる自分自身への問いかけの根源性のまえには、日本という国家はとか、日本人とは、というたぐいの発想は、なにやら稀薄なあいまいなものとなる。しかしわれわれは、日本という国家の政治環境のなかに、日本人の文化伝統をになって、そしてあらゆる酔いからさめた、さしせまった正気の頭において、人間として自分はどのように在り、どのように生き死にしようとしているのかと、深い淵を目前にするようにし

ながら考えはじめる力を、あたえられているのである。そこから逃げだすか、そこに踏みとどまるかは、われわれひとりひとりの、人間としての自由に属する。

この六月、僕は山口県原爆被害者福祉会館の三周年を記念する集りに、六九年の集会につづいてあらためて話をする機会をあたえられた。会館は「ゆだ苑」という名をあわせ持つところの、県内、県外の被爆者たちに温泉での休養を準備する宿舎である。山口県の被爆者たち自身と、永年かれらとともに原水爆禁止運動をつづけてきた人びとによって建てられた。その運営にあたっているのは、被爆して幾たびか死の瀬戸ぎわまでゆくことをくりかえした、そしていまも決して健康状態がおもわしいとはいえぬ、あの黒ずんだ顔に、暗い炎のごときものをたたえた、痩せた男たちのひとり、永松初馬氏である。若い学生たちの協力によってなお、永松初馬氏は、極度に睡眠時間をきりつめつつ、激しく働かねばならない。それはむしろ生命をきりつめつつの働きであることが、よそめにもあきらかであるが、なぜ永松初馬氏がそのような仕事にむけて自分を投げこんだのであるかと問うとすれば、それは被爆者の福祉のための仕事をやるよりほかには自分にとって生きかたがないという、氏の被爆体験による決意にもとづく。おそらくは内部の経験のもたらすところによって、そのような決意をした人びとがつねにそうであるように僕には思われるのであるが、きわめて寡黙な氏は、僕が、氏のかわりに原爆被災から今日にいたる氏の生涯について多く語ることを望まれぬであろう。僕は氏の生涯の様ざまな細部の独白さを、自分の記憶にかたくきざみこむ者ではあるが、ここでは、わずかな時間を眠って、被爆した躰をやしなう旅行者たちの受けいれに奔走し、同時に会館建設のさいの大きい借金と闘い、しかもなお隣接した地所に新しく被爆者の

ための診療所をたてるという首尾一貫した企画をすすめている、この不屈の人間、そして過労と被爆のもたらしたものにほとんど黒ずんでいる顔を伏せるようにして、暗くもあり、激しく燃えあがるようでもある、強靱な眼をした人間がいること、そしてその沈黙に言葉をあたえるなら、それは穏やかな、しかしきわめてはっきりとした声音の、国家がなにもしない、あなたがたも国家の名においてなにもしない、そこで私どもが、穴ぼこを埋めているのです、という言葉であろうことのみを書きつけておこう。「ゆだ苑」は、わずかな田畑をへだてて小学校の校庭に面している。この温泉にいこう数多くの被爆者たちは、朝、健康な子供らの歌声を聴くのであろう。また事務室で、過労と、一九四五年夏の原爆が、かれにもたらしたものとにさからって闘いつづける人間も、日々その歌声を聴きつづけるのであろう。ここに人間がいて、人間とはこのように働くものかということを示している、僕は濃く鋭く、その人間のイメージをいだいて、そして自分自身は、一九七一年の日本に生きている人間のひとりとして、どうであるのか、どのように生き死にするつもりなのか、幾分はしりごみしつつも考えはじめないわけにはゆかない。それはまた、あの人間が、かれを支える者らとともに、その穴ぼこを埋めるべく、端的に生命をきざむようにしてとりくんでいるところの巨大陥没を、放置している、日本という国家、日本人という、ほかならぬ、われわれの総体について考えることでもあらねばならぬであろう。

このふたつのかたまりの思考をつらぬく軸として、僕は、いかなる意味あいにおいてもナショナリズムとは関係のないものを(かつて僕は、やはり広島で原爆をうけた青年の死にあたって自殺した、その恋人の少女について文章を書きつつ、新しいナショナリズムの

花、という言葉をもちいたことがあった。しかしいま、ナショナリズムという言葉は、たとえそれに反語的意味あいをこめてすらも、すなわち言葉そのものを逆手にとるようにしてすらも、僕はそれを用いたくないと考えている。それは僕の言葉の感覚の変化というより、時代そのものがそのように進行してきているということではないであろうか)、しかも人間に立っての考えかたと、国家にたいする考えかたとを根本において串ざしにするところのものをめぐって考えをつきすすめてゆきたいとねがっている。そしてそれは現実のがわからいえば、すでに僕の内部の眼に見えているものだというべきであろう。それは原爆を被災した現実に立ち、とくにアジアの国々にたいして侵略的な軍隊を廃し、天皇制のくびきから脱した日本人の、政治的想像力の根拠をなすものとして出現した憲法を、いまあらためて、時間をつらぬくようにして敗戦の焦土にいたりながら見つめなおすこと、また時間を逆につらぬいて、われわれの未来の方角に、おなじ憲法そのものをおいてみることに集約されるのである。そしていまや、このようないいかたそのものが陳腐にしか響かぬとするにしても、僕はその陳腐さを、すくなくとも自分の人間としての、生き死にの課題とかさねて自分自身に荷うことを、まず認めておきたいと思うのである。

昨年の三島由紀夫割腹事件のさいに僕は印度のベナレスに滞在しており、そのひとり昂揚した日本「中華」思想をわけもつのでなければ、それを自立した思想としてうけとるわけにゆかぬ政治的メッセージには、ありていにいって冷淡であった。ただそのメッセージよりも、事件の異様な輝やきそのものが日本人のものの考え方に情緒的な後遺症状をおこすであろうことについてのみ、陰鬱な憤りをいだいた。そのような経過のなかでただひとつ心に響いてきたのは、自分より十歳

年長のこの作家に絶対的な天皇制の幻がすみつくことになった、十年ほど前のある年齢の時のはじまりとその進行が、具体的に明瞭にふりかえって見られると思えたことであった。そしてノーマン・メイラーが、いかなる理由もなく「日ましに気が滅いってきた」という書き置きを残して自殺した『ベッドの古強者』について語っている、その自殺者の、さからいようもなく気の滅いってゆく日々のはじまりと絶対的な天皇制の幻の固着とが、あいかさなるものであるように思われたことであった。そして僕は十年前のあの作家とおなじ年齢にほかならぬ自分がいま、ニクソンの中国訪問プランにたいするわが政府筋の反応や、わが国を代表する大使の言葉として、ひとりの日本人にとってはおよそ眼を覆いたいほどに感じられる対米依存、中国疎外の底意を恥も外聞もなくさらけだした牛場駐米大使の米ジャーナリズムへの発言に接しつつ、なによりもまずはじめに自分が「日ましに気が滅いってきた」と感じて、自分の生き死にの全体を眼のまえに浮びあがらせてそれを見つめる、という反応をあらわす年齢にさしかかったことを自覚するのである。僕はその個人的な自覚にたって、自分の人間としての、生き死にの課題とかさねながら憲法について考える、といっているのである。

僕が、山口県原爆被害者福祉会館を支援する運動に参加している学生たちの組織した集りで語ったことども、またそのような自覚にたっていた。僕はしかも、二十六年前に、地方の十歳の少年として敗戦を体験したこと、そして敗戦そのものに出発点をおき、焦土に足を踏まえて進みはじめた日本人が、どのようなことを、どのような方向にむけて、国家がなすべきであり、われわれが国家の名においてなすべきであると考えて、

その考えかたの中核に憲法をすえたのを少年ながら昂揚感とともに受けとめて、それ以後の二十五年間を生きる現実的想像力の支えとしてきた者として語ったのであった。いまやそのように僕が見つめつづけてきた光と、その照らしだすところのものがいかに惨憺たる相貌を呈しているかは、僕の眼によりも、むしろ集りの学生たちの眼に、より明瞭に見きわめられているであろう。それゆえにこそ僕には、自分が二十六年来、見つづけてきた光について、そこで語る理由があるのでもあった。壇に立ってなにごとかを語るさいに、僕が心理的な歪みの重荷をひきずって壇を降りなくてすむのは、自分の発する言葉が、それ自体で、僕自身への批判の契機を隠さずあらわした時のみなのであるから。

さて僕のなかで二十六年間、生きつづけてきた敗戦の光と、その照らしだすところとは、三つの、その本質においてたがいに交錯しあう柱による構造をなしているように思われる。いうまでもなく一九四五年夏の、十歳の少年にすぎぬ僕がその光の意味あいをすべて了解していたといおうとするのではない。十歳で国家の意味を理解しうるかと、ある京都の歴史学者から嘲弄されたことがあるが、十歳の人間の眼に、国家が敗戦にあたって発した光もまた、いっさい見えなかったといいきる理由は、あの学者にもないであろう。僕はドイツの敗戦の光を、その澄んだブルーの眼にやどしつづけている青年としてのエンツェンスベルガーと幾晩か話したことがあった。西ドイツには、アウシュヴィッツを再び繰りかえす倫理的インポテがいるとかれがいう時、かれのうちに僕はアウシュヴィッツの事実を、少年の魂によって受けとめた人間そのものを見出さざるをえないが、かれはその真の受けとめかたを、戦後ずっと確実なものにしつづけることによって成長し生

きつづけてきたのである。

わが国の敗戦は、まずなによりも人類をはじめて全滅せしめうる武器であるところの核兵器を人間が開発し、人間にむけて行使したことを意味した。しかも核兵器を過去の暗闇におしやらず、つねに人間にたいする現在の攻撃たらしめつづける、放射能のむごたらしい遺産とともに、人間のこうむる最悪の悲惨としてのそれをみずからこうむったのは、広島・長崎の人間であった。潰滅的な焦土に傷つきつつからくも生き延びた広島・長崎の人間は(それは朝鮮人被爆者をはじめとする、日本人よりほかの被爆者をもまたふくむのでもあるが)、まずかれら自身が、被爆の悲惨に抗して自己を回復しなければならず、同時に、再び核兵器が人間的悲惨をひきおこすことに抵抗しようとする運動の中心の力であらねばならなかった。それこそが、核兵器による不意の攻撃という不条理にさらされた人間である、かれらの生涯に、条理のたった意味を回復するための正面からの手だてであるとみなす被爆者たちは多くいたのであった。

そして敗戦を経験したわが国は、また、国家の名を荷なうわれわれは、核兵器の悲惨の体験こそを、新しく出なおす国家の実質とすべきであった。原爆の人間的悲惨をこうむり、それにあらがってなお生き延びようとする、広島・長崎の人間を、新しい日本人像の中心にすえて、それこそを国家の実質とすることによってのみ、日本人は閃光と爆風とともに自分をとらえた不条理を越える条理をつかみとった、新しい国家の人間となりうるはずであった。そして明瞭に憲法の前文と、戦争放棄の条項は、われわれがそのような新しい国家、そのような国家の名における新しいわれわれにいたる道を開いていた。しかも、広島・長崎に眼をむけるのみで、人間として生き延びるために、その道を

あゆまねばならぬとする内的エネルギーは、苦痛の自覚とともに充満するはずでもあった。

わが国の敗戦はまた、朝鮮、中国をはじめとするアジアの国々へ、再び侵略的な行動に出ぬ国家としての、国家の実質を選びとることを告知する経験でもあった。その経験がいかに明瞭な光を発し、その光が、繰りかえすことになるが憲法の前文と戦争放棄の条項を、いかによく照らしだしたか。その経験こそが、抽象的な憲法前文を読みとる者にはっきり手ごたえのある具体的なものたらしめたのであるし、また、その経験なしでは日本人がかつて試みたことのない戦争放棄の賭けに面とむかって、切実にその賭けをひきうけることを望む志をいだきうることはなかった。十歳の地方の少年にすぎぬ僕にも、独力で、しかも情動の根をつき刺されるようにしてはっきり理解しえたのは、朝鮮、中国にたいする戦争犯罪、侵略のむごたらしい罪過の現実であった。僕は朝鮮から強制連行された労務者を見た記憶を消しさることができなかったし、地方の谷間の永い夏の夜は、中国大陸から血の匂いをたてるようにして帰ってきた旧兵士のおよそ罪の意識によって修正されぬ即物的な恐しい思い出話で埋められていたのである。

そこに立てば幼ない眼にも、アジアにたいして侵略的でない国家、アジアのなかにあらためて真の根を見いだしてゆく国家、敗戦の経験からみちびきだされた、新しい国家の実質は、そのようなものとして明確であった。わが国を囲んで、また国家の名をになったわれわれを囲んで、軍国主義日本が蹂躙した傷あとも赤裸な、朝鮮、中国をはじめとするアジアの国々があるのであり、ただ眼をあげてそれらの国を見、それに照らしあわすかぎり国家の新しい実質は、見まがいようもなかった。また、朝鮮民主主義人民共和国、中華人民

共和国の、苦難をこえての成立は、そのような敗戦の経験にたった、わが国のまともに選びとられるべき新しい国家の実質にたいして、具体的、綜合的な支えともなるはずのものであった。僕は一九六〇年に自分の生涯のはじめての外国への旅として、新しい中国に旅したさいの、いわば全人間的な感銘を、しばしばしだいに深まる苦痛とともにくっきりと思い出す。あのような全人間的な感銘と、あいおぎないつつ共にたかめられるような、わが国の新しい国家の実質が、敗戦の経験に立って、選びとられうるはずであったのである。

第三に、敗戦の経験は、天皇制を中心にすえた日本の近代化の破滅をまさに徹底的にあきらかにするものであった。明治維新以来、日本の近代化の疾走にあたってすべての日本人の頭上にかかげられた、神たる天皇の幻がついえさった瞬間は、すなわち神が突然に人間の声で語った日の記憶は、僕自身にいまもなまなましい。おそらく十歳の地方の少年のまえにもっとも色濃く現前した、敗戦の経験とは、ラジオをつうじて人間の声で語る、昨日までの絶対神たる天皇の実在にほかならなかった。そして新しい国は、憲法の天皇条項があきらかにしたように、天皇制絶対の近代化の仕組みとはことなった、絶対天皇の呪縛から自由にときはなたれた再建の道をあゆむことを、その新しい国家の実質とするはずであった。敗戦の経験に立った、わが国は、天皇制絶対の桎梏を脱して、近代化の歪みをただし、近代化をいわば人間化する道を選びうるはずであった。国家の名においてわれわれは、それが天皇の絶対的な幻に制圧された国でなく、主権をそなえた民衆の国であることを、憲法の成文においてと同じく、現実生活の細部において確認することができるような、そういう国家の実質を、敗戦の経験に立って、はっきり選びとりうるはずだったのである。天皇の幻のもと

に死んだ厖大な数の兵士たちの遺族が、そのような国家の実質を、いかにも自然に選びとるであろうことは明らかであったし、ほとんどすべての国民が、自分の肉体と意識の上に、天皇の幻のしたたらせた苦く熱い汁の痕跡を見出したのが、すなわち敗戦の経験ということであったであろう。

僕にとって、一九四五年夏の本土の一地方での、人間の声で語る天皇によってあたえられた深刻な一大転回ほどにも、あらためて強く鋭く、日本の近代化における絶対的な天皇の幻がもたらした、破滅への偏りが実感されたのは、敗戦後二十年たっての沖縄への最初の旅においてであった。琉球処分は、沖縄を、天皇制中心の日本の近代化の動きに、すっぽりと取りこんでしまい、その歯車とするための絶対主義的な一連の政治行為であった。独自の南方の土地として、秀れた文化をそなえた人間の構造体としての沖縄は、琉球処分の武断的進行によって、天皇制中心の近代化日本にとりこまれた。近代化日本の歪み、ひずみの最底辺を沖縄は差別的に支えしめられた。そして沖縄の民衆の心に喚起された、より完全に天皇制中心の近代化日本の一員となろうとする心理構造は、沖縄戦における市民の犠牲を正視しがたいほど大きくする力ともなった。その指摘は、みずからも少年兵士として死地をさまよった沖縄の篤実な学者が痛恨の心をこめて経験に立ちながらおこなったものである。しかもその沖縄戦とは、絶対的な天皇制国家の「国体」を護持するために差別的に犠牲にされた沖縄島の、すべての非戦闘員をまきこんだ、潰滅的な戦闘であった。

僕は沖縄に滞在するあいだ、いくたびも、この敗戦の経験からわれわれは、新しい国家の実質として、天皇制の幻のもとの近代化の歪みから、本質的に自由にときはなたれた国を選びえたのだと、われわれはその

ような国家の名において、あらためて沖縄を、アジアへの開かれた、平和的な窓になしえたのだ、と考えた。しかしいうまでもなく、その考えそのものがむしろ自分の内側へつきささる、燃える恥の棘となるほかはなかったのである、戦後二十年がすでに過ぎさっていたのだから。そしてわれわれの国は、沖縄をアジアへの開かれた窓にするための政治的想像力を働かせるどころか、あらためて天皇制の幻のもとの近代化日本の色彩が濃く回復しはじめている新しい「国体」をまもるために、ほかならぬ中国を除外してサンフランシスコ条約をむすび、逆に中国へむけられた核兵器をふくむ巨大基地として、沖縄とそこに生きる民衆をアメリカへ切りわたしている、その現実の沖縄に、このような選択をあえておこなった国家の、パス・ポートとドル貨とを握って、僕は立っていたのである。

沖縄における体験にとどまらず、敗戦後二十六年のいま、敗戦の経験に立って、正当に選びとられるべきであった、新しい国家の実質は、現実にすべて投げうたれたのであることが、日々の体験として、ただちにわれわれに感得できるといわねばならない。それはあまりにあからさまで、時には敗戦の経験などなかったのではないかと疑われるほどである。われわれのまわり、われわれの内部をいまや埋めているのは「戦争を知らない大人たち」の歌であって、それが高鳴りつづけるのをわれわれは聞かないわけにはゆかない。

日本人は、敗戦の経験に立って、核兵器の悲惨の体験を、新しく出なおす国家の実質にすべきであったが、それをしなかった。日本人は公然とアメリカの核兵器の威力の拡大に協力し、核軍縮のための努力をはらわず、また核兵器の悲惨をみずから生きている被爆者たちのための施策は矮小をきわめるものにとどめている。

朝鮮人被爆者への償いをこめた国家的な施策もまた実在しない。自爆を覚悟して核武装を、と主張するたぐいの政治的・倫理的想像力の持主に大量の投票をおこなう。日本人は、敗戦の経験に立って、アジアにたいして侵略的でない国家、アジアのなかにあらためて真の根を見いだしてゆく国家を、新しい国家の実質として選ぶべきであったが、それをしなかった。ニクソンの中国訪問プランに接して、日本人はあらためて自分たちが、中国とのあいだの戦争を終結してすらもいない現実に面とむかうほかなかったのである。しかも日本人が、この二十六年間、中華人民共和国にたいして、きれいな手をしていたとでもいうように、中国にたいしてアメリカに先をこされた(のみで、順番をぬきにすれば、わが国が中国と国交をむすぶにあたっての障害はなにもない、先をこされて残念だ)という国民的規模の嘆きをあらわしたのである。そしてそのあいだも、日本人はニクソンが片方で現実に行ないつづけているヴィエトナム、ラオス、カンボジアでの殺戮に加担しつづけていることを自省はしないのである。沖縄において端的にあらわれている、「天皇制中心の近代化日本とはちがう日本」が決して本気では求められなかった結果の、今日にいたる現実についてはすでにのべた。しかも七二年「施政権」返還は、沖縄をあらためて天皇制中心の体制につながった近代化のはての歪みにみちた、そして新しい暗礁がすけて見えはじめすらいる日本の体制につつみこみ、しかも沖縄に、はじめにドル危機と円切上げの衝撃がもろにかぶさってくる、ということにおいて明瞭すぎるほどに、もっとも弱い底辺へと沖縄をおしつけ、しかもそこは中国への巨大基地のままに日本という国家が、軍事的責任を新しくとろうとしている、そのような明治以来の琉球処分の転回点なしの悪しき延長にほかならぬ「施政

権」返還である。

日本人は敗戦を経験した。そして日本人はその敗戦の経験に立って、新しい国家の実質を選びとるべきであったし、またそうすることができた。しかし日本人が、現実的な結果として、選びとっている国家の実質は、およそそれらの新しい国家の実質とは似ても似つかぬもの、本質において、それらに相反する実質であった。

そこで当然に七一年の状況とは、敗戦後二十六年たっての、国家としての日本の、国家の名においてなにごとかをなそうとする者としての日本人の、本質的な歪みがあらわれ出ることになってしまった結果とみなすほかにはないであろう。その歪みは、素直に眼を見ひらきさえすれば、現実の歪みとして、われわれのまわりに手でさわれるもののように現前している。誰もその歪みの実在を疑うわけにはゆかない。それでは、その歪みの内的構造とはどのようなものなのか?

まずあまりにも確実なもののみを、具体的な手がかりとするためにあげてゆくならば、日本人が敗戦を経験したことは確実である。敗戦の経験に立って、当然に選びとられるべき、新しい国家の実質があったこともまた確実である。憲法は、そのような可能性としての国家の実質をあきらかに示していることにおいて、いまなお有効である。そして現実の一九七一年現在、わが国の実質は、そのような国家の実質と、根本的に相反していることが確実である。

この二種類の確実なもののあいだの、根本的な捩れは、なにによってもたらされたのだったか。まずはじめの、選ばれるべき国家の実質とはことなった、現にいまある国家の実質も、やはり敗戦の経験に立って、発見されたものなのか。それはそうではなかった。戦後二十六年にわたって、わが国の為政者たちが、すな

わちつねに国家の名において語ることにおいて、その内面のモラリティの稀薄化を自覚もせぬ、少数の権力をそなえた日本人たちが、次つぎに、敗戦の経験に立った、新しい国家の実質とは相反する方向に日々の選択をおこないつづけてきたあげくが、この解きがたい捩れをつくりだす結果になったのである。

そこでやむなく、この捩れについて、意識的たらざるをえなくなった為政者たちは、その捩れを、自分たちの側に向けて巻きもどすために、敗戦の経験に立った新しい国家の実質とはちがう、まったく別の国家の実質をつくりだすべく宣伝しようとした。宣伝は揺手からおこなわれたが、国民的な規模で成功することはなかったと、僕は観察してきた。「戦争を知らない大人たち」を志願する者らは決して少なくないが、やはり大方の日本人が、現実に敗戦の経験に立っているからである。その敗戦の経験が内部に生きているままの自分を、そこから見るかぎり欺瞞性のあきらかな、現在の国家の実質に、躰をねじまげるようにしてつなぐ。そのような苦しい努力のかわりに、大方の日本人は、もうひとつ別の便法を考えだし、それをこそ実地に採用したのではなかったであろうか？

僕は、大方の日本人がこのような捩れの苦しい緊張から自分を解放するためにおこなった方策について端的に次のように考えるにいたった。すなわち日本人は、国家の実質についてのまともな関心、まともな想像力を、ついに放棄してしまったのだと。敗戦の経験に立った、選ばれるべき国家の実質がある。つづいてそれをまともに否定しうる論理があらわれたのではないにもかかわらず、いま現に自分たちが生きているのは、まったくそのような実質に相反する国家の現実である。そこでこれらのふたつの国家の実質にかかわる捩れの苦しみをあじわうまいとすれば、国家の実質について

関心を集中せず、想像力を発揮しないことよりほかには道がないではないか。しかも高度成長経済の現実生活は、いまやそのまぢかな行先に暗礁が見えはじめているにしても、これまでのところ、もともとの敗戦の経験の記憶をやわらかくぼかして、過去におしやってくれる役割をはたしていたのである。つねに敗戦の経験を自分の原点として、緊張しつづけてきた日本人は、決して数多くなかったであろう。被爆の経験を、日々繰りかえされる原爆投下のようにも、つねに自分の肉体と意識の上にあじわいつづけねばならぬ人々や、核基地沖縄に切り離されている人々、そしてかれらによりそって立つことをねがう日本人をのぞくならば。

国家の実質についての関心の喪失、想像力の衰退は、僕の観察してきたかぎり、大方の日本人に、国家はなにをなすべきか、われわれは国家の名においてなにをなすべきか、と主体的に考える、アクティヴに発想する態度をうしなわせたように思われる。地球上の海をもっともひどく汚染する日本国という、おそるべき忌わしさの告発にたいして、大方の日本人が、この国家を主体的に荷なうように感じつつ、この国家の名を主体的に自分でひきうけるようにして、恥を受けとめたであろうか。エコノミック・アニマルという反撥をものともせず、アジアを横行している実務家たちは、アジア人の反感に、頭の上に立てた日の丸をふりたてつつ駈け廻るようにしながらも、実は、主体的に日本という国家をひきうけて責任をとり、日本という国の名を主体的に自分のものとしてアジア人と言葉をかわす、ということはないように思える、というのが沖縄を起点として印度、アジアを旅行した、その旅の終りでの僕の観察の総括であることを、ここに記しておきたい。

国家について、ついに主体的な、アクティヴな発想をおこなわぬことになってしまった日本人は、ごく自

然な成りゆきとして、ただ他動的に、受身に、国家感覚、ある国家に属する人間としての感覚を、外側から刺激される者となったと、僕は考えている。ハーマン・カーンという、コンピューターを使う核時代の気違い帽子屋の、反人間的本質について、僕はすでに五年前『世界』にアメリカ論の一部としての文章を書いたが、そのカーンが、恣意的に抽象された日本という国家の上に描いてみせた繁栄する「未来像」によって、いかに日本人が、他動的な、受身の、国家感覚、ある国家に属する人間としての感覚をなでさすられる喜びをあらわしたことだったか。そのあいだも日本に背をむけての発言では黄禍論をふりまいていた、ぬけめのないカーンの、日本の二十一世紀を計算したコンピューターに、よりまぢかな一九七一年におけるニクソンの新しい政策が二項目、イン・プットされていたかどうかを、二、三年さかのぼって追跡調査する日本人がいないのは、およそ他動的に、受身にのみ、あたえられたり感じさせられたりするものにたいして、人間が持続的に責任をとり、持続的に関心を集中しつづけるということは至難であるからであろう。

実際、自分が主体的にアクティヴに国家について発想することを望まぬ者、ただ他動的に、受身に、国家感覚、ある国家に属する人間としての感覚を刺激される者の、そのような感覚は、浮き草のように流動的である。そのたぐいの人間は、時に根拠なく突然ナショナルになり、すぐにも自分たちは裏切られた、踊らされていたのだと悪夢から醒めたようになる。僕が帰国した時、三島由紀夫割腹事件は、僕のベナレスでの悪夢を裏がきする以上に、日本全土に、あるナショナルなものへの昂奮をまきおこしていた。しかしいま、それらの浮き草のような憂国人間のどれだけの人々が、三島の独自のファナティシズムと美的偏向によってき

ざまれた絶対的天皇イメージを、現在の日本という国家と、ほかならぬ自分の国家感覚、このような国家に属している人間としての現実感覚にむけて、醒めた意識でつなぎうるであろうか。ナショナルな幻影は花やかに中天に消えたのだと、すでに、ひとり自衛隊に闖入して憲法を愚弄し、生きた者として責任をとることは回避して自己の幻を完結させた人間にたいしての関心は洗い流して、いまはニクソンが中国政策においても経済政策においても、「大国日本」を足蹴にしたと、もちまえの受身の国家感覚に不快感をひきおこされているのが、昨年暮の厖大な数の憂国人間の、流動的な今日のありようではないであろうか？

中国からの日本軍国主義化批判にたいする反応のうち、およそ中国からわが国を当然な疑惑と忍耐強い希望をこめて注視している者たちにもっとも不可解であったであろうことは、日本人がしかも広い層にわたって、わが国の軍国主義化など寝耳に水だと、本気で憤慨してみせたおおもとのありさまであっただろう。自衛隊機と全日空機の衝突事故における自衛隊の剝きだしの挑戦的態度をはじめ、われわれのまわりに軍国主義化のこまかな証拠資料はいくらでもあるが、日本人が国家について主体的な、アクティヴな発想をつうじて責任を自分に荷なうかたちで考えない以上、いつまでも日本人の、当のこの国についての感覚は、受身に、他人のつくった、それも甘い味のする、すべすべとなめらかな肌ざわりのものしか受けつけないというのが現在の状況である。日本人が真に中国との国交回復を希望するならば、敗戦の経験に立った、新しい国家の実質についてあらためて原点に戻り、主体的にアクティヴに自分の選びとるべき国家のイメージをしっかり把握しなおして、今日の現実の捩れを、為政者の方へでなく、民衆たる自分の側へこそ巻きもどすべく苦闘

するよりほかはないのであるし、その時、日本軍国主義化という観点は、ほかならぬ自分自身が主体的にとりあつかわねばならぬ、もっとも緊急な課題として迫ってくるはずのものであると、僕は考えざるをえないのであるが。

日本人の国家感覚、このような国家に属しているという感覚が、他動的な受身のものに衰弱し、浮き草のようにその場その場を流動しているとしても、そして為政者たちがそれに乗じて、およそ敗戦の経験に立った国家の実質とは相反する方向に、国を捩じ曲げてゆくにしても、国家がなすべきこと、われわれが国家の名においてなすべきことはある。そして国家がなすべきこと、われわれが国家の名においてなすべきことが、なされていないとき、そのかわりに、わずかな数の、ときにはただひとりですらもある、独自な市民が、ただ地道で持続的な努力によって、その巨大な欠落部分をうずめようとしているのである。

日本人が敗戦の経験に立って、核兵器の人間的悲惨から、いかにみずから回復し、しかもその回復の勢いそのものを、核兵器の出現以後も、なお人類が生き延びる選択をすることのあかしとしようとするなら、そのような決意こそを国家の実質とするならば、被爆者たちが質素であるが清潔な温泉に休養するほどの場所は、国家がつくるべきであった。日本人という国家の名において、われわれがそれをつくってしかるべきであった。しかし国家が、国家の名においてわれわれがそれをしない以上、山口県の原爆被害者の会館は、被爆者たちと、かれらを支援して原水禁運動をつづけようとする市民たちによって、独力でつくられねばならなかった。そして人件費の極度の切りつめのなかで献身的に働く従業員たちの過労が、運営を支えねばなら

なかった。その中心にいる人間は被爆の経験を、時にはあの日死んでいたほうがはるかに楽であったにちがいないと思うことがあったし、いまもしばしばあると、ごく日常的な声音でいうところの、被爆のもたらしたものと睡眠不足、過労によって黒ずんだ顔に、伏眼がちのその眼のみは、暗く激しい光をたたえた個人である。

かれは自分が日本という国家の欠落部分を埋めようとしているのです、とあえていうことはないだろう。しかしかれが黒ずんだ顔で激務をつづけているのを脇から見つめている時、僕はやはり、敗戦の経験に立った新しい国家の実質を、日本人がこの二十六年間に、なしくずしにしてしまったこと、それにもかかわらず敗戦のもたらしたものは被爆者の肉体と意識においていま実在しつづけているということの、そのふたつの現実の状況のあいだの深刻な裂け目を、このひとりの人間とかれを支援する者たちが、埋めようとし、わずかずつながらも埋めてきたのだ、と思わぬわけにはゆかないのである。

このような人間は、主体的にアクティヴに個人の責任に立って、国家のなしえない仕事、国家の名においてわれわれのしようとしない努力を、みずから請けおう。日本という国家がそれをしない以上、日本人が国家の名においてそれを引きうけようとしない以上、自分が主体的にアクティヴに個人の責任に立ってこれをおこなうのだ、とかれが自分の意志を、寡黙な行動においてあきらかにする時、僕はかれが「国民」の域をはっきりこえて、人間そのものの本質的にそなえうる根源の微光を発しつつ、そこに立っているのを見るように思うのである。かれは当然に個人のわずかな力しかそなえていないし、いかなる強権とも無関係である。しかしかれは、自分は被爆という経験において敗戦を

肉体と意識に受けとめ、そこに立ってなお生き延びうるような、しかも生き延びることをすすんで望みうるような、新しい国家の実質を考え、それをほかならぬ自分の内部に置いて、それの発する微光にみちびかれつつ、どす黒く顔がむくむほどの過労に耐えているのだ、と正当にいうことができる。その時、かれは現在そのようであるような、敗戦の経験とのあいだに巻きもどしえぬ捩れを生じている日本という国家全体にたいして、ひとり対等に立っているところの、主体的な、アクティヴな「人間」そのものではないであろうか？かれの暗く輝やく眼は、浮き草のように流動的な、受身の他動的な国家感覚など受けつけはしないであろう。かれは敗戦の経験に真に立つ者なら、正当に選ぶべき新しい国家の実質を、ひとりかれの内部の基軸として生きている人間なのであるから。

しかもかれの行動のうちに、僕はほかならぬ憲法が、不当な捩れから解放された、原初のまともな力を回復して、かれの「人間」としての本質的な微光に、よく照らし出されつつ、武器として手にとられているのをもまた見るように思うのである。被爆した人間がどのようにして「健康で文化的な最低限度の生活を営む」か、「生命、自由及び幸福追求に対する」権利を実現するか、それを自分は、自分のできうるかぎりの力をふりしぼって、主体的に、アクティヴに保障するために働いているのだ、とかれらがいうとすれば憲法の条項は、四半世紀にわたってなおざりにされていた塵埃をみずからふりおとして、新しく生きた光をそれ自身にあてると、僕には思われるのである。

一九七一年の今日の日本の状況を国家の高みから下降するようにして、それを敗戦の経験とむすびつつ、ひとつながりの論理に立って、このような人間の実在の根拠を、論証することはできない。幾重もの捩れと、

切れめとがそこに介在しているのだし、また、国家による力の他動的なおかげをこうむって、このような人間が、そうした自分の本質を受けとめたのではないから。

しかしそのまったく反対に、日本国のとか、日本人の、とかいう限定詞ぬきの、そのような「人間」がいることを現実に立って認め、そのような人間が、敗戦の経験にまっすぐつらなり、その経験が正当に選びとらせるべき国家の実質を、その内部に主体的、アクティヴな光としてひとり確保していることを、まっすぐな論理に支えられて、その全体において認識することは、僕にはいかにも可能であると思われるのである。しかもかれらの内部より発する光は、あらためて憲法の条項をいちいちくっきりと生命をそなえたものとしてよみがえらせる力をそなえている。七一年の状況のなかのかれらの「人間」に出発して、一貫した論理をつらぬく、新しい国家の実質にいたり、その上に、敗戦の経験に立つ国家としての、ついに実現されなかった新しい日本を、現実に想像することは可能である。しかもその想像力の根幹を、現在の様ざまな方向からいやしめられている憲法こそが、まともに支えうるのだ、というのが僕の考えのゆきつくところである。そして僕は、自分の生き死にの課題を、浮き草のような、他動的な、受け身の国家感覚からひき剝がして、このような「人間」の内部の光に発するところの国にこそよりそわせたいと個人的に希求するのである。いうまでもなくそのために僕は、主体的な、アクティヴな僕自身の国家の実質をつくりあげるべく、今日の状況のなかの自分を、敗戦の経験につきあわせつづけることによってはじめて、その希求を現実化しうるのであるが。

僕はかつて、鯨が濫獲によって、またその生活圏の

汚染によって死滅することを憂えて、鯨の歌声を特別な共鳴体の発明をつうじて録音したテープをたずさえ、日本の捕鯨会社や関係官庁に訴え、かつ抗議してあるきつづけているアメリカ人と、幾たびも永く話しあったことがあった。そのアメリカ人は、人類がまだ、この世界最大の穏和な哺乳類の歌声の意味あいを理解する知恵すらもたぬあいだに、鯨の絶滅をまねくのではないか、そういうことを人間がしていいのか、という大きな、純一な原則に立ち、しかも厖大な恐怖心と憤りに立ってその活動をすすめていた。いわばかれは死滅する鯨たちのために語ることを志願した「人間」だった。その原点から、かれは国家にたいしても、世界にたいしても、まったく独自の自由な足場から、主体的にアクティヴに対等の闘いをたたかっているのだった。かれと鯨たちの陣営は、いまや敗色濃厚であり、鯨の歌は、およそかちどきの声とは響きえぬ、悲哀にみちた痛ましい叫び声であったが、しかしかれの「人間」の発する微光には、国家を、世界を、逆にその全体において照らし出す力があるとも感じられることがあった。

　僕が、山口県原爆被害者福祉会館の永松初馬氏に見出す「人間」の微光は、そのような死滅する鯨の代理人が、かれの内部にそなえていると感じられた「人間」の微光と、おそらくおなじスペクトルの光である。それはまた重藤広島原爆病院長の「人間」の微光に、『世界』九月号で公害企業との孤立無援の執拗な闘いと、汚されない海への敬虔な信頼とを語る田尻宗昭警備救難課長の声に響きつづけていた「人間」の微光にあいかようものであると僕には考えられて、光の輪は着実に拡がるのである。沖縄の、円切り上げにあたっての具体的な政治企画は皆無という、いいようもなく悪化する政治災害の状況に、様ざまな位置から、じりじり

後じさりつつも、かつ闘うことをやめぬ人々の群が、それぞれ独自にはなつ「人間」の微光もまたそこに加わるであろう。

これらの「人間」たちは、まことに申しあわせたように誰もが、敗戦の経験にその生涯のもっとも重要な核心をおいている。そして一九七一年の状況の、よりによって苛酷な現場に身を置きつつ、主体的な、アクティヴな姿勢をくずさず、地道に持続的にその努力をつづけている「人間」である。かれらは実際に失地回復をわずかずつなりとおこないつつ闘うが、しかし誰ひとり勝ちほこる声をあげる者はいない。むしろついに癒しがたい疲労の底に誰もが沈むのかとさえも悲痛に疑われる。それでいてしかも僕にはかれらの「人間」の微光が、まことに見まがいがたいものに感じとられるのである。かれらの「人間」の微光に自分をうつしだして、人間とはあのようなものだ、そして自分自身は人間としてどのようであるか、と僕は考えることをはじめる。それは皮相的な国家の域にとらわれぬ、そうした制約を超えた「人間」の微光であるが、しかしそれに照しだされた僕自身には、自分を縛りつけている、捩れた国家の痕跡があきらかに浮びあがってくるのが見える。かれらの「人間」は敗戦の経験を深くきざんでいるが、その光は、僕の肉体と意識をすっぽりつつみこんでいる、この一九七一年の状況の、虚妄と欺瞞とを事実にそくして濃くきわだたせる。かれらの「人間」の光によって、そのような深い淵のまえに立っていることを自覚せしめられる僕に、ここから逃げだすか、ここに踏みとどまるかは、生き死にの課題にかさなって、きみ自身の自由に属するのだと、その「人間」の声がいう。

〔一九七一年〕

IV

核時代の『三酔人経綸問答』

　さきごろ久しぶりに渡辺一夫先生にお眼にかかって、自分がモアとエラスムスに、翻訳をつうじてであることはいうまでもないが、なんとか関心をよせつづけてき、できるなら今後とも、それを深めてゆきたいと思っている、ということをお話しした。それはたまたま、モアとエラスムスの翻訳を一緒にした書物の刊行にあたって、翻訳者のひとりであられる渡辺一夫先生に、おこがましくはあるが一般の読者として、僕が質問する役割をあたえられた機会なのであったが、先生は僕のその「役割」がジャーナリズムからおしつけられたものか、自発的にすすんでひきうけたものかを、テストされるためであろう、どういうわけできみはモアとエラスムスに関心をもつのかという、まったく身も蓋もない意地悪な質問をまず僕に返された。

　僕は、悲しいことながらかつて教室でそうであったそのままに、いまはみんな少壮仏文学者のよくできた級友たちの答えぶりとは似ても似つかぬ、自分ながら論旨不明確なことをぼそぼそのべながら、あらためて身のほどもわきまえず、その場にエラスムスとモアについて話すためになど出かけてきたことを深くあわれに後悔した。それでもともかく、僕は、エラスムスが狂気という言葉をつかった一節を読むとき、今日の核時代の狂気と、現に沖縄でB52戦略爆撃機が墜落炎上して、すぐそばの核兵器貯蔵庫をあやうくしたというような、偶発事故とのことを、あわせて考えざるをえないからです、と答えた。またモアにおける王への最

後の不服従ということにかかわって、『世界』の訳載したN・チョムスキーたちの論文に、もっとも今日的な問題たる、アメリカ人のヴィエトナム戦争への参加拒否の行動を、国家の暴力と個人の倫理にかかわって考えようとする法廷の討論に、モアのその態度が論争の焦点となるほどにも、モアの生と死が現在に生きるわれわれと無縁でないように考えるからです、と答えた。

渡辺一夫先生は続いて、モアは自由民権運動のころにおいてすでに邦訳され、われらの先祖に影響をあたえてきたのに、エラスムスのみは、貨狄尊者となづけられた木像こそ、奇妙な事情で古くから渡来しているものの、太平洋戦争の直前までその作品は実際に翻訳紹介されることがなかったことをどう思うか、と質問されたが、僕にはエラスムス的なるものを本当にうけいれることのできる、また、それが真にうけいれられることのみがわずかな希望であるような、時代の（ある意味では不幸な）成熟が、わが帝国にそのころまでこなかったからではないでしょうかという、まことに要領をえないことしか答えることができなかった。すでに先生が僕用の採点簿をもっていられないことのみが幸いであったというほかはない。

じつの所、僕がエラスムスという名の出てくる明治初期の文章を読みえているのは、子規が中学生のころに歴史の教師ムルドック氏の試験において、十六世紀の英国と日本の文明の比較をするという、気のとおくなるような課題にとりくみ、当然ながら壮途なかばにひっくりかえってしまった草稿の、その中絶してしまう、さかいめの文章が、《其僧侶の有様を見るに、時にエラスマス《（ママ）》、モアの如き名僧智識なきにしもあらざれど、其他は多く腐敗せるものなり》という、これまた要領をえない、ほとんどやけくその一行であるのを見

たことがあるにすぎないからである。おそらく子規にとってムルドック先生は、まことにきびしく意地悪な教師であったことだろうと心から同情を禁じえない。

さて、いま遅まきながら『三酔人経綸問答』を、桑原武夫・島田虔次氏のすばらしい訳・校注をたよりに読みかえして思うことは、もしかしたらこの自由民権運動の時代になしとげられた会話体の作品こそは、日本人の達成した、エラスムスの『痴愚神礼讃』にもっとも近い著作だったわけではないだろうか、ということである。

戦争を頂点とする様ざまな人間の悪を、痴愚神の声をかりて摘発するとき、著者のエラスムスがおよそその痴愚神の逆の立場の存在たることはいうまでもないのに、くりかえしこの本を愛読している僕は、時おりエラスムス＝人間＝痴愚神という、奇怪な三位一体の存在が生きいきとそこに（とは、文体《スタイル》のうちに、ということであるが）躍動しているという、矛盾にみちた昂揚感をもつことがあった。痴愚神が単なるアレゴリー、あるいは強権をあざむくための仮面にとどまらずに、それ自身で強い魅惑をそなえてそこに実在していると感じられることがあるというわけである。おそらくそれがルネサンス人の著作の特性ということなのであろう。

そしてそれと同じ意味で、いやもっと渾然たるかたちで、『三酔人経綸問答』の中江兆民は、南海先生と紳士君と豪傑君とに、ともにその血と肉とをあたえて、かれらとともに躍動しつづけていると感じられる。ルターの挑戦がはじまる直前の、生きいきしたルネサンス知識人と、憲法発布とそれにともなう締めつけ直前の、やはり生きいきした自由民権運動期の知識人の、その自己表現の自由さと多様性ということを、僕は、『痴愚神礼讃』と『三酔人経綸問答』の二冊の岩波文

庫本をあわせ読みながら、かさねあわせてみる。端的にいって、渡辺一夫先生が、《戦争は、獣の為にこそあれ、人間の為にはない、実に凶悪なものです。戦争は、詩人たちの空想によれば、地獄の醜女《フウリアイ》たちから届けられてきた狂気錯乱ですし、それの通るあらゆるところで恒常な生活を破壊してしまう黒死病ですし、極悪の強盗が普通は最上の戦士となる以上不正極まるものですし、キリストとは何の関係もない不敬冒瀆なのです。しかるに、法王様方は、一切を無視して、戦争をその主な仕事にしていらっしゃいます。これらの法王様のなかには、何人もの老いぼれた老人も居られますのに、戦争の為とあらば、若々しい熱情を注ぎこみ、金銭を投げ出し、疲労するのをも物ともせず、何物の前に出ても後退さりはなさらずに、法律、宗教、平和、人類全体を滅茶苦茶にしておしまいになります》と訳していられるところを、もし明治二十年の翻訳者ならば、《何故《なにゆえ》に極《きわめ》て道徳《どうとく》の義《ぎ》に反《はん》し、極《きわめ》て経済《けいざい》の理《り》に背《そむ》きて、国財《こくざい》を蠹蝕《としょく》する数十百万《すうじゅうひゃくまん》の常備軍《じょうびぐん》を蓄《たくわ》へ、浮虚《ふきょ》の功名《こうみょう》を競《きそ》ふが為《た》めに、無辜《むこ》の民《たみ》をして相共《あいとも》に屠斬《とざん》せしむや》というように、あるいは《第十九世紀《だいじゅうきゅうせいき》の今日《きょう》に在《あ》りて、真《しん》に武震《ぶしん》を以《もっ》て国光《こっこう》と為《な》し、侵略《しんりゃく》を以《もっ》て国是《こくぜ》と為《な》し、人《ひと》の土《つち》を奪《うば》ひ、人《ひと》の民《たみ》を殺《ころ》し、必《かなら》ず地球《ちきゅう》の所有者《しょゆうしゃ》と為《な》らんと欲《ほっ》する者《もの》は、真《しん》に癲狂国《てんきょうこく》なる哉《かな》》というように、その翻訳の文体をととのえたことであろうと思うことがあるのである。

僕は、昨年十月の沖縄で、まことにしばしば『三酔人経綸問答』について考えることがあった。それはまず、あのはじめての主席公選の選挙演説会で、すくなくとも誰かひとりは(もっとも僕は保守派の候補のための演説会の様子がどうであったかは知らない)、謝花昇の名を発したからである。この沖縄の最初の民権運動家は、中江兆民の弟子であった。そしてまた、沖

縄に今なお施行されていない日本国憲法を、その想像力の(ついに主席に選ばれた屋良朝苗氏の言葉をもちいれば、その構想の)中心にすえて、教育をおこない、その日本人としての教育の現場でかちとった諸権利を、ほかの分野におしひろげてゆくという、沖縄の教職員たちが二十三年間を持続しつづけてきた実践において、僕は兆民のいわゆる《恩賜的な民権》ではない、《恢復的な民権》の実在感を強く感じとらずにはいなかったからである。

しかも、そうしたこまごました字句や理念の照応をこえて根本的に、いまこそ『三酔人経綸問答』で議論されているすべての問題が、いやおうない選択を、われわれにせまる状況が、ここにあらわれてきているのだということをくりかえし考えたからである。これからは現代語訳によって引用するが、確かに兆民が調合した《思想という絵具》は、それから約《百年後》といってもいい今、《その絵具の汁が社会という皿に、どくどくと溢れ》ていると考えられる。いまや『三酔人経綸問答』の紳士君の考え方も、豪傑君の考え方もそのいずれもが、南海先生によって《思いすごし》と呼ばれることはありえない。いくつかの前向きの達成と、より多くの不幸な経験をつみあげてきた今日の日本人が、あらためて『三酔人経綸問答』の発する問いかけのまえに、正面から答えざるをえない所にひきだされているのが今日の状況であり、そしてこの状況は巨大な暗闇とわずかな光とをそなえた状況である。

豪傑君の構想であった中国への侵略的膨脹は、現実におこなわれていくたの悲惨を結果して挫折した。もっとも豪傑君の構想のうちもっとも兆民的な特徴であったところの、《成功しても、失敗しても、国のためにガンを切り取るという効果は、きっとあがるはずです》という大切な問題点は実現されなかった。中国と

の関係は、そのすさまじい傷あとを放置したまま、南海先生の予言を悪い方向にまさに具体化した。われわれの政府の多分に意識的なノイローゼによって、すなわち《こちらがやたら外交のノイローゼをおこさないかぎり、中国もまた、どうしてわれわれを敵視しましょうか》という問いかけの悲劇的な正答がいま現実にわれわれのものである。

日本国は、戦いに敗れたあと、紳士君の構想にきわめて近い憲法をつくりあげた。戦争放棄の条項において、また前文の理念において、それがまっとうに具体化されていたならば、われわれの国は、紳士君の次の構想にそのまま答えうるものとなっただろう。旧憲法に接して《通読一遍唯だ苦笑する耳《のみ》》であった兆民が生きていれば、こんどは微笑をうかべて新しい憲法を読んでくれたことだったろう。紳士君の構想とは、《試みにこのアジアの小国を、民主、平等、道徳、学問の実験室としたいものです。ひょっとすると、私たちは世界でもっとも尊い、もっとも愛すべき、天下太平、万民幸福という化合物を蒸溜することができるかもしれないのです》というプログラムであり、軍備を撤廃してもし他国から攻撃されたとすれば、《私は、そんな狂暴な国は絶対ないと信じている。もし万一、そんな狂暴な国があったばあいは、私たちはそれぞれ自分で対策を考える以外に方法はない。ただ私の願いとして、私たちは武器ひとつ持たず、弾一発たずさえず、静かに言いたいのです。「私たちは、あなたがたにたいして失礼をしたことはありません。非難される理由は、さいわいなことに、ないのです。私たちは内輪もめもおこさず、共和的に政治をおこなってきました。あなたがたにやって来て、私たちの国を騒がしていただきたくはありません。さっさとお国にお帰りください」と。彼らがなおも聞こうとしないで、小銃や大砲

に弾をこめて、私たちをねらうなら、私たちは大きな声で叫ぶまでのこと、「君たちは、なんという無礼非道な奴か。」そうして、弾に当って死ぬだけのこと。べつに妙策があるわけではありません》という構想であるからである。

とくに豪傑君からはもとより、南海先生からもまた批判されないではいなかった考え方でありながら、未来を予見してもっとも鋭かった紳士君の構想は(それはもしかしたら兆民自身よりもなお鋭く未来を予見した、といってすらいいかもしれない構想なのだ。そうした著者自身の意識をこえる考え方があらわれうるところが生きいきした問答体のスタイルの効果であろう)、その平和主義の民主国家に《正当防衛の権利》による軍事力をみとめないところにあるであろう。われわれが一応は達成した平和憲法が、いまやおよそ有名無実になったところの最初のつまずきは、自衛権を憲法に反するものと認めなかったことに由来している。いったん自衛隊という名の軍隊が基礎をかためた時、すでにわれわれの国は、「自由諸国家の自己防衛」というアメリカ核戦略のいったんをしっかりになってしまうにいたる、汚ならしい坂道を転落しはじめていたわけだからである。

それにいまわれわれの国には、豪傑君や紳士君が南海先生を訪ねてヘネシーのブランデーを飲みながら語った当時と同じたぐいの気分まで復興した。《この連中は、今から二、三十年前までは、みな剣をふるい槍をしごき、戦場で討ち死することをこの上ない光栄とした連中であって、その武を尊ぶ風習は、遠い先祖からの遺伝、その象徴が三尺の剣です。自分の代まで持ちつたえ、ますます大切にしていたのを、廃刀令が出たので涙を流して箱のなかにしまったけれども、そのうちいつか、これを取り出して使う機会にめぐりあい

たい、と心ひそかに願わぬものはありません。》

もちろん『三酔人経綸問答』の時代においては兆民ほどの先覚者すら想像しえなかったところの要素が、今日われわれの状況には加わっている。すなわち核兵器の出現がその核心にある。あえて核兵器を考慮にいれる時、南海先生の次のごとき楽観論はもはや成立しえない、《それに国家というものは、多くの意欲の集合したもので、君主、官僚、議会、一般人民があって、その構造はきわめて複雑ですから、方向をきめ運動をおこすのも、もはや一個人のばあいのように、身軽にはいきません。もし国家の運動が、一個人のばあいのように身軽であり得たならば、強い国はいつも横暴のしほうだい、弱い国はいつも禍いをこうむらねばならないでしょうが、幸いにして、そうではない。一万人の兵隊を出動させ、百隻の軍艦を派遣しようと思うと、君主が検討し、官僚が検討し、議会が議論し、新聞が議論するので、一個人がすそをからげ、棍棒を持って、のこのこ歩いて喧嘩に出かけてゆくようなわけにはいきません。》ところがいまや国家の構造がきわめて複雑であるゆえにこそ、強国の指導者は、すそをからげる必要すらなく、棍棒を持ってのこのこ歩く必要すらなく、核兵器のボタンを、ほとんど一個人の指で押しえるというのが、今日の状況なのである。

逆に核時代のエスカレーション理論を考慮にいれる時、南海先生の次のごとき悲観論は、あまりにもどすぐろい現実感をそなえてわれわれにせまる。《こういうわけで二つの国が戦争を始めるのは、どちらも戦争が好きだからではなくて、じつは戦争を恐れているために、そうなるのです。こちらが相手を恐れ、あわてて軍備をととのえる。すると相手もまたこちらを恐れて、あわてて軍備をととのえる。双方のノイローゼは、月日とともに激しくなり、そこへまた新聞というもの

までであって、各国の実情とデマとを無差別にならべて報道する。はなはだしいばあいは、自分じしんノイローゼ的な文章をかき、なにか異常な色をつけて世間に広めてしまう。そうなると、おたがいに恐れあっている二国の神経は、いよいよ錯乱してきて、先んずれば人を制す、いっそこちらから口火をきるにしかず、と思うようになる。そうなると、戦争を恐れるこの二国の気持ちは、急激に頂点に達し、おのずと開戦になってしまうのです。》

まことにこれは今日の核時代の国際関係ではないか。そして昨年十月の沖縄では、まだ僕にとってひとつの暗い思念であったところのものが、いまB52戦略爆撃機の墜落炎上をきっかけに、はっきり現実化しつつある。それは核兵器の基地に住む民衆が、まったくの徒手空拳で、この世のありとある巨大な破壊力はすべてそなえた異邦の軍隊にたちむかい、すなわち沖縄の《わが国の人民が武器ひとつ持たず、弾一発たずさえないで、敵の侵略軍の手で殺されて》しまいかねない抵抗運動を行なおうとしているという現実である。かれら沖縄の民衆は、紳士君の言葉を再び引用すれば、《武器ひとつ持たず、弾一発たずさえず》しかし決して静かにではなく、当然に二十三年間の憤りをこめて《私たちは、あなたがたにたいして失礼をしたことはありません。非難される理由は、さいわいなことに、ないのです。私たちは内輪もめもおこさず、共和的に政治をおこなってきました。あなたがたにやって来て、私たちの国を騒がしていただきたくはありません。さっさとお国にお帰りください》とはっきりいいつづけようとしているのである。

そしておそらく今日の核時代の状況において、強大な核保存国へのわれわれの抵抗の方法は、ただそれのみしかないのであるし、またそうした無力な絶望的抵

抗をおこなわざるをえないところにまで追いつめられていたのが、核基地沖縄の日本人でなくてなんであろうか。それを今日の南海先生が《思いすごし》であると批評するわけにはゆかない。かつての神経質すぎた紳士君の政治的な想像力は、いまやそのどすぐろい絵具の汁を、沖縄の《社会という皿に、どくどくと溢れ》させているのであるから。今日の豪傑君たる、いわゆる現実派たちもまた、嘲笑しながら《紳士君がこの数時間しゃべりまくって、世界の形勢を論じ、政治の歴史を述べられたが、ぎりぎり決着の奥の手といえば、国中の人民がみな手をこまねいて、いっせいに敵の弾丸にたおれるというだけのこと》と批判するわけにはゆかない。沖縄の民衆は、なにも好きこのんで核基地に同居しているわけではなく、なにも好きこのんで、核兵器貯蔵庫を守るためにはなんでもしかねない、武装した異邦人に棄て身の抵抗をしようとしているのではないからである。

いうまでもなく一九七〇年にむかってのわれわれの状況を考えれば、沖縄の日本人が直面している問題は、本土の日本人がそれをどのように恥知らずに避けてとおろうとしても、沖縄ぐるみ本土を、いわば琉球処分以来はじめて均等な悲惨にまきこまずにはいないところの状況である。核時代への現実の展開が、いまほぼ百年前の紳士君のもっとも悲劇的な未来への想像力、まさに具体的な現実としている。われわれはあらためて紳士君の《過去の思想》を自分の脳髄のうちに再発見し、それにたいして現実にまっすぐたちむかわざるをえないところの、巨大な暗闇の時代にいるというほかはない。

それではこの巨大な暗闇によりそっている小さな光とはなにか。それはたとえ国連が無力とはいえ、国際法の思想が、南海先生たちの酔っぱらって議論した時

代においてよりは、いくらかなりと前へ進んでいるという事実であるにちがいない。ヴィエトナム戦争をつうじてアメリカのみならず西欧すべてはまことに厖大な悪の所在をあきらかにしたが、それらの国々の、少数ながら良心的な国際法学者たちの地道な仕事は、やはり『三酔人経綸問答』の著者がパリ・コンミューン直後のパリに学んで思想の基盤をつくったところの母胎が、たえまなく新しい種子をはぐくんでは今日的な芽を育てつづけていることの証左であると思われるからである。

〔一九六九年〕

核時代のエラスムス

ぼくはしばしば想像力ということを書いたり話したりしてきたし、記憶すること、あるいは持続することというようなことについてもおなじく繰りかえし書いたり話したりしてきた。しかしそれは学者や、政治運動の実践家がおこなうようにではなくて、ひとりの、まことに動揺しやすく、展望もせまく限られており、気まぐれですらある小説家として、むしろ自分自身にカンフル注射をするようなねがいをこめて、想像力とか、記憶とか、持続することとかの機能をいくたびも確認したくなっては、そうしたことを書いたり話したりしてきたのだと、あらためて思い知る機会が多いのである。とくに戦争と平和の問題についてそうである。

最近も、ぼくはバーチェットが北朝鮮を再訪して書いた本を読んでいて、誇張でなしに躰の奥のほうから熱い震えが湧きおこってくるような鋭い印象をいだいた。それはバーチェットが北朝鮮の民衆の側から、わが国の「三矢」計画ほかについて分析している部分によってひきおこされた印象である。「三矢」計画ほかが、国会であかるみに出された時、ぼくは衝撃をうけるにはうけた。それについてはいまも、かなり明瞭に思い出すことができる。どのような衝撃だったかといえば、そこに徴兵と徴発、あるいは国家総動員のプログラムができあがっていて、憲法に保障されているところの自分の、日本人としての権利が、あっさり無視されてしまう、そういう状況のなまなましい可能性によってうけた衝撃であった。そういう衝撃でしかなかった、というほうがもっと妥当であろう。

すなわちぼくは「三矢」計画ほかによって、直接に核戦争の対象となるところの、北朝鮮と中国の民衆が、この「三矢」計画の実態にふれて、どのようなことを感じ、考えるか、というところまで、自分の想像力をはたらかせてみはしなかったのである。破壊された国土に再建された新しい日常生活のうちなる、北朝鮮の民衆が、この「三矢」計画ほかのめざすところのものの実態にふれて、どう感じ、どう考えるか、それはまったくあまりにも明瞭で、すでに誤解しようもないが、ぼくは国会であれらの計画をめぐる論議がおこなわれている間、自分の政治的な想像力を、すっかり自分と日本国憲法ということとの周辺にのみ限っていて、北朝鮮の民衆にむかってまでその想像力をのばしてゆくことがなかったのである。バーチェットはぼくにその想像力の欠如を示して、熱い震えを湧きおこらしめた。あらためてぼくは、自分のそうした政治的な想像力の貧困について、狭さについて、限られた展望について

考え、不安を禁じえなかったのである。

結局ぼくがバーチェットを読むのは、そうした自分の政治的な想像力の幅をおしひろげる力をあたえられることを望むからである。なぜ、それを望むかといえば、ぼくは核時代を生きのびることとの人間的条件の根本のところに政治的な想像力というものをすえており、そして自分の想像力の貧しさに不安をいだかないではいられないからである。

そのバーチェットに、ぼくは『十七度線の北』によってはじめてめぐりあったのであり、この秀れたジャーナリストの持続力にいまなお衝撃をあたえられつづけているのであるが、いま「戦争と平和をめぐる七十二冊」として選ばれた書物群の目録を見ると、いかに多くの書物が、そうしたぼくの不安や、ときには恐怖や、苛立ちにたいして、具体的な方向づけをあたえ、勇気づけてくれたか、ということを思わずにはいられない。同時に、それらの書物によって、しばしば自分がいかに鋭く「熱い震え」のごときものを味わわなければならなかったかを、なまなましい恥かしさの感情とともに思い出さないではいられない。そしてぼくは、自分が核時代に生きているということの認識を、更新しつつ持続するうえで、自分の書棚に、この目録におさめられているものや、そうではないが直接にこの目録におさめられている書物と深く関わっているものをそなえつけていることから、いかに援護されること多かったかを思うのである。その感慨のうちには、ある懐かしさ、きわめて人間的なものに優しい働きかけをうけた思い出のような、懐かしさがからみついている。ここには恐怖と悲惨の実感をむきだしにする書物が並んでいるにもかかわらず、その懐かしさがあるのは、どういうことだろうか？　それは単に「平和をめぐる」書物への懐かしさではない。「戦争をめぐる」書

物に対してもまた、いだかざるをえない懐かしさである。

この目録を見た機会に、ぼくは自分がまだ読んでいなかった二冊の本を読んだ。それは『核戦争になれば』という新書と、『平和の訴え』という文庫版との二冊である。実の所、ぼくはラルフ・E・ラップの、この高名な本をすでに読んだとばかり思っていたのだった。しかしいまそれを読みすすめていだく感銘はまことに新しい。もしかしたら、ぼくはかつてこの本を読んだことがあるかもしれないが、そのときにはまだ、ぼくのほうで、この本に真にめぐりあう機が熟していなかったのだ。すでにラップが本書で描いている状況をこえて、われわれの世界の核時代は悪化しているが、しかもなおラップの文章は鋭く訴えかけ、新しい方向づけをあたえてくれる。

『平和の訴え』は、確かにはじめてぼくの読むものである。もっともそれは、ぼくの書棚のもっている最良の、あるいは一等大切な書物のひとつであるところの、渡辺一夫著『フランス・ルネサンスの人々』の世界にそのままつながってゆくものであって、すっかりなじみがないというのではない。そしてぼくは、ラップというアメリカの核物理学者が一九六二年に書いた書物と、「ユマニストの王者」がそれより四五〇年ほども先だって書いた書物との間に、濃い血のつながりとでもいうものを見出すとすらいいたいのである。そしてその血のつながりを考えてみているうちに、ぼくはまたこの「戦争と平和をめぐる七十二冊」という、まことに恐しいともいわざるをえない書物群から、自分のうけとる懐かしさというものの意味あいにも、いくらかふれることができたと感じられるのである。それはもっとも端的にいえば、これらの書物群のほとんどに共通しているユマニストの仕事、という感覚であ

る。

ユマニストの仕事という言葉に、ぼくはふたつの意味をこめたい。そしてそのふたつを、ラップとエラスムスの本にそくして、いくらかなりとあきらかにしてみたい。まず、このふたりのユマニストは、ともに恐怖にみちた戦乱の時代に生きている自分自身の状況の認識において、まことに犀利である。そこには絶望の淵の底で、しかし絶望とはことなった情念をつよくこめて光っている眼があるといわねばならない。その眼とは、エラスムスとほぼ同時代のもうひとりのユマニストの言葉をひくならば、《われわれが光明を知った後、再びこのような暗闇におちいらねばならなかった》という、その光明と暗闇とを、ともに絶望的なほどにもくっきりとした形で、見たことのある、現に見つづけている眼である。いわば、中世から様ざまな革命をへて、核時代にいたる、より輝やかしくなる光明と、より恐しくなる暗闇とを、見つめている眼である。しかも希望に酔いすぎず、絶望にうちひしがれることもない、しなやかであるが強靱な、持続力をそなえたユマニストの眼である。

エラスムスの時代の戦争は《人間の野望、憤怒、狂気によって》おこなわれるものであった。ラップとわれわれの時代の戦争もまた、《人間の野望、憤怒、狂気によって》おこなわれる。しかもそれにくわえて、われわれの時代の戦争とは、人類が絶滅してそのあとに《たくましい生活力をもつごきぶりが、ばかな人類にとってかわって住みつき、他の昆虫もしくはバクテリアだけを相手として戦うだろう》ような危険をそなえた武器による戦争である。なおグロテスクなことには、核時代のエラスムスは、その人類絶滅の戦争について、もっと正確にはそれが人間の野望、憤怒のみならず、「偶発、誤算」そして狂気によってひきおこされる、

という定義をくわえねばならないのである。

しかもそうした認識にたちながら、ラップは《われわれの民主政治のもとにある市民のひとりひとりが、ろうそくを手に持っているのだ。その灯を千本のろうそくにともそうではないか。そうすれば、こうしてともされた光は、ある程度、全世界を照らすことになるであろう》という。その言葉は、ただちに《大多数の一般民衆は、戦争を憎み、平和を悲願しています。ただ、民衆の不幸の上に呪われた栄耀栄華を貪るほんの僅かな連中だけが戦争を望んでいるにすぎません。こういう一握りの邪悪なご連中のほうが、善良な全体の意志よりも優位を占めてしまうということが、果たして正当なものかどうか、皆さん自身でとくと判断していただきたいもの》というエラスムスの言葉につらなるものであろう。

ぼくが結局は人類が核時代を生きのび、ごきぶりよりはましな次の世代に文明をひきつぎうることを信じる勇気をもつのは、中世の暗黒から宗教戦争につづく数しれぬ戦争が、ついに核兵器による戦争へと到る歴史をつくりあげていると同時に、おなじくひとつの確実な歴史として、エラスムスからラップに到るような、「人間自身の狂おしさや愚かさ」をよく知った人間の、ユマニスト的な営為が決してとだえはせぬことを知っているからである。たとえばこの「戦争と平和をめぐる七十二冊」において、それをあらためて認識しうるからである。しかし「偶発、誤算」ということについては、いかなるユマニスト的な抵抗の仕方がありえようか？　核時代とはまことにそのような時代である。

〔一九六八年〕

未来へ向けて回想する
——自己解釈㈡

大江健三郎

1

人間の生涯に出来事《アクシデント》がある。また出来事《アクシデント》そのものというより、出来事《アクシデント》のようにやってくる経験がある。そして生涯のある時期が、当の出来事《アクシデント》、出来事《アクシデント》のようにやってきた経験によって代表されるという事態も生じる。イギリスの現代画家フランシス・ベーコンが、絵画の制作過程における出来事《アクシデント》の役割を語っていた。かれは胸につきささるような、暴力的な感じを表現しようとしてカンヴァスにむかう。しかもつねに人体という対象にそくしてその絵を描きかえつづけるのだが、その制作のある段階で出来事《アクシデント》がおこる。その介入によってはじめて、もっとも深いところにふれた表現が可能となるというのである。それは出来事《アクシデント》としかいいようのないものだが、しかし自分として積極的に当の出来事《アクシデント》を受けとめるというかたちにしたい。かつその出来事《アクシデント》の前後をつうじて、自分としての、つまりフランシス・ベーコンとしての、連続性をたもつことを希望する……

この言葉は絵画制作上の経験を語っているのではあるが、ベーコンのように、その生活が絵画の制作で覆いつくされている画家の語ることは、われわれが現実生活について考える上で有効な言葉でもある。僕自身の経験したそのような出来事《アクシデント》は、二十八歳の梅雨時に、異常児として長男が生まれてきたことであり、それにつづいて出来事《アクシデント》のようにやってきた経験が、夏になって広島へ旅行したことであった。それは胸につきささ

るような、暴力的な感じに、自分の持ってきた生命についての感じ方、考え方がつきあわせられる、その種類の出来事《アクシデント》であり、その種類の出来事《アクシデント》のようにやってきた経験だったのである。

僕はこの出来事《アクシデント》、出来事《アクシデント》のような経験によって、それまで生きてきたところ、それまで自己表現してきたところより深いところへ入りこんだと思う。この深いところという領域を、僕はかならずしも望ましいものとしてのみとらえたのではなかったし、いまふりかえりながらも多様な意味をこめてそれをいうのだが。僕はまた、それをはじめから積極的にとらえたかといえばそうではなく、むしろある時の経過のなかでしだいにそれを積極的にとらえうるようになったのであり、つまりはそのように自分をつくりかえて行った、あるいはそれによって自分をつくりかえられて行った過程をつうじて、現在の僕が自分としての連続性を見るのであるけれども。

僕は異常児としての長男の出生という出来事《アクシデント》を、作家という自分のありようにおいて積極的にとらえるために、しかもそれを自分の連続性のなかにはっきり組みいれるために、いくつもの小説を書いてきた。その仕事の間にも、かれの大きい手術ということがあり、かつまたそのしばらく後の、正常な子供として成長してゆくのかも知れぬという希望の時、それと綯《な》いあわさった不安の時があり、そして知恵遅れの子供として育ちはじめたかれとの共生の時が、ずっと続いてきたのでもあった。この過程のこまかな起伏とそれに喚起された主題の、小説を書く作業の過程がかさなりあってきたのである。この過程ということをあらためて見てゆけば、当の子供の出来事《アクシデント》としての誕生が、自分に積極的にとらえうるものとなり、かつそれが自分の連続性の一部となって行ったありようは確実に認識しな

おすことができる。

そのように異常児としての誕生という出来事《アクシデント》を、自分の日常生活の流れのうちに積極的にのせ、そこに連続性のある自分の生活を築くことができるようになれば、たとえ知恵遅れという障害があり、それが肉体の成長にともなって次つぎに新しい出来事《アクシデント》をよびおこすにしても、長男の存在はすでに確固とした家族生活の一要素であって、もうかれは出来事《アクシデント》としての子供ではない。不具者や畸型児や知恵遅れの人間を、ひとつの社会の「構造的劣性」と呼んだ学者がいるという。社会の中心に位置することはなく、つまりその周縁にあって、しかし社会から排除されているのではない。時にはその社会全体に揺さぶりをかけ活気づける。つまりはその社会を活性化するものとしての「構造的劣性」。僕のように地方の小さな村で少年期をすごした人間には、はっきりと具体的なその存在が思いうかべられる。谷間の村は、そこに暮す者にとって地理的に閉じられていることが明瞭に見てとれる。そしてそのなかの共同体の人間関係も、ひとつの閉じた構造として、その全体が見てとれるわけなのだが、そのなかで日中はつねに路上にある狂気の男、または知恵遅れの女は、はっきりした「構造的劣性」であった。そしてかれらがその身のまわりにひとつの祭を持って歩いているとでもいうように、かれらとかれらを囲むわれわれ子供らとの間には生きいきした交感の渦巻が生じたのであった。

その思い出にかさねて、僕は自分の家庭でも「構造的劣性」と呼んでいい長男が(かならずしもつねにそのように家族の他のメムバーが意識しているのではないが)、われわれの生活を祭のように活気づけるのを感じとっている。またそれに加えて、とくに子供らしいもの、無垢のものに強く惹きつけられる性向の人間

であるらしい僕が（といってもすでに、子供らしいもの、無垢のものが同時につつみこんでいる逆の要素を眼にとめずにいるほど無経験ではないということも、あわせ認めねばならないが）、そのいつまでも幼児的な存在であり、神話における幼児性の意味を具体化しているようでもある長男をつうじて、父親と幼児の相互関係の時期が永くひきのばされる喜びをあじわってきたこともいわねばならないだろう。

したがって長男の異常児としての誕生という出来事《アクシデント》が、もっとも出来事《アクシデント》らしい、胸につきささるような、暴力的な感じをむきだしにしていたのは、その誕生から最初の手術、そして第二の手術にいたる数年間であっただろう。そして『ヒロシマ・ノート』の冒頭にそれを書いたとおりに、僕の広島との出会いという出来《アクシデ》事《ント》のような経験はこの時期に起り、そして広島をめぐる僕の文章は、その主要なものがこの時期に書かれたのであった。僕は異常児としての長男の出生から、かれを積極的に救助する第一歩としての手術をする前の、自然な衰弱死を期待していた間の（といいながらそれは決して自然な進みゆきというのではないが、というのはどのような赤んぼうも周囲からの積極的な助力なしでは、つまりそのまま放置されているのでは生き延びることができぬわけなのだから、そのように助力され保護されること自体が、つまりは自然なありようであるからだが）、僕をとらえていた根源的な頽廃の余波のうちにあった。むしろこの時期なお病院の特児室にいた赤んぼうの生死について、まだ僕はその可能性を五分五分ととらえていたようにさえ思う。それというのも僕は、広島の原爆犠牲者たちをとむらう燈籠流しに出かけ、最初の子供を亡くしたばかりであった友人がその小さな魂をとむらうために燈籠をひとつ流すのにあわせて、かならずしも自然にさからっていると

いう違和感なしに、むしろ友人とお互いの悲しみをひとつずつ並べるようにして、なお生きている自分の子供のための燈籠を流したのであったからだ。あの夏の広島の僕自身というものは、その内面をよく覗きこむことができたとすれば、およそ自分としても正視にたえぬ、原爆資料館で見たオオバコのアモルフに破壊された細胞のような、厭らしく矛盾にみちた醜いものであっただろう。それから十七年たって（長男がいま十七歳であるからあらためて指おり数える必要もなくすぐさま確かめることができるのだが）、それだけの年月を置き、かつその間に小説をつうじてこの時期の自分を繰りかえしとらえてみたあと、それでもなおあの夏の自分の根深い頽廃については、よく直視しえぬという思いがあるほどなのだ。

この頽廃の感覚をいくらかなりと一般化してとらえると、僕には具体的、実際的な感覚として、自分の一箇の人間としての未来が閉じられた、これからどのようなかたちで生きてゆくのであるとしても、個としての生の向うのどんづまりには、暗く閉じたものしか待っていない、という思いがあったと思う。頽廃といっても、外目から見るかぎり僕は、それまでの生活の仕方とことなった要素をとりいれて、その頽廃の線にそう自分の新しい暮し方とするようではなかっただろう。むしろなにひとつ表面化はせぬが、その実自分の内面では、いわば死体のような自分の未来をじっと見つめている、現にそれに抵抗してのなにひとつ、動きとして起そうと自分がしないということに、当の頽廃そのものがあった。

もっと直接的にいえば、まだ二十八歳の青年であった僕は、自分が父祖からの生命のリンクの生きた輪をなし、そして子孫たちへの生命のリンクがさらにつづいて行くという感覚を持っていたのだ。ところがその

自分という生きた輪が、それ自体すでに腐りはじめていると、つづいてその次に来るはずの輪は、すでに生きている死体にすぎぬと、つまり自分の属した生命のリンクはここで絶たれてしまったと感じていたのであった。もうひとり子供を生むことを妻にもとめればいいではないか、というようなことは考えなかったのである。これはなにか巨大なもの、それも宇宙の根本にあるような巨大なものの悪意によって、自分の属する生命のリンクがここで絶たれるべきなのだと、そのようなしるしが示されたのであり、自分にはそれに抵抗する意志がないと、僕は頽廃のうちにのめりこんで屈伏していたのである。このように回想して行くと、僕にとってあの夏、ほかならぬ広島に出かけてそこでめぐりあったものの、出来事《アクシデント》のような経験の大きい意味がそのまま明瞭になってくるように思う。

2

広島へ、僕は第九回原水爆禁止世界大会のルポルタージュを書くことを目的として出かけたのである。この大会は分裂した。政治的なあらゆるレヴェルの企てについて無経験であったあの年齢での僕が（それまでそのような企てに参加したことがなかったというのではないが、僕はつねにそのような企てをリードする者らの側にではなく、かれらにリードされる側に参加してきたのであったから）、この世界大会の分裂を、単純化してとらえるよりほかできなかったという批判はありうるし、僕はいまむしろその批判をすすんで引き受けたいとも思う。しかしあの分裂から十七年たって、運動統一のための様ざまな試みがかさねられつつ、なおそれが成功しないことの、いちいちのいきさつを見てくると、そもそものあの年、分裂にいたった契機と

して表層に出たものは、やはりもっとも根本的な、動かしがたい条件づけなのであった。いかなる国の核実験にも反対すると、ほかならぬ広島で行なわれる原水爆禁止のための運動の集りで、なぜはっきりその意志を表明できぬか。ソヴィエトの代表がそれに反対する。そしてわが国の、ソヴィエトの核戦力を平和的な意図のものだと評価する者らが、あわせて反対する。つづいて中国の核武装ということが新しい状況としてあらわれ、おなじ課題が二重、三重に複雑になる。しかもいったん分裂し、とくに地方の様ざまな現場で、それまで分裂した両翼でおたがいに批判を投げあいつつ、しかも永年にわたる日常活動をおこなってきた人びとが、中央からの呼びかけで、再たび統一した運動をおこないうるものか、一朝一夕に。むしろ分裂した運動がそれぞれにあきらかにしている問題点を、そのまま展開し深化させることこそが、核時代の未来を考えるにあたって有効なのではないか。多様なレヴェルで現に原水爆禁止運動の統一を実現させせえぬところの条件づけは、あの一九六三年夏の広島で、すでにはっきり表層に出ていたし、かつまた予想しうるものであったのである。そしてそうであった以上、この第九回世界大会の分裂は、その後にかけて展開されるべき意味の欠けているものではなかったのだ。ただこの大会のルポルタージュの書き手としての僕に、その方向づけでのはっきりした意識がかたちづくられていたのではなかった。

そのような政治的な状況が片方にあり、そしてもう片方で、その大会の状況を追いかけてゆくのと併行してではあるが、僕は広島原爆病院の重藤文夫院長をはじめとする医師たちの努力と、被爆者たちの闘病の仕方にひきつけられていったのであった。いわば僕は、政治状況のレヴェルの広島にでなく、実存的なレヴェ

ルの広島によく自分を入りこませて行ったのだ。むしろそのような性格の仕事として、『ヒロシマ・ノート』が書きつけられて行ったというべきであろう。そしてそれは作家としての僕がそのような性向の人間であったということに加えて、さきにのべた広島へ向う際の僕のありようが、ルポルタージュをそのような性格のものにあらかじめ決定していたというべきであるかもしれない。それでもなおそのような実存のレヴェルでの、広島の原爆被災とそれのもたらしたものに抵抗して生きつづける人間という課題は、まさに出来事《アクシデント》のような経験としてあらわれたのであった。

　核兵器による不条理な被爆、大量死と負傷、放射能による後遺症、しかも白血病のように致命的な症状、それに加えて遺伝的なそのあらわれという側面からのみ広島をとらえてゆけば、僕は自分の個人生活に起った出来事《アクシデント》を、拡大され徹底された規模であらためてそこに発見して、自分のしだいに退嬰的になりつつ入りこんだ頽廃をさらに深めるほかになかっただろう。父祖からの生命のリンクの断絶ということでは、人類全体の規模での生命のリンクの断絶が、すなわち人類の絶滅の可能性が、広島においてはじめて明確に示されたことは、つとにサルトルもそれを書きしるしたところであった。したがってあのような精神状態で広島に向った僕は、いかにもあからさまな、自分の危機の表面化へ向けての旅をしたのでもあった。実際僕は、広島の自殺者についての情報に冷淡であることはできなかった。したがって原民喜は、僕にとってもっとも抵抗しがたい存在感においてせまってくる作家であった。その後僕は原民喜のすべての仕事を読むことをつうじて、ついには次のように、自分としての原民喜観を建設してゆくことになったのであったが。《原民喜は狂気しそうになりながら、その勢いを押し戻し、絶望し

そうになりながら、なおその勢いを乗り超えつづける人間であったのである。そのように人間的な闘いをよく闘ったうえで、なおかつ自殺しなければならなかったこのような死者は、むしろわれわれを、狂気と絶望に対して闘うべく、全身をあげて励ますところの自殺者である。》

広島原爆病院の重藤文夫院長の生き方とそれにかさねての思想によって、僕がどのように励まされみちびかれたか。それについて語る文章がすなわち『ヒロシマ・ノート』であるから、僕はここにあらためてそれを繰りかえすことをしないが、しかし重藤博士の、現実の具体的な側面のいちいちについてよく考え、実践し、楽観しすぎもせぬが絶望もしないという、根本の態度とその持続が、僕において個人生活での出来事《アクシデント》による退嬰的な頽廃から自分の体勢をたてなおしてゆく、その過程をきざみ出す上での、もっとも端的な規範であったことは、決して忘れさることができない。そしてこの重藤博士の実践に裏うちされた思想は、渡辺一夫がフランス・ルネサンス研究によってつちかったユマニスムの思想に直接つうじているのであった。僕は渡辺一夫の思想に学ぶことによって、重藤博士の思想への準備をおこなってきたようだったのであり、また重藤博士の実践を支えている思想を具体的な契機にして、渡辺一夫の思想をついによく把握することができたのだったとも考えている。僕が『ヒロシマ・ノート』の巻頭に引いたセバスチャン・カステリヨンの言葉が、ほかならぬ渡辺一夫の著作から来ていることが、その間の事情を端的に語ってもいよう。

しかし重藤原爆病院長も、渡辺一夫も、およそ声高く語るという思想家ではなかった。決して自身の著作を刊行されぬ重藤博士に、僕は広島へインタヴューに通うことをかさねて、『原爆後の人間』(新潮選書)と

いう対話による書物をつくった。僕はその刊行の意図を次のように書いた。《ヒロシマに、からくも生き延びている被爆者たちにたいして、わたしはあなたがたの側に立ちます、ということは、おそらく誰にもできないであろう。しかし、いったんそれを認識しつつ、しかもなお、あなたがたの側に立つことをねがうものです、とかれ自身の内部の希求につきうごかされているうことをねがう者たちにとって、重藤文夫原爆病院長は、ひとつの現実的な支えである。／みずからも被爆しながら、博士は威力としての原爆の実体を、もっとも早く見きわめたひとりであった。そしてその現場から、原爆が人間にもたらす悲惨との闘いをはじめた博士の、日々の実践は二十五年をこえて今日にいたっている。核の光は、まがまがしく人類の滅亡を予告したが、博士の生涯の、その照りかえしは、人間が、なお核時代を生き延びうることへの、希望の微光を示した。／およそ寡黙な実践者である博士の、数知れぬ原爆横死者たちの沈黙を背後にしている、重い唇から発せられた言葉を、そのほとんど唯一の証言としてここに記録する。》

この対話による書物があきらかにしているとおり、重藤博士の声は低く、僕の声は高かった。渡辺一夫の文章に親しんだ者は、やはりその思想にみちびかれたと主張する僕の、甲高い文章をつうじて祖述される渡辺一夫の思想を、違和感とともに眼にするのであるかもしれない。とくに『ヒロシマ・ノート』において、それはあきらかであることであろう。現にこの『ヒロシマ・ノート』への批判の大方が、僕のスタイルの声の甲高さにまず向けられたものであった。僕自身、あらためて『ヒロシマ・ノート』をこの版の校正刷として読みかえそうとしながら、いつの間にか批判者たちの影響をこうむっていることもあり、そのような甲高

い声、パセティックな調子で語っている二十八歳の自分に再び対面することに心重い気持をいだいてもいたのである。しばしばこの書物の外国語訳を申し出られながら、しかし僕が、広島について自分の作品より他になおふさわしいものがあることをいい承諾しなかったことには、右の心理的理由も働いていたように思う。しかしいまあらためて『ヒロシマ・ノート』を読みなおして、僕はこの全体のスタイルを自分のものとして引き受けることをためらわない。僕は自分がこのように書いた、その文体の生成の必然性を認めるのである。僕は確かに広島と出来事《アクシデント》のような経験によって出会ったのである。そしてそれを受身にひっかぶるような茫然たる状態から、なんとかそれを積極的に受けとめなおし、かつ自分の人間としての一貫性のうちに組みこむべくつとめはじめた。そのそもそもの最初の段階に発する仕事が、『ヒロシマ・ノート』であったのだから。この仕事をつうじて僕は、異常児として生まれた長男をきっかけとして自分のおちいっていた退嬰的な頽廃から脱け出すことができたのであった。

3

日本原水爆被害者団体協議会、すなわち「被団協」の被爆者援護法制定をもとめる運動について、僕は「被爆者の自己救済行動」に、その最初の請願行動の報告を書いた。もとより自分がその運動に加わってのそれではなく、傍観者として請願行動に立ちあった人間として。この請願行動の集会での、広島と長崎の被爆者たちの様ざまな発言は、深い感銘を呼びおこすものであった。僕はそれらのいくつかについて自分の文章が記録しえていることを誇りとする。あの集会でとくに老年の被爆者たちの、いかにも寡黙な者があえて声を発するという印象の発言は、それぞれに見事なも

のであったが、広くジャーナリズムの上でそれらが印刷されるということはなかったから。しかしそのように傍観者として集会の片隅にいた僕にも、マイクで呼び出しがかかり、なにごとかを話すようにもとめられるということがあり、僕はおよそ身のすくむ思いをしながら(それというのも、僕の発言が、老被爆者たちの発言の質に遠く及ばぬことは明らかであるのに、当のその老被爆者たちこそが、なんらかの期待をあらわすようにして耳をかたむけてくれるのであったから)、被爆者援護法についての自分の思いをのべたのであった。

この被爆者援護法のための請願行動にかかわって、おなじ感情は別のかたちでもあじわった。それは被爆三十周年の夏、すなわちさきの最初の行動から八年たち、その持続に立ってあらためて東京での中央行動が大きい規模で行なわれた際に、僕は朝永振一郎博士らと厚生大臣への陳情に出かけたのであった。それは厚生省前のテントで坐りこんでいる被爆者たちを先頭にする「被団協」の運動に、外部から呼応してということなのであった。しかし厚生大臣ははかばかしい反応を示してくれるのではない。そして陳情者としての僕はといえばまったく無能力なのでもあった。これはやはり政府の高官に陳情に行くことを幾たびか経験するたびに、僕がそれを繰りかえし認めねばならなかったところのことだ。韓国の詩人金芝河の生命をめぐってというような、陳情の文書をたずさえて官房長官に会いに行く。相手の礼儀正しい拒絶の表情を見るだけで、僕にはもう相手になにをいう気持もなくなる。それでもまことに意気あがらぬことをつぶやくようにいい、いったん口をつぐむとその自分のいったことに発してあとあとまで自問自答を繰りかえしては、自分がその運動のために陳情しに行った人びとを自分の無能力の

ゆえに裏切ったと感じるのだ。さてわれわれが被爆三十周年の「被団協」の中央行動に際して陳情した時、その後でテントに坐りこむ被爆者たちに結果を報告に行くにあたって、朝永博士は自分にはなにも報告しうることがないと拒まれた。その態度に感動しながら、僕の方はあいかわらず身のすくむ思いをして、被爆者たちの前でマイクを握ったわけなのであったが……

今年、つまりは被爆三十五周年のこの夏も、「被団協」は被爆者援護法への運動をおこなった。その地道でねばり強い持続をいうとともに、われわれはそれにもかかわらず、この法律がなお制定されていないことを見なければならぬのでもあろう。被爆者援護法を、国家に制定させようとする運動の思想は、およそ志の高いものである。それは三十五年に及ぶ被爆者たちの経験に立って、被爆がありとある側面から、被爆者たちを人間破壊へと追いつめてきたことをいう。それは未来の核戦争が、地球規模の人間破壊を引きおこすであろうことへの、確実な想像力にかさなるものだ。すなわちそれは国家に向けて、世界の核兵器の全面禁止へと積極的に呼びかけてゆくべきことをいう。つづいて日本とアメリカの政府が、広島、長崎の被爆者に責任をとって謝罪し、かつ日本政府が国家補償の精神にもとづく被爆者援護法を制定すべきことを主張する方向へと展開して、現にそのための運動がおこなわれているのである。

そのような今年の夏は、同時にわが国において公然と核武装の必要をいう学者たち、評論家たちが表層に出てきた時でもあった。それらの論点のいちいちを「被団協」の被爆者援護法の主張とつきあわせてゆくと、またこの三十五年間に被爆者たちが様ざまなかたちで発してきた言葉につきあわせてゆくと、それだけでも核武装論者たちの論点は、およそ満足に自立しう

る性格のものではない。これまでもいわば突出したエキセントリックな少数者の意見として、日本の核武装をいう声はあったのだ。そのうちのもっとも無邪気な意見は(恐しいかぎりの無邪気さでそれがあるにしても)、こういうものであった。——日本は自爆する覚悟で核武装しなければならぬ! そしてこの夏になって大規模に表層に出て来た核武装論も、たとえば米ソ間の武力のバランスが崩れかけているのを、アメリカの側によりそって立って、つまりアメリカの核兵器を積極的に日本に持ちこませることで(他国の核兵器で自爆させてもらう覚悟で)、そのバランス回復の、できれば逆の方向にバランスを崩すまでの勢いの回復の、そのための働きを日本としてしなければならぬというたぐいのものだった。それらの核武装論が、核兵器についての考え方において、三十五年をへて獲得された新しい知恵をみちびいているというのではなかった。

それはただこれまで声高に口に出しにくかったものを(それも外部の圧力によってそれを禁じられてきたからというのではない。現に見たように、戦後早い時期から核武装をいう声はわが国にあったのだ。これら今日の新しい核武装論者は、もしそのような思想をつとにかれらが持っていたのであるとしたら、ただ自己規制して沈黙しつつ、風向きが変ってくるのを待っていたわけなのだ)、いまや公然と、そうした主張を歓迎するたぐいの雑誌に発表しはじめたというにすぎない。

あらためていえば、これら今日の核武装論のいちいちには、つまり核兵器の威力のみをいう論点のいちいちには、被爆後三十五年積みかさねられてきた、核兵器の人間的悲惨をあきらかにする主張をつきあわせることで、それを打破することができるであろう。ただわれわれは、現在にいたってもなお、被爆者援護法の制定のための大きい困難の壁をとり除いていないよう

に、核兵器の人間的悲惨を克明にとらえて、そこから核兵器のない世界への大きい構想を開く、そのような真の被爆国民の思想を共有のものとはなしえていないのである。僕は自分が『ヒロシマ・ノート』とそれ以後に書いた文章において、多く被爆者から発せられたそのような思想の言葉を記録しえていることについて、それを誇りに思うことをかくそうと思わない。しかしそれはそのまま、自分もまたそのような思想の言葉を耳にしながら、現に被爆者援護法を実現しえていない、そのような日本人のひとりであることを恥じざるをえぬということであるけれども……

4

僕はさきにフランシス・ベーコンの絵画制作における自己把握の言葉を引いた。それは自分の考えている、胸につきささるような、暴力的な感じを表現しようとして、人体の対象にそくして描きかえつづけて行くうちに、出来事《アクシデント》にめぐりあうということである。それは僕にとっての出来事《アクシデント》、出来事《アクシデント》のような経験たる、異常児としての長男の誕生と、その直後の広島への旅がもたらしたものを語ろうとしてのことであった。しかし僕はフランシス・ベーコンを人類が二つの世界大戦を経験し、アウシュヴィッツとヒロシマ・ナガサキを経験した後の、まさにそのような同時代の人間を表現しえている画家だとも考えていることをもここに書きつけておきたい。ベーコンの描く人間の肉体の、それがまさに具象的に人間の肉体に発しており、その制作上の摸索がやはり人間の肉体を深く鋭くとらえるためのものであり、ついに表現として提示するものが人間の肉体であることも確かであるのに、カンヴァスの上の画像はねじくれ曲り、融けて流れ出すようであり、輪郭もそのなかにあるかたちもしばしば歪んで動くよう

であること。しかもその力強い絵に僕が感じとる最初のもの、そして究極のものが、正確さであること。それをいまあらためて考えて見ると（というのも僕はテレヴィの絵画番組でベーコンについて語ったのだが、その際にこの正確さということをいって、番組の聴き役から、ベーコンのような作風の絵画に正確さというようなものがあるのかと、それまで僕として疑って見たこともない反問を受け、それにうまく答えられなかったからでもあるのだが）、いかにも単純な話になるけれども、ベーコンはかれの表現しようとするものについて正確な絵画を達成しているのである。芸術をつくり出す者にとっては、自分のついに達成したものが、自分の表現しようとしたものに正確であるかどうか、それはたいていわかることなのだ。むしろそれを確実にわかりうるかどうかが、当の芸術分野における、かれの技倆の熟達の程度を示しもしよう。もっともその制作の以前に、かれ自身にとってその表現しようとするものがはっきりわかっているというのではないのである。当の内容は制作の過程をつうじてあらわれてくるものなのであるから。それもおおいに出来事《アクシデント》を契機として。したがって芸術作品の制作の前に、芸術家は、たとえばベーコンがそうしたように、胸につきささるような、暴力的な感じと言葉にするほどのことしかできない。しかもかれは制作の過程において、自分の表現がしだいに深く、つまり正確に、その胸につきささるような、暴力的な感じを表現として達成していることを確信してゆくのである。

　そしてベーコンに、その胸につきささるような、暴力的な感じという言葉を発せしめた根柢の動機としては、かれの同時代の人間についての根本的な把握、認識があろう。われわれはベーコンの人間把握、人間認識のその根本的なものに、二十世紀まで苦しく生き延

びてきた、そして地球全体の規模で潰滅する明日もありえぬというのではない、そのような人間のありようを見るともまたいいうるであろう。そのように考えて作家としての僕は、ベーコンを原爆後の人間についてのもっとも重要な画家のひとりと考え、その正確さの力を、学ぶべき規範とみなしているのである。

――〔一九八〇年九月〕――

初出一覧

・本書は一九八〇―八一年に小社より刊行された「大江健三郎同時代論集」(全十巻)を底本とし、誤植や収録作品の重版・改版時の修正等に関してのみ若干の訂正をほどこした。

・今日からすると不適切と見なされうる表現があるが、作品が書かれた当時の時代背景や文脈、および著者が差別助長の意図で用いてはいないことを考慮し、そのままとした。

ブックデザイン　鈴木成一デザイン室
装画　渡辺一夫

新装版 大江健三郎同時代論集 2
ヒロシマの光　（全 10 巻）

2023 年 8 月 25 日　第 1 刷発行

著　者　大《おお》江《え》健三郎《けんざぶろう》

発行者　坂本政謙

発行所　株式会社 岩波書店
〒101-8002 東京都千代田区一ツ橋 2-5-5
電話案内 03-5210-4000
https://www.iwanami.co.jp/

印刷・三陽社　カバー・半七印刷　製本・松岳社
カバー加熱型押し・コスモテック

ISBN 978-4-00-028822-4　Printed in Japan